相遇恰逢时

叶紫／著

长江出版社

目录

contents

/ 第一章

一天一天等下去

手术室外间。

秦轶揉着眉心在电脑前写术后首次病程记录。做了一晚上的手术，光是胆囊切除术就做了两台，下台之后他双腿如同灌了铅似的坠沉，身心俱疲，只想着赶紧交接班之后回去休息。

病历打了一半，桌上的手机就“嗡嗡嗡”地开始震动。他扫了一眼，是个陌生号码，但是他很熟悉，一个近乎骚扰电话的号码。他习惯性地无视，转头继续敲打未完成的病历。

哪知打电话的人一如既往的执着，手机贴着实木办公桌，来电的震动经久不息地波及他手底下的键盘。他本就疲惫烦躁，一时间皱紧眉头，心头像是打了结似的抑郁。

按了挂断之后终于清静，秦轶把最后一行字敲上去，叹了口气，正准备起身。

手机又响了。

还是那个号，他知道如果他不接，她就会坚持不懈地一直打下去，到最后烦的依然是他。

思及此，秦轶沉了脸，点亮屏幕接了电话，语气并不算礼貌和善：

“有什么事吗？”

“秦大夫，手术结束了吗？累不累？吃早饭了吗……”

她的声音依旧是元气十足，似乎从来没有什么烦心的事能打扰她，哪怕是他的冷言相待。这样清脆但明显聒噪的声音让他想起了村里屋檐下的麻雀，外人看着可爱，但只有守着的人能体会到那份烦闷。

秦轶打断了她的话，冷冷地插了一句：“不用了，我很忙。”说罢，就挂了电话。

他最不喜欢的就是这种不识时务的人，他已经几次三番告诉过她，她并不欠他，他不过是替她爸爸做了一台手术而已，没必要这般感恩戴德。可是她似乎听不懂他的意思，依旧执着得可歌可泣，“鞠躬尽瘁”地做起了他的厨娘。

秦轶并不擅长和女生相处，尤其是这种说好听点是执着，说不好听点是没有眼力见儿的女生。作为一个男人，对女生应该有最起码的尊重和体贴，这样的风度让他没有办法对她太直接地表达不满。

追求他的女生很多，表达方式也各不相同，但他还没有谈恋爱的打算，所以几乎都毫不留情地拒绝了，有几个坚持的，也被他的冷脸吓回去了。

他从未见过像她一样屡败屡战，越挫越勇，让他很烦躁却无计可施的女生。

收拾好了病历，秦轶拿了外套准备去办公室，还没走几步，就被一个小小的身影挡住了去路。

他皱眉，心下厌烦，这个女生怎么就听不懂别人的话外音呢？

她举着手里粉嘟嘟的保温桶看着他，眼睛里闪着光，张着嘴呼呼地喘着气，连带着脸蛋上的婴儿肥都跟着颤：“秦大夫，你忙完了吗？这是我给你炖的汤，我妈说过，老母鸡炖的汤最补身体了，你这么累，应该多补补。”

秦轶略微地皱了皱眉，看着保温桶上斑驳的油渍，下意识地后退了一步，扫了一眼她满是期待的眼神，面无表情地开口：“不需要。”

他抬步要走，那个丫头就亦步亦趋地跟着他，不过保温桶再也没有靠近他，只是捧在怀里，距他一步之遥。他皱眉，她既然这么懂得察言观色，为什么总是看不懂他的厌恶呢？

他不过是救了她爸爸，准确来说，那只不过是他千千万万的病人中最普通的一个。他是医生，治病救人是他的本职工作，是他最基本的职业操守，不管是张三还是李四，只要上了手术台，就是他该拼尽全力挽救的鲜活的生命。

这种事情怎么能用来被人感恩戴德？

但这个丫头并不这么认为。从他告诉她手术顺利，她的父亲已经脱离生命危险时，她就抱着他的大腿号啕大哭，说今后认定了他，他救了她的爸爸，救了她的家庭，他是她的再生父母。

他见过很多喜极而泣的患者家属，但她是唯一一个让他只感到可笑诧异，却没有半点感动的人。

从那之后，她便以这个理由缠着他，隔三差五地给他送红包，被他勒令停止后，又开始给他买东西。他看着办公桌上突然堆出来的静脉曲张袜、创可贴、护手霜和胃药等一堆乱七八糟的东西，恨不得把桌子都掀了。

后来，他把所有的东西都扔进了垃圾桶，她抱着磁疗腰托进来的时候正好看见了那一桶崭新的垃圾，从那之后，她再没有送过他东西。

但是，却改送饭了。

每天不同花样，那个硕大的保温桶像是一个百宝箱，她能从里头掏出果脯、豆干、紫菜蛋花汤、刀削面、蒸饺、麻辣烫、鸭血粉丝、鸡腿等，荤素搭配，很是讲究。

他虽然不喜欢浪费食物，可是他实在不习惯吃陌生人送来的饭菜。

他原本要扔，但是被同一个办公室的同事看见了，双眼发光地说他暴殄天物，他便把那硕大的保温桶推过去，做了顺水人情。

于是，这丫头便觉得自己领了她的情了，一日三餐，送得乐此不疲，他也不挑破，生怕她又生出什么幺蛾子。她乐意送就继续送，最好能尽快厌烦，那样，他就能两耳清静了。

不知不觉就到了办公室门口，他顿住脚步，那丫头自觉地停下，小心地举起保温桶，试探着问他："我可以进去吗？"

秦轶思索了一下，如果她不进去，那就意味着他得提着这个保温桶进去。他皱了皱眉，轻点了一下头，推门进了办公室。

"放对面。"

对面是同事的办公桌，他不想脏了自己的桌子。那丫头也没说话，把那个硕大的保温桶放上了桌子，献宝似的给他介绍菜单："我听说你昨晚做了一晚上的手术，所以给你熬了鸡汤，我妈专门买的老母鸡，虽然我也不知道它到底老不老。除了这个还有我妈买的蛤蜊，腌了一天才煸的，特别入味，我都没怎么吃，都给你带来了。我跟我妈说你不能吃辣椒，对胃不好，你手术多，吃饭不规律，得好好养胃，所以她又煮了皮蛋瘦肉粥，我觉得还挺好喝的，你可以尝尝。"

她在那头絮絮叨叨地说，秦轶在这头皱眉看着病历。被她骚扰了一个多月，他烦不胜烦，可是无论他怎么沉着脸委婉地拒绝她，她总是像块撕不掉的牛皮糖，顷刻间又粘上来。他无计可施，便学会了以不变应万变，把她的话彻底当成耳旁风。

每次只要她感受到了他的刻意无视，就会识相地离开。

这次，也不例外。

见他一直没有反应，她留下一句"你一定要好好吃饭，不然身体会受不了的，中午送饭的时候我再来取"就转身离开了。

听到关门声响起，秦轶才长长地松了口气。

出了医生办公室的门，施小语一脸大功告成的表情，昂首阔步地准备下楼，还没走几步，手机就响了。

很欢快的《最炫民族风》，她边跟着哼唱边接电话，那头的人脾气很暴躁，打扰了她哼唱的雅兴。

“施小语，你个傻犊子怎么还不下来！老娘还要吃饭呢，这都什么时候了！”

“不着急吧，这才不到八点！”施小语按了电梯，一同等电梯的护士认出了她，笑问道，“又给秦大夫送饭了？”

施小语捂着听筒扭头，有些害羞，笑得腮帮子鼓鼓的：“嗯，刚送了，他们今天早会的时间比较长。”

手机听筒里隐隐传来柳茜的一声“关你屁事，老娘就要这个时候吃早饭”的咆哮，施小语赶紧傻笑几声，人工替柳茜消了音。

挂了电话下楼，一出住院部，施小语就看到了在绿化带旁边气得直跺脚的柳茜。那女人前凸后翘，长得妖娆动人，明明可以靠脸吃饭，却偏偏要靠那份把活人损死的才华。

那些在柳茜嘴下活不了的人都被淘汰了，物竞天择，适者生存，施小语凭借着顽强的毅力茁壮地成长着，最后成为了柳茜唯一的闺密。

真是可喜可贺，喜大普奔，这份经历了多少唇枪舌剑才来之不易的友谊，施小语一直很珍惜。

走到柳美女跟前，她乖乖地道歉：“他们开会开迟了，让你久等了。”

柳茜一把捏住她有点婴儿肥的脸，恶狠狠地训她：“关我屁事！为什么老娘还要跟你受这个罪！”

有人说过，如果掌握了以下两句话，那么，人生会少百分之六十的麻烦，一句是“关我屁事”，一句是“关你屁事”。

柳茜显然已经把这两句话运用得炉火纯青，可是施小语觉得，她还是很烦。

比如现在，她捏着自己的脸，恨铁不成钢地说：“你个芳草天，你能不能要点脸，你还真以为秦轶领你的情呢？你忘了他把你送的东西全部扔进垃圾桶的事了吗？那是你傻乎乎问了多少医生护士，问了度娘、谷歌、猫扑、天涯之后总结出来的对普外科医生最实用的东西，但是人家呢，眼皮撩一下了吗？你就不能长点记性，让自己活得有点尊严吗？他救你爸是天经地义，救死扶伤本来就是医生的责任，他敢不救，那是要受道德和法律的双重谴责的，你把他供得跟神仙似的，你脑子被僵尸吃了啊？”

柳茜像是一杆机关枪，对施小语一通狂轰滥炸，她摸了摸脸蛋上的口水，思维明显和柳茜不在一个频道上：“‘芳草天’是什么意思？还有，其实我没问天涯，那里段子手太多了，问不出正儿八经的话。”

“你个傻子！”

说罢，“机关枪”熄火扭头走了。施小语咂吧咂吧嘴，品了品“芳草天”的意思，大彻大悟之后也不以为意，小跑着跟上去，轻声解释：“秦轶不是那样的人，他本来就是冷冰冰的性子，高冷你懂吗？他就是那样的人，他对谁都是那样的，我们俩本来就是陌生人，人家和我不熟，肯定没有共同话语啊！虽然他扔了我送的东西是事实，可是他吃我做的饭了啊！光凭这一点，我的前途也是一片光明的！”

她不敢和秦轶说饭是她做的，害怕他嫌弃，虽然她对自己的厨艺很有自信，可是在他面前，她还是想稳稳妥妥的，想着报上老妈名字的话，他总得卖老妈一个面子。

“施小语，我觉得你挺像一个我玩的游戏里的角色。”

两人走出医院，慢悠悠地往学校晃，柳茜突然转移了话题，施小语一听，乐呵呵地追上去问：“像什么，像什么？”

“挺像超级玛丽里的……”

柳茜还没说完，施小语就眨着晶亮的大眼睛受宠若惊地接了句：“马里奥吗？”

虽说马里奥是个男的，但是穿条背带裤的模样还是很戳施小语的萌点，柳茜从不夸她，做到这个地步已经不错了。

“不是像马里奥，是像马里奥顶的那个蘑菇。”

蘑菇？蘑菇也不错，施小语乐呵呵地笑，她长得挺像蘑菇啊，个子不高，包包头，脸上有婴儿肥，笑起来和那朵跳溜跳溜从台阶上往下溜的蘑菇确实挺像的。

虽说换了个物种，可是贵在一如既往的可爱。

她微微红了脸，有些不适应柳茜的夸奖：“我有那么可爱吗？”

前头健步如飞的女人一回头，烈焰红唇勾起一抹冷笑，冷哼一声：“我是说你的智商跟朵蘑菇似的。以前说你是草履虫都抬举你了，草履虫起码是单细胞生物，你连草履虫都不如！顶多是一朵蘑菇！”

“连人家打心眼里嫌弃你，恨不得你化成天边一颗星，永远都不要出现在人家面前，这点狗都能看出来的意思都没看出来！”

施小语的脑海里不自觉地响起马里奥掉进沟里时 game over 的音乐，好生凄凉。

其实她想说，柳茜这次骂人失了水准了。

因为就生物学角度来讲，蘑菇比草履虫要高级。

柳茜的打击并没有挫伤施小语的积极性，中午快下课的时候，她又猫着腰准备从后门往外溜了，哪知刚一蹲下，后领子就被柳茜揪住了，冷冷的声音吹得她脊背发凉：“蘑菇头，去哪儿？”

她回头傻笑：“柳茜，其实蘑菇比草履虫高级……”它是多细胞生物，草履虫是单细胞生物。

她的话还没说完，柳茜眉头一皱，爆了惯口：“关我屁事！”

“柳茜同学，请你回答一下这个问题！”

在柳茜那到嘴的肉腾空飞了的怒火中烧的表情中，施小语摸了摸脸上的口水，弓着腰从椅子底下钻了出去，逃出了教室。

她一路跑回寝室，用昨天晚上就已经准备好的食材麻溜地做好了饭，用另一个保温桶装好，提上保温桶飞奔出去。她如一道龙卷风似的把寝室卷了个凌乱不堪，之后头也不回地卷了出去。

秦轶的医院离他们学校不远，步行不过十分钟，走两条街，过一个十字路口。施小语走了一个多月，都快在这石板路上踩出脚印了，刻骨铭心得很。

上个月10号，那是施小语一辈子都忘不了的一天。那天晚上，爸爸脸色惨白，意识全无地被送进了医院，妈妈哭得语无伦次，说是有坏人打了爸爸，爸爸的脾破裂了，失血性休克。

她瞬间石化，脑子里混沌一片，连先天性的条件反射都丧失了。

她眼泪都来不及流，还很不厚道地想着，她可能要成为单亲家庭的孩子了。

爸爸被紧急送进手术室，手术室的患者通道打开后，一个高高瘦瘦，身材像是青松一般板正笔挺的男人走了出来，一身浅绿色的手术服衬得他更加俊秀斐然。

他推着爸爸进手术室，施小语脑子清醒过来，眼泪哗哗地流，号啕大哭地拉着他问："医生，我爸爸会不会死啊？他死了我就成单亲家庭的孩子了！"

她没看到他的眉头几不可察地皱起，以及他眼底眉梢若有似无的嘲讽，只是觉得隔着汹涌不断的泪花，他睿智清明的眼神直直地通到了她的内心深处，那双狭长的眼睛好看得人神共愤。

"不要紧张，你爸爸没事的。"他的声音笃定沉稳，带着一股安定人心的力量低沉地传来。

患者通道的门关上，把他清俊的身影掐了进去。

想到这个时候她竟然还能分神注意到他俊美的容颜，施小语哭得更厉害了，她太不孝了。

后来，爸爸手术顺利，健康出院，施小语对救命恩人“鞠躬尽瘁，死而后已”的报恩行为便一直持续至今。

如果说刚开始只是为了报答他，那么，现在这种情感就稍稍有点升华了，她由原来的感激变成了喜欢，变的是心态，不变的是她依旧觍着脸缠着他，他一如既往地没好脸色给她。

其实秦轶人很好，笑起来很温暖。她见过他和一个患者的女儿交流，全程带着沁人心脾的笑容，眉眼璀璨得像是憋了一个冬天突然绽开的暖阳，隔得老远她就看见了他眼底比 24k 钛合金还要闪耀的笑意，差点亮瞎她的双眼。

那个时候，她捂着自己狂跳得快要室性心动过速的心脏继续不厚道地想着，如果她年纪再小点，他会不会也这么冲她笑。

然而，这只是幻想，秦轶对她的态度基本上亘古不变，永远的爱搭不理，看她的时候，眼睛像是 X 线，穿过她的身体落在旁处，让她倍感挫败。

是谁说的女追男隔层纱，她追秦轶，隔的根本就是铜墙铁壁，任她皮糙肉厚，也钻不出一个洞来。

一路乌七八糟地想着，不知不觉就到了住院部楼下，施小语抖擞了精神，容光焕发地奔向九楼——秦轶所在的普外科。

上了楼，她健步如飞奔至去秦轶的办公室，秦轶不在，另一个男医生在，见了她笑眯眯地说道：“小姑娘又来了，可是我已经吃过饭了，真是爱莫能助啊！”

施小语抽抽嘴角，暗自腹诽：老孔雀开屏——自作多情，她是来看秦轶的，又没问他！

刚把保温桶放在惯常的位置，那男医生就苦着脸又道：“我真的吃不下了！”

饶是施小语是条草履虫也听出不对了，她难得机灵一回，一拍那个硕大的保温桶，气沉丹田地吼了一声：“我送了这么长时间的饭，是不是全进了你的肚子里了！”

那男医生气势不足，但态度坚定地点了点头。

这可是施小语每天起早贪黑，比自己吃饭还上心，每天百度各种营养食谱，承包了宿舍全部电费之后，苦心孤诣做出来的爱心便当，竟然全进了一个陌生人的肚子里！

她终于体会到了一番心意被狗吃了的悲凉，悲从中来，恨不得把保温桶里的面浇在那张丑恶的嘴脸上！

正悲愤着，秦轶回来了。他手里翻着一份病历，抬头看到屋子里的两人后，瞬间明白过来，脸上的表情不咸不淡，眼皮都没抬，清清凉凉地道了句：“以后别送了。”

也就是说默认了。

施小语抱着自己的保温桶像个受气小媳妇似的满脸幽怨地看着秦轶，“秦大夫，我送的饭一直是他吃了是吗？”

“嗯。”

既然她已经知道了真相，秦轶也懒得多做解释，他没有必要为她的自作多情买单，她可以以报恩的名义献殷勤，但他也不能因此被她道德绑架。

最好觉得委屈，觉得他是个冷血动物，永远都捂不热，辜负了她的深沉爱意，心灰意冷，对他绝望，最后潇洒地离开，连个背影都别留下。

秦轶心中已经预想到解脱后的轻松模样了，有罪恶感吗？呵，怎么可能，本来就是她自以为是，他哪有那么多闲工夫在这里陪她。

手指落在键盘上，秦轶专心致志地敲打病历，那头的人沮丧了一会儿，突然大叫了一声，“秦大夫！”

秦轶停了手，蹙眉抬头，眼底不自觉流露出厌烦，眯眼看着对面的人。

施小语似乎并没有受到影响，眼底干干净净的，瞳仁清亮，照出他不耐烦的缩影，说话的时候脸颊的婴儿肥一颤一颤的，“你最近吃得好吗？饭都被那人吃了，你吃什么？有好好吃饭吗？”

这种先入为主的态度让秦轶很不舒服，她不过是一个陌生人，却总是自不量力地把自己摆在一个不属于她的位置上。

她以为自己是谁，可以对他的生活指手画脚？

秦轶冷哼一声，一言不发地垂了眼，手指继续噼里啪啦地敲字。施小语知道，他是想撵人了，临了又啰唆了一句：“虽然你没有吃我给你准备的营养餐，可你还是得好好吃饭，饮食要规律，不要暴饮暴食，对自己的胃好一点……”

她还没啰唆完，秦轶又抬头了，声音冷冷的，不耐烦地下了逐客令：“说完了吗？”

施小语咧嘴笑笑，赶紧点头：“完了完了，马上走！”

接着转头，迁怒一旁那个吃货，“看什么看！白吃了我一个月的饭！给我把保温桶洗了，没点吃人嘴短的自觉！”

想起自己饱含满满爱意的饭菜进了一个陌生人的肚子里，她就恨得牙痒痒。

爱心餐的计划失败了，施小语郁郁寡欢了好几天，柳茜跷着穿了黑丝袜的性感美腿鄙视她：“蘑菇头，你活该！老娘早告诉过你，是你不长脑子！”

施小语长长地叹了口气，看着柳茜得意杨杨的表情，蔫蔫地说了句：“我看到你的蕾丝内裤了！”

她的婴儿肥脸蛋被柳茜蹂躏了一顿，可心情依旧很晦暗。

因为除了送饭，她想不到用什么借口去找秦轶。

她喜欢他，却不知道该用什么方式表达，真是悲哀。

不过，上天总是偏爱笨小孩，机会很快就来了。

爱心餐计划失败后的一周，施小语正在教室里混沌地上着课，秃顶的老教授突然说，隔壁医院的普外科大夫秦轶要来做个讲座，到时候希望大家准时参加。

他们是综合学校，施小语学的是听起来高大上，实际并没有什么用的管理学。学校里最出名的专业是医学影像学，虽然一个理工大学的招牌专业是影像学并不值得骄傲，并且她也不知道一个普外科大夫可以讲哪门子影像学的专业知识，但是，有秦轶在的地方，那就是好地方，这一点是毋庸置疑的。

所以，她又开始蠢蠢欲动了。

她在学生会混得不错，凭着厚脸皮求来了会场安排的活。

秦轶喜欢素静大方的布置，喜欢安分自觉的听众，最受不了的就是人声混杂和队伍散乱，这人是否有强迫症她不得而知，总之，她为自己知道他的小习惯而沾沾自喜。

很快就到了开讲座当天，施小语督促大家检查了会场的一切布置，之后在门口放人进来，挨个嘱咐："再花痴也不许尖叫，秦大夫喜静。"

等把人安顿好了，从台上看下去像是棋盘上的棋子一般整齐时，施小语才示意中控室的人可以开始了。

秦轶在一片雷鸣般的掌声中登台，因为不是在医院，所以他没有穿白大褂，而是穿了西装，剪裁精细的黑色西装衬得他肩宽腿长，气度非凡。他眉眼深邃精致，气质出众，加上那副睥睨一切的高冷模样，真是把施小语迷得心肝乱颤。

帅哥上台，台下一群花痴哪能按捺住荡漾的春心，尖叫声此起彼伏。在秦轶皱眉之前，施小语一个箭步冲出去，在人群里遛了一圈，对每个人示意安静。

秦轶在台上讲，施小语在台下忙得不可开交。

他好不容易来一次她的学校，她却忙得连看他的时间都没有。

正在哀叹，台上忽然没了声音。只见秦轶疑惑地皱了皱眉，轻轻地拍了拍话筒，他略显呆萌的动作惹得台下的女生又是一阵尖叫。

施小语也顾不上维持秩序了，又一个箭步往台上冲，她知道秦轶那表情根本不是呆萌，是他不耐烦的前兆。

她冲上去，娴熟地调试了话筒，把掉落在地上的演讲稿捡起来递给秦轶。

秦轶捏了演讲稿的一角接了过去，低声说了句，“谢谢。”

施小语一颗心脏差点停止跳动，这是他头一次好好和她说话，用他一贯的让人如沐春风的语气，像是一股暖流缓缓地淌进她干涸的心田，让她乐得恨不得就地打个滚。

因此，她就没计较他抽演讲稿时，崭新的稿纸把她手指划了一道口子的事。她捂着冒血的手指兀自傻笑，半晌才反应过来，羞涩地回了句：“不用谢，这是我应该做的。”

她话音刚落，秦轶突然回了头，垂眸看着她，语气骤然恢复了冰冷：“是你？”

施小语草履虫般的脑细胞再次超常发挥，瞬间理解了他的意思，他压根没有看清她是谁，所以下意识地道了谢，等发现来人是她时，才深感后悔。

她长叹一口气，捂着手上的血口子咧嘴笑笑：“我是场控！”

不管你后不后悔，来的人只能是我。

最后，在人群骚动起来之前，施小语再一次冲下了台。今天这里可不是只有他们两个人，就算是为了其他花痴们的福利，她也不能惹秦轶生气。

台上的秦轶清了清嗓子，低声道个歉，神色未变地继续演讲。

难怪今天的布置这么简单大方，深得他意，台下的人也坐得整齐规矩，最初的一阵嘈杂之后很快就安静下来，是他参与的所有讲座中最省心的一次。

原来还是因为那个自作多情的丫头。

可惜，他并不会因此感激她。她是场控，这是她的本职工作，不管来人是不是他，该她做的她一样少不了。

讲座顺利地进行，秦轶心情不错，甚至会小小地幽默一下。于是，在一片笑声和掌声中，讲座圆满结束。

直到那个功成身退的演讲稿被重新夹回了文件夹里，秦轶都没有看见上头的一条血痕。

对于施小语这种吃力不讨好还挂了彩的行为，柳茜表达了高度的鄙视。她镶了钻的纤纤玉指点在施小语额头上，恨铁不成钢地训她："蘑菇头，你说你脑子是不是有病，被划了道口子还得意得跟被秦轶宠幸了似的。"

"你哪能理解得了我的精神境界，他跟我说谢谢来着，声音真好听，好有磁性。"

施小语把柳茜的手扯下去，理了理自己的刘海，眨眨眼又开始傻笑："真的很好听，三百六十度立体环绕声，像低音炮。"

"他压根没认出你是谁吧？"柳茜优雅地跷起二郎腿，上半身斜靠在椅背里，眯眼赤裸裸地揭露被施小语刻意忽略的事实。

施小语不擅长说谎，尤其是在柳茜面前，她就是一滴珍视明眼药水，顶多给柳茜润润眼，连障目的功能都没有，更别说瞒天过海。

施小语颓败地低下头，却又不甘心地反驳："有关系吗？起码说明他这个人很好呀，脾气其实没有那么恶劣，人也没那么冷漠，礼貌而绅士，谦恭有风度，多好一人！"

“呵，所以说，他的恶劣，他的不礼貌不绅士，以及傲慢无礼统统只针对你一个人！”

呃……得到这样的结论似乎也不太值得高兴。

施小语继续颓败，翻了翻眼皮，可怜巴巴地冲柳茜吐了吐舌头：“柳大美女，你说我该怎么办呢？”

柳大美女换条腿跷着，美目一翻，凉飕飕地说了句：“不就是个男人吗，追不到就拉倒呗，又不是没男人了，非得在他这一棵树上吊死！”

“你就是饱汉不知饿汉饥！”施小语愤愤不平地拍案而起，一个爱慕者前赴后继、约会还得排个表的万人迷在这里跟她说什么追不到拉倒，她身后的尾巴跟多了，不晓得做别人的尾巴有多艰苦卓绝！

站着说话不腰疼！赤裸裸地拉仇恨！施小语决定不再和柳茜讨论自己的感情问题。她雄赳赳气昂昂地转身要走，一个正步还没踢开，柳茜的声音就悠悠地传来了。

她说：“施小语，和秦轶表白吧！让他明白你的心意，如果他接受，那么你的努力还算有回报；如果拒绝，那你就消停点，知难而退，省得悬在半空中，跟吃了隔夜饭消化不良似的，吐不出去又拉不出来，多硌硬！”

柳茜很少叫她名字，类似于“蘑菇头”“草履虫”“婴儿肥”这样的称呼比较称她的心，所以施小语知道，柳茜是来真的了。

她差点以为柳茜灵魂出窍了，但是联想到她最后那句毒舌，罢了，还是原装的柳女神。

当天晚上，施小语就给秦轶打了电话，锲而不舍，乐此不疲地一遍又一遍听那句“对不起，你所拨打的用户已关机……”的机械女声。

她并没有不耐烦，抱着脚丫子晃悠悠地继续听着，她知道秦轶不可能关机，他是医生，随时可能接急诊，怎么可能关机，他只是单纯地不想接她的电话。

并且，很可能把她拉入了黑名单，设置的回复方式便是“你所拨打的用户已关机”。

在她不屈不挠的坚持下，秦轶终于接电话了。

烈郎怕缠女大约如此。

秦轶纵然有再冷的心，也顶不住她火热的厚脸皮。

那头的声音依旧不耐烦，带着点隐而不发的怒火。施小语觉得他很有可能是咬牙切齿地和她说话的，因为即便隔着缥缈的电波，她都听得出他咬后槽牙的声音。

他说：“你到底要干吗？”

施小语不敢和他废话，生怕她还没说到重点就被他不耐烦地挂断，所以言简意赅地“直抒胸臆”。

“秦轶，明天早上十点，我在你们医院附近的茶语咖啡厅等你，我有很重要的事情和你说，你一定要来，很重要，很重要！”

“呵，我要是不去呢？”

不去？哈哈哈哈，她就知道他肯定不会这么容易就范的啊！好歹是缠了他一个多月，不下点功夫还怎么好意思说自己用了真心呢！

她自然是有备而来的。

“你不要紧张，不是我找你，是我爸爸找你，他出院了，但还是觉得右下腹偶尔有点疼，想麻烦你给看看。”

她知道秦轶是个好医生，想起他冲那个患者的女儿笑得温暖如春，她就知道，只要面对病人，他的心一定是最柔软的。

果然，她话音刚落，秦轶沉默了一下，半晌才几不可察地叹了口气，无奈又无措地说了句：“嗯，知道了。”

“嗯，谢谢！一定要来哦，我会和我爸准时过去的。”

施小语激动得一晚上没睡着，明天可是她表白的日子，她要是能睡着，才真是草履虫了。

第二天一早，施小语难得起了个大早，柳茜已经洗漱完毕翻着白眼刷睫毛膏了，看到她爬下床，惊叹一声："真是见了鬼了，你怎么起这么早！"

施小语顶着乱蓬蓬的头发，一副英勇就义的表情热血沸腾地说道："我要去表白！已经和秦轶约好了！"

柳茜翻了个白眼，还没化好眼妆的大眼睛让人看得有点惶恐，她得意地冷哼一声："呵，嘴上说不要，身体还挺诚实的嘛！"

是的，施小语不得不承认，关键时刻她真的离不开柳茜。

穿上压箱底的雪纺连衣裙，让柳大美女屈尊给她化了个精致俏皮的妆容，施小语美美地出门了。

柳茜看着她的身影远去，暗自呷呷嘴，其实蘑菇头长得挺好看的，自然不是像她这种倾国倾城妖娆的美，而是清纯可爱的美。水嫩嫩，娇滴滴，像是一只猫崽子，自立自强，不矫揉造作，每天乐呵呵的，让她身边的人也笼罩在那满满的正能量之下。

要不是看上施小语这样可爱阳光的性子，她打死都不会和这样的草履虫为伍！

而另一边已经走在通往幸福的康庄大道上的施小语，压根不知道柳茜对自己喜忧参半的评价，乐颠颠地奔向约定好的地方。

她去得很早，说好的十点，她九点钟就到了，想着老教授抑扬顿挫地讲着催眠的课，她却满面含春地等着自己的心上人，这样的感觉别提多醉人了。

她点了杯咖啡等着，但没点秦轶的。那个人毛病多，吃食上也很挑剔，尤其是喝咖啡，冷了不行，烫了不行，苦了不行，甜了也不行，很难伺候。

柳茜曾经很疑惑地问她："草履虫，你和秦轶都没怎么交流过，顶多是你一个人叨叨，你怎么对他了解得那么多？难道是你自己脑补的？"

她嘻嘻哈哈地敷衍过去了，并没有说那是因为我喜欢他，所以我的眼里只有他，哪怕他一个皱眉，一个垂眼，我都忐忑地记在心里揣测他的心意，所以，我了解他。

即便不曾交流。

好一番焦虑紧张，终于等到了十点，施小语抻长脖子看着玻璃窗外，肌腱都快拉伤了，依旧没有看到秦轶的身影。

时间一分一秒地过去，施小语坐立难安地熬到了十一点，这才开始诧异，秦轶到底去哪了？他不是答应自己要过来的吗？

秦轶今天轮休，她已经找和他搭档的护士求证过了，这情报比珍珠还真，不可能有误。

她忐忑地啃手指，犹豫再三，觉得自己这样的单细胞生物实在不太适合考虑高深的问题，她要是看得懂秦轶的心思，现在的处境也不至于这么悲哀了。

所以，打电话是最简单粗暴的方式。

电话打不通，施小语数不清自己打了二十个还是三十个电话，那头的机械女声比她还要执着，中英双语轮番轰炸，乐此不疲。

电话打了半个小时，施小语终于放弃了，不得不承认，这次是秦轶赢了。

钟表叮叮当当地走到十二点，施小语愣愣地发呆，她竟然像个傻子似的等了三个小时，心情倒没焦虑，反而平静下来。

没准他接了急诊呢，生病能由得了人吗？意外总是不可避免的，何况他是医生。

想象着他像那天晚上一样，穿着干净清爽的手术服，一双瞳仁黑亮得像是淬了光，从容不迫地救死扶伤，她觉得自己的等待也变得高尚起来。

她等待的可是别人的救世主啊！

就这样陶醉地等到了两点，施小语实在饿得不行，点了份糕点吃了，毕竟饱暖才能思“淫欲”。

等待也是有讲究的，人的心理会经历好几个阶段，从紧张忐忑到烦躁不安到心神不宁，再到胡思乱想，最后到目空一切。

到了四点的时候，施小语已经到最后阶段了，双目无神，完全已经进入无欲无求的超我境界。

打破她超脱世外的是窗外噼里啪啦的雨声，她神智回笼，看着窗户上瞬间密布的雨点，低声爆了句粗口，满目苍凉，就连上天也在可怜她。

可是，她依旧不觉得自己是被秦轶放了鸽子。他不是那样的人，他对病人有多负责她是最清楚的，陪爸爸住院期间，秦轶对爸爸的照顾和关心让她心窝子都软成了一汪水，所以她无条件相信他。

大雨持续下了一个小时，毫不减弱的气势彻底打破了施小语“不过是雷阵雨而已，几分钟就可以停”的自以为是。

天渐渐黑了，雨势半点没小，施小语给柳茜打电话，想让她给自己送一把伞，哪知那女人直接挂断，片刻回了条短信，“老娘正约会呢！别搅老娘雅兴！”

施小语不知道柳茜是不是真的在约会，也不清楚她是不是真的只是搅了“雅兴”，她唯一确定的事实是，她彻底孤立无援了。

当施小语拎着手包在大雨中狂奔，裙子湿透了贴在身上连风都吹不起来，鞋子里灌满了水，她透心凉的小心脏想的却是，如果这个时候她在意的并不是自己是不是走光了而是秦轶的爽约，这样会不会显得不太正常？

等施小语如同下了锅的白斩鸡似的浑身滴水回到寝室时，那个说在约会的女人正躺在床上晃着脚丫子啃苹果，脸上的面膜涂得惨白惨白的，像个女鬼。

“女鬼”诧异地问道：“你不是约会去了吗？怎么成了这般德行！”

柳茜难得词穷，没有具象地形容出施小语是哪般德行。

“你还好意思说我！倒是你，你不是约会去了吗！我让你江湖救急，你就这么置我于不顾！你良心过得去吗？”

施小语狼狈地捋了捋滴水的刘海，看了看胸前透出的内衣轮廓和她引以为傲的“马里亚纳海沟”，更加想哭了。

“秦轶呢？你不是去和他约会吗？我怎么好意思横插一脚，万一他要是看上了我，你岂不是要和我相爱相杀，那种画面我是极不愿意看到的。”

“他突然有急诊，就没来，说是下次再约。”秦轶没来，把她晾了快十个小时，虽然她不太确定是什么原因，可是她不愿意让柳茜说秦轶是言而无信的人，他要不是突然有事，怎么可能这样爽约。

她虽然脑细胞不够用，可是从来不做以小人之心度君子之腹的事情。

这次柳茜难得没有仇视秦轶，因为她也信了施小语的话。不然呢，把一个小姑娘晾了整整一天，还让人家浇了个湿身play，这种缺德事情，哪个禽兽做得出来。

柳茜翻了个身，继续敷面膜去了。

一旁如释重负的施小语偷偷松了口气，赶紧躲进浴室洗澡。

等到第二天施小语头昏脑涨地从床上挣扎着起来，看着天花板上荡漾的花纹时，她的脑子吱吱呀呀地转了半天，终于明白了一个事实，她没泡到男人，还感冒了！

真是偷鸡不成蚀把米，施小语费劲地挪到了床边，无比哀怨地冲床下的柳茜喊了声：“柳茜，我感冒了！”

那女人秒回了一句：“你活该！”

虽然嘴上这么说，柳茜到底没那么狠心，把施小语像个蚕蛹似的裹了个严实，只露了两只圆溜溜的大眼睛出来，牵着她去医院。

到了学校门口，施小语看着门口停着的敞篷车，和车边穿得跟七色光似的美男子，瞪大眼睛表示了无声的感叹。

“走吧，难不成你想走着去？”

柳茜柳腰一摆上了副驾驶，施小语愣在原地，脑中百转千回。

第一，柳茜什么时候交了这么风骚的男朋友；第二，其实从学校到医院不过十几分钟，犯不着这么大费周章；第三，她看到那男人的手几乎要落在柳茜的翘臀上。

啧啧，奸情当道，真是一言难尽啊！

豪车在前，如果她再走着去就有点矫情了，更何况她现在确实很不舒服，嗓子里像是点了把火，熊熊燃烧，经久不息，身上没劲，软得像摊烂泥。

有便宜不占，那是自虐。

豪车果然非同一般，施小语一路在“哇塞，这简直不是开得太快而是飞得太低”的赞叹中差点被吹成了狗，好不容易才到了医院门口。

跑了一个多月的地方，现在换了另一种身份再来，施小语吸了吸鼻子，生了满腔的感慨。

柳茜指挥她那个骚包的男朋友去挂号，她则陪着施小语在休息椅上坐着。施小语眨巴眨巴眼，看着柳茜睫毛弯弯的大眼睛，小心翼翼地问了句：“柳茜，你喜欢他吗？”

“嗯。”柳茜扯了扯退到大腿上的短裙，低头又补了一句，“喜欢。”

“那他喜欢你吗？”

施小语又问。这次柳茜没有回答，低头闷闷地摩挲着自己精致的美甲，半晌才道：“大概是喜欢的吧。”

施小语不敢相信自己的眼睛，因为她竟然在柳茜的眼里看到了一种类似于茫然无措的神情。

她觉得那个男人并不是真的喜欢柳茜，因为他看柳茜的眼神里并没有爱意。她喜欢秦轶，知道爱一个人是什么样的感觉，那是恨不得把自己眼珠子挂在他身上，一刻都不离地腻着。但是那男人看柳茜的眼神里明显透着漫不经心。

施小语低下头，晃了晃脑袋，没有多想。每个人都有适合自己的处理感情的方式，如人饮水冷暖自知，一个外人实在不好多言。

更何况是一个脑细胞明显不够用的外人。

很快，那男人就挂好了号，柳茜冲着他喊了一声："邢子昂，这边！"

施小语看着那道灿烂的七色光，心中暗想，叫"心脏"？呵呵，是个好名字。

在柳茜和"心脏"的陪同下，施小语迷迷糊糊地被带去了门诊，又被带去了输液大厅，最后挨了针，挂了水，蔫蔫地坐在椅子上输液。

"医生说你是着了凉，加上最近有点上火，重感冒了，挂个水，回去再吃点药。"

柳茜蹬着十厘米的高跟鞋居高临下地看着施小语，美目里满满的鄙视，施小语跟个受气小媳妇似的抬头，眼巴巴地看着她，不打自招："不怪秦轶，是我自己太傻了！应该等等再回的。更何况医生不是说了吗，因为上火来着。"

"施小语，你就是活该！"

柳茜留下这么一句话就扭头出去了，在门口低声吩咐风骚男去交费。

不过一个多小时，水就挂完了。护士拔了针，施小语挣扎着起身，脑袋依旧昏昏沉沉，并没有一点神清气爽的迹象。

果然病来如山倒啊！

柳茜给她裹了裹衣服，把她的脑袋也裹了个严实，浑身上下只露了眼睛出来，这才满意地领着她往回走。

哪知，一出门就在输液大厅碰见了秦轶。

他穿着白大褂，依旧是气质卓越，俊朗儒雅，无论是身材和相貌，都璀璨得像夜空中最亮的星。施小语一眼就看见了他，小心脏扑通扑通地乱跳。

身边的柳茜自然也看到了，愣了一下，很直白地冷哼一声，嘴里不轻不重地轻嗤道："忘恩负义的男人来了，看着就是一副衣冠禽兽的模样。"

秦轶长得很不错，这是不得不承认的事实，哪怕是柳茜这种阅人无数的人，也不敢对他的皮相有半分质疑，加上他冷漠高傲的性子，两相结合下，出众就是必然的了。

可惜，不是个好苗子，把她家蘑菇头欺负成这般模样。

"没有，他人很好的。"

施小语吸吸鼻子，鼻音浓重地替秦轶辩解，虽然柳茜是她的闺密，可她也不希望柳茜对秦轶有偏见。

"你昨天要说的话没说吧？"

施小语无言地点头，是，连面都没见到，说哪门子的话。

"秦轶，这边，施小语有话要和你说！"

柳茜突然扬起嗓门冲秦轶的方向喊了一声，施小语被她这声气沉丹田的低吼差点吓破胆，浑身一个哆嗦，眼睛瞪得大大的，一脸惶恐。

等秦轶循着声音停下脚步，将锐利的视线扫过来时，施小语彻底吓傻了。

只是这样的低气压并没有持续很长时间，不过一瞬，秦轶就面无表情地移开了目光，继续往前走。

眼看着秦轶就要拐过门诊大厅，柳茜抬手在施小语背上狠狠地推了一把，沉声道："去吧，把昨天没说的话都说了，把你的心意告诉他，死也死得明白点。”

施小语被推得一个趔趄，腿软得差点给秦轶跪下。

是，她得把没说的话说了，她好不容易鼓起了勇气，有了坦然面对他的胆量，过了这个村，就没这个店了。

她拼尽全力跑到秦轶面前，扯着他的袖子鼻音浓重地大喘着气嘟囔出声：“你昨天接了急诊吗？”

她想听他说“是”，哪怕是骗她。

可是秦轶只是不着痕迹地甩开了她的手，淡淡地说道：“没有。我问了施建华，他说身体很健康，没有什么右下腹痛的症状。”

施建华，是施小语的父亲，那个她拿来做引子的人。

对，秦轶有每一个病人的联系方式，完全可以亲自询问。他问了，确定她说了谎，所以毫无疑问地爽了约。

这个时候一般人应该悲愤欲绝地痛斥他的不守信，埋怨他爽了约也不知会她，让她傻傻地等了十几个小时，最后还淋了一场大雨，生了病。

但施小语想的却是，啧啧，太傻了，这么拙劣的谎言怎么能骗过他。

秦轶冷漠地转了身，未发一言，抬步又要走，施小语一着急，一把揪住他的胳膊抱在怀里，憋了一口气冲他吼了一声。

“秦轶，我喜欢你！”

其实，对于表白的场景，施小语幻想了无数次，哪怕没有惊心动魄，感天动地，但起码应该是正式的。

黄昏的林荫小路上，衬着微醺的晚霞，她垂着头，一脸娇羞地看着秦轶，脸比霞俏，人比花娇；他逆光而立，眉眼立体深邃，侧颜冷硬完美，她娇滴滴地说一句：“秦轶，其实，我喜欢你。”之后，一定要娇羞地摇摇身体。

可绝对不是这样的。

她裹得跟过冬的熊一样，只露了两只脱水凹在坑里的眼睛在外面，鼻子堵得严丝合缝，声音嘟嘟囔囔的，咬字不清，周围人来人往，人声鼎沸，秦轶一脸嫌弃地看着她，眉头紧锁。

不该是这个样子的啊！

可是，已经没有办法了，她好不容易鼓起了勇气，已经没有余力计较形式了。

时间过了很久，久到施小语紧张到快要心跳骤停时，秦轶才凝神看她，不紧不慢地甩开她的手，抚平了袖子上的褶皱，眼底不带任何情绪地答非所问："你生病了吧？"

施小语吓得心跳一滞，不知道他什么意思，下意识地点了点头，"昨天淋了雨。"说完，她生怕他误会自己是在发牢骚，赶紧又补了一句，"我忘了带伞，天气预报说是有雨，我还是傻乎乎地没带伞，自作孽，自作孽！"

只是，秦轶压根没有在意到她的良苦用心，眼底依旧冰冷一片，神情冷漠，隐隐地带着些不耐烦。他启唇，语气讥诮："就是因为你生病了，所以脑子有些不清楚，才会如此莽撞。你和我，只是病人家属和医生的关系，这种浅薄到连萍水相逢都不如的关系，不要自以为是地套上男女之情。我希望你分得清报恩和喜欢，等理清了逻辑，再好好审视自己的内心。"

说完，还没等施小语反驳，秦轶就头也不回地走了，仿佛她是洪水猛兽，唯恐避之不及。

偌大而喧嚣的门诊大厅，施小语却凄凉得如同世界只剩下自己一个人，心底一阵阵地刮冷风，悲催得恨不得倒地痛哭。

她万万没想到，她的表白会落得如此凄凉的下场。

在一旁看戏的柳茜这个时候才走过去，双手抱臂悠哉地看着她，尖俏的下巴冲秦轶离开的方向抬了抬："怎么说？怎么拒绝的？"

施小语有气无力地看着她，垂死挣扎："你怎么不往好处想，万一是答应了呢？”

“呵，都成这般德行了，我又不是瞎了眼！”

“……好吧，他没有直接拒绝，但是更没有答应，就说我是生病了才这么说。”

她翻译有误，柳茜的理解自然跑偏。那女人得意地挑挑眉，一副小人得志的模样：“我就说嘛，你是脑子有病了才能看上那个每天用鼻孔看人的家伙。”

“你不要这么说他，秦轶人很好的。”施小语负隅顽抗，解释得很没精打采。

“死鸭子嘴硬！”

“……”

/ 第二章 我相信

表白被拒的事让施小语着实抑郁了很久，事情过后的一周内，她的心情都是无比低落的。

对此，她的解释是，很有可能是感冒作祟，毕竟生病的时候心理防御能力相对弱一些，抗打击能力也会直线下降，所以，消极是一定的。

一周之后，她感冒痊愈，重新变得精神抖擞时，她又野心勃勃地继续觊觎秦轶了，毕竟他也没有直接拒绝不是吗。

更何况，如果他轻易地答应了，她反而还会觉得他轻浮呢！这样洁身自好，严谨自律的好男人她怎么可能轻易放弃！

对于施小语重整旗鼓，神采飞扬地继续倒追的行为，柳茜只翻了个白眼说了一句话："你就是一只打不死的小强！"

很快，"打不死的小强"就又有了接近秦轶的机会。

因为秦轶生病了。

至于生病原因，施小语不得而知，虽然柳茜一口咬定是因为秦轶遭到了报应，可是天地良心，她坚信，跟这个绝对没有半毛钱关系。

这天，她又逃了小半节课一路狂奔去医院，想要打探一下秦轶的消息。

一路驾轻就熟地奔去普外科，才被相熟的护士姐姐告知，秦轶已经休假回家养病了。

施小语还惦记着柳茜的冷嘲热讽，特意问了一句才知道，秦轶因为最近老加班，工作强度太大，饮食不规律，胃病犯了，接着引发了感冒，最后变成了肺炎。

施小语心疼不已，那护士姐姐自然看出了她眼底流露的心疼，很识趣地问了句：“我一会儿要去给秦大夫输液，你要不跟去看看？”

施小语的脸突然涨红，原本还想娇羞地推辞一下，可是又害怕真的被拒绝，赶紧点头答应：“好，你什么时候走？我随时都可以的！”

那护士姐姐被她心急如焚的样子逗乐了，整理了下手头的工作，边往更衣室走边调侃她：“吃饭了吗？吃了饭再去吧，不着急这一会儿！”

施小语本来想说没关系，我不吃也行，可是又一想，她不吃，护士姐姐还要吃，虽然心急如焚，却还是点头应了下来。

这是施小语吃得最没心思的一顿饭，她压根不知道往嘴里塞的都是什么东西，也不太记得护士姐姐跟她说了些什么。她满脑子想的都是，秦轶病了，她得去看他，不然他一个人生病在家，太可怜了。

护士姐姐看出了她的心不在焉，速战速决地吃完了饭，拉着兀自神游天外的她赶紧出发往秦轶家赶去。

秦轶家就住在医院附近，但不是医院分的职工楼，而是上下共二百平米的小复式。他住的一楼，还自带一片小花园，环境幽雅，景色宜人，与鸟笼子似的一个个圈人的职工楼有天壤之别。

听到这个消息，施小语用平生最丰富多彩的表情表达了自己的惊诧。医院这一带是最繁华的商业区，在这片商业区拥有一个带花园的二百平米的复式是个怎样土豪的概念，施小语并不能具象地感知。她只知道，她眼前有一大堆人民币飞过，一会儿排成了 N 形，一会儿排成了 B 形。

她不知道普外科大夫竟然这么有钱。

护士姐姐打断了她的遐想，继续解释："秦大夫性格并不是很开朗，平时话也很少，外人看着总觉得他太过于冷漠高傲，其实他不是这个样子的，熟悉他的人都知道，他的内心比谁都柔软。"

"嗯嗯，我知道，他人很好的。"他冲患者女儿笑的时候简直是如沐春风，能露出那样笑容的人，心地一定是善良的。

"秦大夫很少提及他的家庭，似乎是和家里有什么不愉快，所以他一直是一个人住，孤零零的，平时还好，生病了就有点可怜。"

说完，护士姐姐若有所思地看了施小语一眼，她立刻心领神会，赶紧拍着胸脯打包票："我可以照顾他，我虽然不会给他输液，但是我会做饭，保证把他养得白白胖胖的！"

"嗯，我替他谢谢你了。"

护士姐姐本名叫段榕，是普外科的主管护师，是唯一一个和秦轶走得比较近的护士，因为和秦轶工作时间久了，所以两人的关系比普通的同事要更好一点。秦轶家里没有女人，偶尔需要段榕过去帮忙，她虽然是极乐意帮他的，可是看到他一个人生活，心中还是有些替他着急，一个男人事业上再成功，身边总得有个女人照顾的。

身边这小丫头就不错。这一个多月以来对秦轶的心思她也看在眼里，这年头能这么踏踏实实对一个男人好的小姑娘不多了，秦轶身边缺的就是这种能嘘寒问暖的人。

两人各怀心事，没一会儿就到了秦轶家门口。施小语呆呆地看着那片芳草碧连天，但是连一朵花的影子都没见着的传说中的花园，心中有些失望，还不如她家门口的绿化带好看呢！

不过转念一想，秦轶天天那么忙，哪有时间侍弄这些玩意儿，便又释怀了。

段榕上前按门铃，施小语杵在后头，心里敲鼓似的忐忑。没一会儿，里头就传来秦轶的声音，“你好。”

他的声音嘶哑，带着些干涸撕裂的感觉，连音色都变了，听起来就格外的凄凉。施小语的心狠狠地揪了一下，他怎么把自己折腾成了这副样子。

“是我，段榕，我来给你输液。”段榕看了一眼旁边咬着唇的丫头，又补了一句，“施小语也在。”

随着开门声传来的是秦轶诧异的反问：“她来干什么？”语气里难掩不耐烦和嫌弃，听着很带刺。

段榕很尴尬，她不知道一向温润如玉的秦轶为什么会变得如此尖锐不留情面，一时间也不知道该说什么。

“我来看你！我虽然不会打针输液，可是我会做饭收拾家，你这两天得好好养身体，没人做饭怎么行！”

段榕正惆怅着怎么安抚小丫头的情绪，哪知她已经自己开口回答了，并且神采奕奕，眼底哪有半点受伤的样子。

她忍不住笑出声，看来是她多虑了。

两人进了屋，施小语跟着段榕乖乖地穿了鞋套进去，她的目光一直胶着在秦轶身上。

他瘦了点，身上穿着卡其色的家居服，显得空落落的；神色憔悴，脸颊比之前更加瘦削，显得棱角分明，眼神也不如以往锐利有神，隐隐有些倦怠。

他转身坐在沙发上，眼神越过施小语落在段榕身上，轻咳了几声后才开口问道：“今天差不多输到几点？”

段榕开始整理用物，抬头回他，“最早也得七点吧。”

“嗯。”秦轶低低地应了一声，若有所思。

段榕给秦轶输液，施小语就站在边上打量客厅。秦轶家的客厅很大，整个一楼几乎全是客厅，只在角落里设计了厨房和一个小小的餐桌，还有一间小小的卫生间，二楼上有几个关着门的房间，应该是卧室。

家里的摆设简约大方，施小语眼拙，对家具及设计并没有太多的了解，因此并不能看出是真的简约还是低调奢华有内涵。

估计是秦轶病了之后力不从心，所以家具上蒙了灰，虽然并不脏乱，可到底不干净了。施小语眉毛一挑，计上心来。

趁着两人输液的时候，施小语偷摸地溜进了卫生间，找了抹布，洗洗干净，准备大扫除。

等她从卫生间出来，段榕竟然已经走了，屋子里只剩下躺在沙发上挂点滴的秦轶，和举着抹布傻傻的她。

听到身后的动静，秦轶回头，皱眉看着她，一开口，语气依旧不善："从哪来的回哪去，我不喜欢陌生人在我家里逗留。"

呵呵，竟然把她舍己为人的伟大精神说成是逗留，这个讨厌的家伙！不过念在他是病人，施小语决定宽宏大量地原谅他。

"你一个人也不方便，我来帮帮忙，收拾收拾家，做做饭……"

她话还没说完，就被秦轶冷冷地打断了。他转过头，只留了个后脑勺给她，语气相当不耐烦，似乎是压抑着怒火在赶人："我不需要你无事献殷勤，赶快走。"

施小语拎着抹布几步走到他面前，他偏着头靠在沙发上，眉心紧皱，眼底愠怒，嘴唇抿得紧紧的，浑身上下散发着冷冰冰的气息，看着还真有几分吓人。

"我既然来了就不会走，总得做点什么才不枉我来这一趟。我会帮你收拾家里，等你快输完的时候帮你做饭，等你吃了饭我就走。你就安安心心地输你的液，我保证尽量少在你跟前晃悠，怎么样？"

"施小语，"秦轶半阖着眼看向她，眼底冷光乍现，他薄唇轻启，一字一顿道，"你不要不知好歹。"

这个人说话就是这样，不管对别人多绅士有礼，温文尔雅，到了她这里，就像柳茜说的那样，他的尖酸刻薄全是针对她的。就算再不耐烦，好歹她是个女孩子，他多多少少该给她点面子吧，每次都往她心口上捅刀子，不给她一丁点台阶下，算是怎么回事？

想把她赶跑，以为她会像其他女孩子一样，一脸受伤、梨花带雨地跑出去？

呵，开什么玩笑，她的脸皮要是那么薄，她就不叫施小语了。

“你就没对我好过，我倒是知道你的歹了，然而并没有什么用。你没生病的时候都赶不走我，现在就更别想了。”

于是，在秦轶阴沉的脸色中，施小语乐呵呵地打扫卫生去了。

秦轶的家说实话太大了，二百平米啊，真要打扫起来也很费劲的。施小语累成狗似的哼哧哼哧地擦家具、吸尘、拖地、打蜡，并且，不可避免地一遍又一遍地在秦轶跟前晃。

他阴沉着脸不作声，施小语如鱼得水，欢快地满屋子扑腾。

虽然如此，但她还是很有自知之明地没有进他的卧室和书房。她是脸皮厚，可是该有的礼貌还是有的，那是私人空间，她得尊重人家的隐私。

把家里打扫得一尘不染后，她抬头看表，已经快四点了，她抹了把脑门上的汗，窜进厨房准备做饭。

当她打开冰箱看见里头码放得整整齐齐的速冻饺子和泡面后，咂咂嘴，觉得那么优秀的男人，生活品质却如此低下，真是可惜了。

冰箱里没有食材，只能出去买了。施小语晃出厨房，找秦轶要钱。

“给我点钱，我给你买菜做饭。”

她站在秦轶跟前，毫无惧色地看着他，手掌一翻，做了个讨钱的姿势出来。

沙发上的人自然是不愿意搭理她的，闭了眼彻底无视她，两条长腿交叠着，浑身上下散发着不待见她的低气压。

唉，既然如此，就只能自己破费了。

施小语脱了鞋套出门，捏了捏手里的钱包，长叹一声，明天来的时候记得多带点菜钱。

小区里就有超市，施小语买了把面条，买了点小菜，跟卖菜的大爷讨了把香菜，又买了香菇、皮蛋和一小块肉，去水果摊上买了两个梨，之后看着钱包里仅剩的两个钢镚，喜忧参半地往回走。

她拎着大包小包的东西到了秦轶家门口，艰难地按了按门铃，等了半晌，没人应答。又按，还是没人理，再按，依旧没人理。

这么循环往复了几次后，她终于明白了一个让她几欲垂泪的事实，她间接地被秦轶轰出来了。

早知道出来的时候应该留个缝的，秦轶巴不得她赶紧滚蛋，她竟然傻到忘记留一手了，走的时候光想着给他做什么吃的了，压根没有意识到自己的危险处境，这下倒好，把自己坑了。

施小语把手里的东西放在地上，一屁股坐在门口，掏出手机给秦轶打电话，那头依然是让她听得快要条件反射的“您拨打的用户已关机”。她听了几十遍，终于放弃，改用方案二，继续敲门。

她手脚并用，把秦轶家的防盗门砸得咣咣直响，敲门的同时她又在想，是不是他输着液不方便给自己开门啊？

意识到有这种可能性，她眼睛一亮，但很快就又蔫了，因为秦轶用的是移动输液架，他要是有开门的心，分分钟就奔过来了。

他仅仅是不想看到她所以不开门而已，铁证如山，毫无转圜的余地。

在外头傻傻地折腾了近一个小时，施小语终于放弃，耷拉着脑袋拎着大包小包回去了。

其实，在充满青春气息的大学校园里，跟大妈似的拎着大包小包的菜晃悠是极其傻的，可惜施小语心情抑郁，也懒得计较了。

一路回了寝室，柳茜难得没有和风骚男出去，乖乖地跷着二郎腿敷面膜，一见她回来，一张刷白的脸扭过来，含糊不清地问道：“买什么了？晚上加餐？”

“不加餐，我买了明天的食材，要给秦轶做饭，他生病了。”

施小语下意识地撒了谎，对于自己出来买菜被拒之门外的事只字未提，因为她害怕柳茜嘲笑她傻，虽然她确实很傻。

“啧啧啧，不是说不做饭了吗，怎么又开始了，这次又要便宜谁？”

施小语蔫蔫地翻了个白眼：“谁都没便宜，我还没做呢！”

“呵。”柳茜轻嗤一声，鄙视之情不言而喻。

郁闷了一天之后，第二天施小语又精神抖擞、神采焕发了。柳茜说过，她是打不死的小强，虽然这个物种并没有蘑菇和草履虫可爱，但是好在精神可嘉，比较衬她这般坚持不懈、越挫越勇的气质。

今天去的时候，施小语特别明智地先把饭菜做好装进了保温桶里，直接提了过去，昨天那种被拒之门外的伤痛，她再也不想体会了。

有实验说，如果时常给草履虫一个有害刺激，那么久而久之，草履虫就会条件反射地趋利避害。

她就是那只逐渐进化、懂得趋利避害的草履虫，在秦轶的刺激下，一天天变得强大，百毒不侵。

到了秦轶家门口，段榕按门铃进屋，施小语负责偷摸钻空，再次完美地进入秦轶家里。

他依旧坐在沙发上等着输液，换了藏青色的长裤和白色的卫衣，整个人看起来清爽儒雅，就连身上憔悴萎靡的病态也被削弱了一点。他面前摆了台笔记本电脑，应该是在处理病历，高挺的鼻梁上架了一副窄框的眼镜，他锐利冷漠的眼神掩在镜片后，乍一看，竟也变得柔和起来。

段榕给他输液，施小语把保温桶放进厨房，又溜出来，迎着秦轶那一脸“你怎么又来了”的嫌弃表情傻傻一笑，无声地挑了挑眉。他太低估她的抗打击能力了，要是区区的一个拒之门外就能撂倒她，那她早在一个月前就知难而退了，草履虫也不是白叫的，单细胞生物就是这样执着得可歌可泣。

很快，段榕就输好液离开了，临走前意味深长地拍了拍施小语的肩。施小语心领神会，点点头，眼睛里闪烁着“革命尚未成功，草履虫仍需努力”的坚定光芒，目送她的神助攻离开。

段榕一走，施小语就去厨房热饭。她做了现成的冰糖雪梨汁、皮蛋瘦肉粥、香菇丸子汤。还没做葱花肉丝面，她害怕放的时间久面不筋道了，得现做。

她把热好的三样菜端到秦轶面前，无视他冷硬疏离的眼神，自顾自地解释：“先吃点这个，冰糖雪梨清肺化痰的，这两样养胃。你先吃着，主食是面条，我还没做，不过马上就能好。”

见秦轶欲开口，施小语赶紧把他的话截下来：“你放心，你不需要有负担，这是段榕姐吩咐我做的。她忙，时间调不开，所以只能让我帮忙，你领她的情就行。你可以不待见我，但是不能辜负段榕姐的心意。”

最后，她又给秦轶吃了一颗定心丸，“不信，你可以问段榕姐。”

她料想秦轶是不会问的，他才没有闲到把她的话当作圣旨一般言听计从。对于她的一举一动，他总是条件反射地嫌弃，但是摊上段榕的名头那就不一样了，除了对她，他对任何人都是谦恭有礼的。

果然，听了她的话，秦轶皱了皱眉，未发一言，却敛眉开始喝冰糖雪梨。施小语看着他舀了一小勺喝进去，兴奋得眼睛快发出光来，“怎么样？怎么样？好喝吗？我熬了好久的。我尝过，特别好喝，喝完嗓子特别润，你嗓子不舒服，多喝点这个特别好。我熬了很多，其余的放冰箱里了，你喝之前记得热一热，凉的喝了对胃不好……”

她正兴奋地念叨着，一抬头，撞进秦轶扫过来的眼神，一如既往的冷硬，还加了几分对她聒噪的嫌弃。她赶紧住了嘴，暗骂自己真有讨夸奖之嫌了，他喝了就已经是给她面子，多说无益，多说无益啊！

秦轶的瞳仁墨黑，沉沉的像是镀了光，里头印着她小小的倒影。她心虚，干巴巴地说了句："我替段榕姐问的，她挺担心你的。"

说完，她也不敢看秦轶充满探究的眼神，起身拔腿就跑，腿一软，还差点崴了脚，真是太尿了。

葱花肉丝面很好做，施小语驾轻就熟地开火烧水，把小葱切碎，肉块切丝，又稍稍加了一点姜末，切了一小把香菜。秦轶最近生病，嘴里肯定寡淡，所以肉块是她昨天就腌渍好的，很入味。

大约过了十多分钟，面就好了，施小语端着面条出去，却发现秦轶已经把桌上的饭菜全部吃光了。她心中暗喜的同时又隐隐忧虑，万一他吃饱了，她精心烹调的面条岂不是无用武之地了？

她走过去，放下碗，小心翼翼地问了一句："你没吃饱吧？要不要吃点面？"

秦轶挑了一边眉毛，总算能正视她了。他开口，嗓子似乎没那么沙哑了，施小语自然不敢认为这是她那冰糖雪梨的功效，毕竟它只是冰糖雪梨，不是仙丹。

"不吃了。"

秦轶悠悠开口，施小语却如五雷轰顶，一张脸变得灰败，神情无比可怜，"你能不能再吃一点，稍微尝一尝，好不好？"我做得特别用心，这个才是重头戏，你怎么就吃饱了呢！

为了腌渍肉块，她专门跑了大老远买了调味料，擅自用了柳茜的饭盒腌肉，差点没被那女人掐死；为了调面的味道，她还专门打电话请教了老妈，让老妈差点以为她要转型当厨娘了。食材是一大早准备好的，就为给他做顿新鲜的。

哪知道，这人竟然吃饱了！

"不吃了。"

秦轶斩钉截铁地回答，施小语见他神色并没有愠怒，便继续垂死挣扎，“吃不下的话，你尝一口好不好？”

“施小语，”秦轶垂眸看她，眼睛半阖，眼尾高挑，一脸的嘲讽，“我让你给我做饭了吗？”

是，他又没要求她做，是她自己主动请缨的，现在又要求他领自己的情，确实过分了。

施小语低头看看碗里色香味俱全的面，心里酸酸的。

她表白被拒都没这么难过。

她端着碗回了厨房，找了双一次性筷子撕开，蹲在墙边开始吃面，吃着吃着眼泪就吧嗒吧嗒地掉了下来。

含泪吃完了面，施小语重振旗鼓，起身把厨房收拾干净，清洗好保温桶，准备离开。

临走前，她还躲去卫生间用冷水扑了扑眼睛，等眼底的红肿消退后，才和秦轶告别。她不想他又误会自己是矫情，虽然她刚才哭得确实很矫情。

走到客厅，秦轶正抱着笔记本打字，指节带动着输液的针头一颤一颤的。施小语看着他手背上的青紫，突然觉得自己刚才那副样子实在小题大做了，她该心疼的是他，而不是那碗面。

液体快输完了，她干脆坐在一旁的地毯上等着，等着替他拔了针再走。

显然，她这个多余生物碍了秦轶的眼，他停了手上的动作，皱眉看她，一开口就要轰人：“你怎么还不走？”

施小语冲那快滴完的液体努了努嘴：“等输完了，我替你拔针。”

“不需要，我自己有手。”

施小语忽略了他话里的嫌弃，兀自解释：“那是自然，你一个人无论怎么不方便都能想办法解决，可是那样的话我觉得有点……有点费劲，反正快输完了，我给你拔了再走。”

她其实想说，那样的话我会心疼，想想他生病没人照顾，还要自己拔针，那场面还是挺心酸的。可是她明智地没有开口，生怕秦轶一怒之下把那台笔记本拍在她脑门上。

等待往往是漫长的，眼看着就剩一点的液体死活输不完，秦轶习惯性地忽视了她，自顾自地敲键盘，施小语无事可干，忍不住又开始念叨。

“你身体好点了吗？嗓子还难受吗？以后吃饭一定要多注意，一顿也不能少，也不能暴饮暴食，你胃不好，辛辣刺激的、油腻不好消化的尽量不要吃，生冷的也少吃，自己要多注意些。冰箱里的冰糖雪梨你记得热了喝，我问了我妈，我妈说那个清肺化痰的功效挺好的，你要是不愿意吃药，就喝点那个……”

她说了一半，秦轶突然狠狠地拍上了笔记本，把她吓了一跳，打了个哆嗦看秦轶，他的眼神却突然变得清明冷硬，全然没有了刚才的敷衍无视。

施小语愣住了，只听见他低沉的声音传来，音色冰凉，带着一丝愠怒：“施小语，你以为你是谁？这么自以为是地干涉我的生活，你有什么资格？”

施小语被噎了一下，头一次不知道如何反驳，因为她确实没有资格。如他所说，他们只是萍水相逢的关系，他对她的不待见是骨子里生出来的，不过是她一直死皮赖脸地缠着他而已，他是早就厌烦了的。

他直直地看着她，压根没有意识到他的话有多伤人。他总是这样，她怕什么，他就偏说什么，每次都是刀刀捅在她心口上，毫不留情。

一点都不绅士啊！

施小语敛了嬉皮笑脸的神色，正色道：“因为我喜欢你，这个理由够充分吧！我是倒追你的，所以死皮赖脸缠着你是必须的，哪怕你再烦也没办法。因为我喜欢你，在没有彻底绝望之前，我是不会放弃的，仅此而已，你再怎么嫌弃也没有用。”

“我谢谢你的坚持不懈，但愿到最后彻底绝望的时候你不会哭着来怪我。”秦轶启唇，冷漠而讽刺，似乎在笑话她的自作多情。

施小语没说话，目光扫过滴空的液体袋，若无其事地喊了句：“输完了，可以拔针了。”她之前经常出入医院，见多了，也就会了。

还没等她关调节器，秦轶已经把针扯了下来。因为没有撕开固定的胶布，所以针眼处都是血珠，针头上的血滴滴答答地落在地毯上，留下一小圈的血渍。

施小语把针头扎进茂菲氏滴管里，抬手按上秦轶还在滴血的手背。秦轶正欲挣扎，她手劲未松，低吼了一声：“别动，你都不知道疼吗！”

不知道是她近乎英勇就义的表情镇住了秦轶，还是他觉得和她拉拉扯扯很跌份儿，总之他没有动，由她按着针眼。

按了一会儿，施小语觉得差不多了，就松了手，沉默着提上自己的保温桶，垂头出去了。自始至终，秦轶都没有再看她一眼。

这就是施小语的第二次表白，场景依旧不浪漫，依旧和她幻想的相去甚远，但结果还是意料之中的，秦轶还是很嫌弃她，哪怕她那么拼命地对他好，那么努力地讨好他，还是无济于事。

她不明白，他可以不接受她的感情，但是为什么对她这个人衍生出由内而外的嫌弃呢？她自认并没有做什么招他烦的事情，难道喜欢他也有错吗？

害怕别人喜欢，有本事别长那么帅啊！切！

然而，这样的小挫折对于施小语来说，睡一觉就自动消除记忆了，压根不需要调整心情。因为秦轶的冷漠态度，她早就百毒不侵了，这点小事自然不在话下。

之后的几天，施小语天天觍着脸跟着段榕去秦轶家，给秦轶收拾屋子，给他做饭。看他气色一天天变好，人也精神了很多，她的心情也变得无比灿烂。

只可惜，好景不长，还没等她高兴够，她就遭了灾。

这灾不是来自于秦轶，而是她的班主任，那个秃顶的老教授。

老教授把她叫进办公室，指着一路飘红的出勤表阴恻恻地说："施小语，我点了五次名，你每次都不在，怎么解释？"

施小语能怎么解释，根本就百口莫辩啊！抽五次中五次，这多大的概率啊，充分说明她旷的可不止五次！

自从开始追求秦轶，她就没怎么好好上过课。虽说"身为学生应该以学业为重，男女之情是后话"这样的大道理她都懂，可是她和秦轶的作息时间差那么多，要是不牺牲一点自己的时间，怎么追他啊！

自然，她是不敢如此理直气壮地申辩的，所以只是乖乖地点头，虔诚而真挚地道歉，做了一番要重新做人的深刻反省。

然而，这并没有什么用。

老教授狠狠地拍了拍桌子，一声令下："这门课你就别考了，等着补考吧！另外，写一份一万字的检讨，明天交上来！"

补考就意味着挂科，挂科就意味着这学期的奖学金和助学金泡汤，她的生活费没有了。施小语咬咬唇，压下心底的酸楚，轻轻点了点头，之后转身出了办公室。

她纯粹是自作孽，这就是赤裸裸的赔了夫人又折兵，秦轶没追到，还把自己搭了进去。可是能有什么办法，老教授向来以铁面无私著称，跟他求情，只会适得其反，还不如乖乖反省，下不为例。

出了办公室，施小语就乖乖地回教室写检讨去了。一万字的检讨不写个几个小时是写不出来的，她长叹一声，心情无比低落。

去了教室，竟然发现柳茜也在。她身边还坐着风骚男，两人旁若无人地秀恩爱，看在她眼里，简直是双重打击。

"咦，蘑菇头，今天怎么没去给你家秦大夫送饭啊？"

见她进来，柳茜故作诧异地调侃她，施小语心情不好，蔫蔫地回答道："回来写检讨，一万字，我逃课被老教授逮了。"

她没说挂科的事，因为她每次逃课都让柳茜替她掩护，她害怕说出来会让柳茜有负担，毕竟这是她自己的问题。

写完检讨已经将近十点了，施小语收拾了东西准备回寝室。从教室到寝室要经过一片黑漆漆的枫树林，她本就抑郁，又遇上这月黑风高的夜，一颗心像是下到冰窟窿里，满腔的悲凉。

正垂头走着，斜刺里突然冲出一道人影，她没收住脚，一头撞了上去。那人轻轻地呼了一声，她倒是被结结实实地吓了一跳，条件反射地开始掉眼泪。

其实她本没有那么矫情，只是今天心情很郁闷，被这么一刺激，突然有些撑不住了，开始恨自己苦追无果，恨自己的奖学金化成了泡影，恨写个检讨用上了毕生才华，差点没熬得油尽灯枯。

左思右想，觉得自己真的命苦，反正是月黑风高的夜里，也没人看得见她的狼狈，便也不再顾忌，咧着嘴大哭。

她这个模样倒是把那人吓到了，他下意识地一手盖在她脑门上，略显局促地说道："不好意思啊同学，我不是故意的，主要是天太黑了，我没看见你走过来。"

这个时候施小语才反应过来，自己哭得似乎不合逻辑，还有一个蒙在鼓里的路人甲在这儿呢。思及此，她赶紧摆摆手："没事，跟你没关系。"

那人明显愣了一下，"……那要不我送你回寝室吧。你叫什么名字啊？我叫段暄，大四管理系的。"

"我叫施小语，你妹啊！"

那人又愣，"……你好好说话。"

“我说我是你学妹，我大三管理系的。”

“……是吗？缘分缘分！”

即便后来说起来，施小语也觉得不可思议，她一脑门竟然撞出个好朋友来。她和段暄很投缘，那种莫名其妙的投缘，两人从前并不相识，也互不了解，三观也不太相同，可就是很聊得来，和他相处特别舒服。

为此，她专门请教过柳茜，柳茜翻个白眼鄙视她，“还能怎么着，无事献殷勤，非奸即盗呗！难不成他还是你失散多年的哥哥？”

她不觉得段暄是无事献殷勤，他可能是无事，但是大晚上的在小树林里专门撞女生献殷勤多少显得变态了，当然她也不相信爸妈会把那么优秀的儿子失散出去留下她这个蘑菇头。

一切都是缘分啊！

这几天施小语一直没敢再去看秦轶，且不说老教授把她揪上了黑名单，天天把她当在押犯人似的，24 小时全方位无死角地监控着。她自己也不能再逃课了，期末考试要到了，她得临阵磨枪了。

/ 第三章

我的心并不遥远

而另一边，秦轶的身体也一天天恢复了，段榕估摸着再输三天肯定好了。这天，她照例拎着药来了秦轶家，他冷脸开了门，狭长的眼尾下意识地落在她身后，直到目光所及空无一物时，才皱眉收回眼神，若无其事地说了句："进来吧。"

段榕愣了愣，觉得秦轶刚才的眼神分外古怪，像是惦记着什么，可是那份惦记稍纵即逝，让她以为是自己的错觉。

进屋给他输液，他也是一直心不在焉的。她扎针的时候说了三次让他握紧拳头，他竟然都没有反应，段榕这才意识到不对劲，这人今天明显不在状态啊。

给他固定好针头，调整好点滴，段榕才开口问沙发上懒洋洋闭目养神的人："秦轶，你今天怎么了，精神不太好，是还不舒服吗？"

秦轶半晌没反应，就在段榕以为他懒得搭理自己的时候，他才徐徐睁开眼睛，慢悠悠地开口："你是不是自作主张做了什么？"

他这句话把段榕问得一头雾水，她摊摊手，很是无辜："我除了自作主张用了科室里的东西给你输液外，其他操作都是在你的指示下进行的。你让我中午来，我不敢下午来；你让我赶紧走，我屁股都不敢坐热就得滚蛋，所以说，你不能污蔑我。”

两人关系一向很好，秦轶深知她是在打趣自己，并不是真的在意，便挑了挑眉，斟酌了一下，用空着的那只手抚了抚下唇，云淡风轻地说了句：“也不是污蔑，我明确告诉过你，我屋里见不得有外人进来，你不也照样领人来了吗？”

“施小语能是外人吗？一个小姑娘天天把你当大爷似的伺候着，听说你病了，跑得比兔子还快，又是打扫又是做饭的，这年头你上哪儿找这么乖的女孩子，身在福中不知福的家伙！”

秦轶眼底精光乍现，但很快敛去，半阖了眼，不动声色地继续反问：“说得倒好像她多诚心似的，还不是你授意的吗？让她给我做饭，照顾我这个孤苦无依的病号！”

“我哪有！你可不要随便糟蹋人家的心意，我可没有说过这话，这全是她自己的心意。我要是真教她的话，就该教她追自己学校的男生，又青春又可爱，不像某些人，一副老气横秋的样子，满脸写着‘生人勿近’，不知好歹！”

段榕替施小语打抱不平，秦轶却皱眉想着别的事。他扭头看着空荡荡的厨房，心中的念头渐渐清晰。

那个丫头是料到自己不会向段榕求证，所以才敢睁着眼睛说瞎话。

想到她探头探脑的模样，在自己面前矛盾而忐忑的表情，明明想要接近却又适时地表示怯懦，看着脆弱得不堪一击却又有着出人意料的韧性，怎么赶都赶不走，怎么吼都不会恼，总是笑着应对。笑起来的时候两颊的婴儿肥都在颤动，在这个锥子脸横行的时代，她那样胖嘟嘟的脸还真是难得。

秦轶因为家庭缘故，从小就和家人不太亲近，性格偏孤僻，加上学医之后养成的冷漠性子，几乎没什么太亲近的朋友。成年之后，也有不少女孩子追求他，可他烦不胜烦，从来都是礼貌疏离的，一来二去，就算对他心有所想的，也被他的冷漠吓退了。他乐见其成，也省了不少烦恼。

但是像那个丫头一样，牛皮糖似的怎么甩都甩不掉的倒是少见，她并不是死缠烂打，多数情况是很识时务的，见他不耐烦了便主动离开，不会让他特别讨厌，但让他无可奈何，拿她没办法。

她不像其他女孩子一样希冀从他身上得到什么，这么长时间以来，她总是在付出，哪怕自己对她冷漠无视，她也总是笑眯眯地离开，过不久，又元气满满地回来。

他不知道追求人是怎么样的心境，但是他知道，一般人大概是做不到这么坚持不懈的。

就像段榕说的，女孩子都是用来疼的，好好的姑娘为什么要觍着脸来你这里受气，人家又不欠你什么，凭什么看你在这装大爷！

曾经他以为她是念在自己救她父亲，对她有恩的份上才如此上心，但自从她上次在混乱嘈杂的门诊大厅表白后，他才明白，原来她和那些女孩一样，到头来看上的还是他这副皮囊。她对自己能有几分了解，就敢大言不惭地谈喜欢？

无非是冷漠的性子加上医生的身份，让她们这群懵懂无知的小女生有了点绮丽的幻想而已，好奇劲儿过去了，自然也就没那么大兴致了。

就好比现在，前几天还天天准时登门，不管他怎么嫌弃总是觍着脸缠上来，软磨硬泡地给他做饭。现在可好，连着几天没来了，也不像从前一样坚持不懈地给他打骚扰电话了，结结实实地消失了。

到头来，她还不是和那些女孩子一样肤浅。

秦轶偏着脸思忖着，越想越觉得烦闷，眼尾收敛，眼底愠怒一片，薄唇抿得紧紧的，似乎随时有怒火喷薄而出。

站在一旁的段榕不知道他怎么突然就生气了，一时间反应不过来。凭她对秦轶的了解，这人绝对是那种喜怒不形于色的，哪怕有再多心思，面上也始终是温文尔雅的，对待女士更是绅士有礼，让人挑不出半点毛病，虽说性格冷漠了点，可也从不会给女生脸色瞧。

当然，那个傻傻地倒追他的丫头是个例外。

秦大夫的心思，段榕是不敢胡乱揣测，也是揣测不明白的，总之她的任务完成了，他爱怎样就怎样，跟她没有关系了。

“好好看着点针，今天快点，六点多应该就完了，自己做饭的时候注意不要沾水。”

段榕刻意强调了“自己”二字，看到他刀子一样的眼神扫过来，赶紧跑了。

不舒坦了吧，觉得那丫头不在没人照顾不方便了吧，人家在的时候你可劲儿嫌弃，人家不来了你又觉得干什么都没人伺候不自在，倒真把自己当大爷了！

段榕虽说是秦轶的好朋友，可是想想那个尽心尽力的小丫头，还是替她打抱不平。

话说施小语这厢，等她再次见到秦轶时，已经是几周之后了。虽说她没有大把时间蹲点邂逅秦轶，但是有了段榕这个可靠的眼线，该掌握的信息还是一点儿没落下。

比方说，他肺炎彻底好了，气色不错，已经上班了，就是还有一点咳嗽；胃疼缓解了些许，但貌似吃饭还是不太规律，胃依旧没养好。

施小语喜忧参半，喜的是他的身体终于好了，自己不用牵肠挂肚地惦记了；忧的是她这么长时间没去缠着他，他或许在庆幸，终于把她这个烦人精甩脱了。

只是现在不是伤春悲秋的时候，因为段暄这个傻帽打水时暖水瓶炸了被烫伤了，当时她也在场，只能陪他来医院。她现在终于明白她和段暄为什么投缘了，因为在某种程度上，他和自己一样，同属草履虫。

段暄红着一张脸坐在椅子上，等着施小语挂号交费，之后等着医生给他处理伤口。

两人都挺尴尬，段暄尴尬的是自己一个大男人竟然被热水瓶烫伤了，还跟个娘们似的捧着腿坐着，不仅颜面扫地，还被狠狠地踩了两脚。

施小语尴尬的是，他们两人这般行为实在太容易让人误会了。刚才分诊台的护士就语重心长地和她说，男朋友也是需要关爱的，以后让男朋友打水的时候记得把壶底拧紧了。她欲哭无泪，简直比窦娥还冤，这个被热水瓶烫伤的㞞货真的不是她的男朋友啊!

就这样尴尬地等了十几分钟，医生总算来了，施小语的一双眼睛还直盯着段暄红肿的小腿，压根没看清来人，嘴里兀自嘟囔着："段暄，你怎么这么不小心呢？"烫了就烫了吧，为什么还要拉我当垫背的？我革命尚未成功，就给你背了黑锅，我多冤啊!

"让我看一下患处。"

来人一开口，施小语就哆嗦了一下，她灰败的眼神立刻重新燃烧起来，一抬头，眼底似要发出光来，嘴角止不住上扬，笑得恨不得把牙床都露出来："秦大夫，怎么是你啊！"

秦轶没有看她，眼神落在段暄红肿的小腿上，神情冷漠，眼底闪过不加掩饰的冰冷和排斥，周身低气压环绕，对她的嫌弃很是明显。

施小语几周没见他了，惯常的厚脸皮技术有些生疏，一时间很是尴尬，眼底的光芒收也不是，不收也不是，最后局促地垂了眼，下意识地绞了绞手指，嘴角的笑意僵住，很是难看。

一旁的段暄自然看出了她的难堪，对于她追求秦轶的事情，他一清二楚，现在看秦轶这个态度，越发替施小语不值。这样冷漠无情，一点都不懂得怜香惜玉的男人到底有什么好，值得她这么上心？

"小语，去帮我买瓶水，我有点渴了。"

段暄开口，意味明显，就是为了支开施小语，他忽略了他叫小语时，秦轶手上突然加重的力道，咬牙又补了一句："乖，快去，我好渴！”

腿上疼得更厉害了，段暄看着秦轶收紧的拳头上冒出的青筋，脑门上的汗都快飙出来了，真他妈疼啊，这人是要掐死自己吗！

“渴什么渴，之前也没见你要喝水！”现在秦轶好不容易来了，我能多看他两眼了，你突然就口渴，故意的吧！

施小语还想磨蹭一会儿，屁股始终不愿意离开凳子，她一双眼珠子恨不得挂在秦轶身上，一直痴痴地看着他。

一开始听段榕说的时候她还不太相信，毕竟那几天见到秦轶时，他实在是憔悴得厉害，她不清楚段榕是不是为了安慰她才那么说的。

可如今看来，段榕应该没有骗她，秦轶的气色真的不错。他皮肤偏白皙，生病的时候有些灰败，现在看着倒是红润了很多，那双眼睛也恢复了以往的精气神，锐利深邃，眉目棱角分明，又成了从前冷漠疏离的模样。

他是病好了，却又像从前一样把她推到千里之外了，她不知道是幸还是不幸。

正哀怨着，后背就被段暄捣了一下，这厮下手很重，捣得她心肝都在颤，要不是秦轶在场，她早就飙脏话回头掐他脖子了，这孙子！

“孙子”说：“小语，快去给我买水。”

施小语只能起身，看着秦轶宽厚的背脊，冲段暄做了个鄙视的手势，用唇语骂他。

施小语去买水，休息椅上只剩了段暄和秦轶两人。秦轶起身，面上没什么特殊的表情，淡淡地吩咐段暄：“去清创缝合室吧，你的患处有些破溃，得清创处理。”

秦轶迈开大步往前走，段暄略显狼狈地跟在后头，看着他挺拔笔直的背影，暗自嘟囔了一句，呵，不就是有副好皮囊吗，拽什么拽！

进了清创缝合室，段暄终于忍不住，很是不满地开口：“秦轶，你为什么不接受施小语？她对你这么好，就算是个铁锤也捂热了吧？”

秦轶眼皮都没抬，神色淡漠，眼底平静，没有因为他的质问而有半点波澜，手上动作也未停。他戴好无菌手套，打开无菌包，整理清创缝合的用具。

“我说你这人怎么这样啊？你懂不懂点好歹，觉得人家小姑娘天天追着你很有成就感是吗？随意糟蹋别人的心意也无所谓吗？你以为施小语脸皮很厚是不是？不管你怎么嫌弃，怎么冷嘲热讽，怎么把她的尊严摔在地上，面无表情地踩上一脚又一脚，她总是嬉皮笑脸地很快爬起来，由着你欺负。因为她喜欢你，所以她理所应当得承受这些委屈，是吗？就是因为你这副要死不活的样子，才把施小语变成了现在这般德行，百般讨好你，像个傻子似的，抓住一切机会对你好。旷课给你做饭被挂科，她连埋怨一声都不敢，还要赔着笑脸关心你有没有吃好。即使这样，她都不敢难过，害怕你嫌弃她，害怕连最后这点儿接近你的机会都没有了，所以只能忍着，继续给你这张死人脸赔笑。秦轶，你何德何能值得她付出那么多？她为了你恨不得把心挖出来，而你自始至终都看不起她，觉得她是个自作多情的傻子。你看不上她的人，更看不上她的心意，哪怕她拼尽全力，用自己所有的尊严去讨好你，你依旧不屑一顾，你的良心被狗吃了吗？即便是个陌生人也得懂点知恩图报吧，做人不要做得太绝，小心遭报应！”

段暄越说越生气，细想着那丫头受的种种委屈，每次受了委屈仍要强颜欢笑替秦轶说好话，他心里就像是点了一把火，腾腾地烧遍了全身，恨不得把眼前这个冷血动物给手撕了。

人们都说先爱上的人就输了，这个输并不是指爱情里不对等的关系，而是指先爱上的人注定要承受更多的委屈。

就比如施小语那个丫头，是她先喜欢上了秦轶，所以她要拼命地讨好他、关心他，哪怕他对她的关心不屑一顾，把她的满腔热情弃若敝屈，她也不能有一点怨言。因为她没有资格埋怨，哪怕她再难过，再伤心，赌气不理秦轶，到头来，秦轶的生活不会受一点影响，他不会在意她的心情，就算离开了，难过的也只有她自己而已。

她舍不得放弃，就只能咬牙忍着，把自己放在最卑微的位置，希冀秦轶能对她有一点点上心。

段暄不是不心疼，也不止一次替她打抱不平，劝她赶紧放弃，天下之大，还怕找不到比秦轶好的男人，只要下了追求秦轶的功夫，什么男人追不到手？

可是那丫头不依，也不恼，说她只喜欢秦轶，说秦轶是个好人，没有他说的那么坏。

他还能怎么办？那个丫头已经认定了，甘愿忍气吞声地受罪，他终究是个外人，可以规劝，却做不了她的主。

一直又心疼又生气，这下见了罪魁祸首，段暄想着，要不是自己腿上有伤，早就一拳头呼上去了。

秦轶低头开始处理伤口，把段暄一大串打抱不平的话忽略了个彻底。段暄更气了，可是又没办法。说到底，自己的气场弱太多，这个男人喜怒不形于色，从容自若，他这么吵吵，除了跌份儿以外于事无补。

思及此，他叹了口气，稳了心神后说道：“秦轶，你给施小语个痛快话吧，你既然不喜欢她，就不要再给她希望了，干干脆脆地断了她的念想，别让她受罪了，你不心疼，我心疼。你讨厌的人，有人却喜欢得紧，你把她当奴才似的招之即来，挥之即去，有人却把她当宝宠着。她天天强颜欢笑，把所有委屈都藏在心底的模样谁见了都心疼。你就行行好，别再吊着她了，我会好好管着她，不会让她再烦你了。”

埋头处理伤口的人依旧未发一言，段暄低头，只看到秦轶手背上一点点暴起的青筋，伴随着他去除破溃皮肤时那撕心裂肺的痛。

他直觉，秦轶一定是故意的。

小腿上涂了药，结结实实地绑了一圈绷带，段暄疼得龇牙咧嘴。秦轶起身，把弄脏了的手套褪下来随手扔在治疗桌上，手都没洗就直接摘了口罩，冷眼看着段暄。

半晌，他才冷冷地开口："你以为她是个物品吗，可以让来让去，我不稀罕了，就转手让给你。她是人，有独立思想的人，她知道自己需要什么，不需要什么，你凭什么在这里自作主张？"

段暄这个时候才是被实实在在地吓住了。秦轶的神色很冷，眼底像是结了冰，那寒意一点点凝聚，把几不可察的怒意冻结在深邃的眼底，配上讥诮犀利的言辞，周身的气压冰冷压抑。他没见过气场如此强大的人，登时傻了眼。

见他愣住，秦轶才挑了一边眉毛，紧抿的嘴角换上一抹讥讽的笑容，微微俯身看他，带着居高临下的鄙视和不可一世的傲然，像个胜利者冲他开口："更何况，施小语喜欢的是我，即便我再讨厌她，她喜欢的人也只有我！"

他的口气狂妄自大，又带着坚不可摧的笃定，那神态隐隐透着高高在上的得意，让段暄看着很是不爽，可是又无计可施。自己哪里是他的对手，除了让他看笑话外，根本起不了半点作用。

因此他只能坐着，在秦轶转身出门准备离开时，才愤愤不平地吼了一句："那又怎样！就算再深的感情迟早也会被磨光的！你不要得意得太早了，总有一天施小语会对你的冷漠绝望的，到时候她会不会喜欢我，我不知道，可是我敢保证，她是再也不会喜欢你了！"

段暄嚷嚷了半天，秦轶脚步未顿地离开了清创缝合室，压根就没有搭理他。

他恨不得仰天长叹，这个死面瘫，说什么都没表情，那么镇定自若，更反衬出他像个自说自话的傻子，太丢人了！

在段暄看不见的地方，秦轶的拳头一点点收紧，直到手背青筋暴起。他的脸色很难看，像是暴风雨来临时的积雨云，压抑而暗沉。

他无法继续自欺欺人，他必须承认，因为段暄的那些话，他很不高兴。

正黑着脸往外走，就看见了玻璃门外一个小小的身影，她怀里抱了一瓶水，慌慌张张地跑进来，还是那么不稳重。

想到自己看见她挂号，想都没想就直接接了她的诊，连普外科大夫接了烧伤科病人这样的逾矩行为都没有考虑到，就觉得可笑，自己这么煞费苦心，她可是半点没有察觉，满心满眼地照顾着别人，怕他疼，怕他渴。

呵，他可没听说烫伤病人没水喝会渴死的！

那小人儿探头探脑地在各个诊室门口晃荡，应该是在找那个被开水烫伤的废物。眼见着她快要走到清创缝合室了，秦轶勾了勾唇，想也没想，就往她的方向走去。

“哎呀，秦大夫，你在这里呀！段暄呢？我找不到他了！”

施小语有些激动，她刚才还鬼鬼祟祟地找他来着，可是有些诊室关着门，她也不好意思凑过去看，只是扫了一眼没见他，还以为他走了，正暗自失落，却不承想他突然就出现了，真是傻人有傻福啊！

“跟我来。”

秦轶脸色阴沉沉的，虽然依旧冷漠，但冷漠中似乎又多了一份隐而不发的怒火，使得他整个人看起来都带着生人勿扰的压抑，看着有些怵人。

如果是段暄惹他生气了，她回头就把那个傻帽的另一条腿也做成酱肘子。

两人一前一后进了一间关着门的诊室，施小语进去之后探头看了一眼，发现这屋里空落落的，别说人，连个物件都没有，空荡荡的一个屋子，除了地板就是墙。

“怎么，还惦记着你的小情人呢？”

在她愣神间，秦轶开口了，语气有点剑拔弩张，火药味十足，看来段暄真的把他惹毛了。

施小语很严肃地纠正："他是我的学长，仅此而已。"

她背对门板而立，秦轶面对她站着，不知是因为逆光的缘故，还是因为他脸色本就难看，从她的角度看过去，秦轶的脸色黑得和锅底有得一拼，浑身上下散发的低气压也比往日更甚。

她微微有些害怕。她深知秦轶平时一直很善于控制自己的情绪，即便对她，也只是厌烦居多，从来没有真正动怒过。

现在看他这副阴沉沉的样子，她着实有些害怕，心中暗想，段暄那孙子要死无全尸了，竟然把秦轶气成这样！

"我还以为你多少会有点毅力，起码你装的这一两个月让我差点相信了，但没想到我还是高看了你。这头搞不定了，就想着赶紧找好下家，事成了，可以脚踏两条船，事不成，也有备胎顶着，果然聪明。"

施小语还没反应过来是怎么回事，秦轶已经逼近了她，把她困在门板和他的胸膛之间，胳膊肘撑在门板上，微微低头，冷眼看着她，嘴里说出的话让她冷到了骨子里。

饶是她再傻，也听出了他话里的嘲讽，她仰起头，脸色微微发白，嘴唇也开始哆嗦。这样暧昧霸道，可以说是她幻想了无数次的姿势，但她却没有半点绮念，满脑子的委屈愤懑。

她对他死心塌地，他却如此误会她，说她把段暄当成备胎，追不到他还可以屈就段暄。

她在他心里就这么龌龊肤浅？她要是真的那么现实，早在被他冷眼相待的时候就果断寻下家了，何必巴巴地被他羞辱成这副德行！

他可以侮辱她的人格，但不能亵渎她的心意。

"我一心一意地喜欢你，你可以不接受，也可以不屑一顾，但你不能主观臆断揣测我的心意，毕竟喜不喜欢是我的事，接不接受，才是你的事。"

“觉得委屈了是吗？”

秦轶俯得更低，极黑的瞳仁像是泼了墨，隐隐泛着冷光。两人离得很近，近到施小语很清楚地看清了他眼底的讽刺。

一种他从来没有流露过的讽刺。

施小语缠了他这么久，他虽然从来没有给过她什么好脸色，但最多也只是冷漠无视，态度稍显不耐烦而已，从来没有过这样明显的讽刺。

他在嘲笑她的自作多情，在她揣着一颗心忐忑得像个傻子一样希冀他能有那么一点点在乎她时，他却冷着眼居高临下地践踏她的一片心意。

柳茜总是说她脸皮厚，子弹都打不穿，越挫越勇，她虽然傻呵呵的从不反驳，可她自己心里清楚，她的脸皮一点都不厚。没有人天生就能做到对别人的无视冷漠甚至嫌弃坦然自若、毫不在意，她也一样。

从前的她，脸皮薄到和男生说话都磕磕巴巴，紧张到手足无措，被人稍稍冷落就觉得被全世界抛弃了，兀自伤心失落，尴尬不已。

但自从遇到他之后，她知道，她如果不努力改变，就永远不可能接近他。她咬着牙让自己变得勇敢，他的无视，他的冷漠，她一点点接受，哪怕再尴尬难堪，她也咬牙忍着，实在局促得不行了，她就靠不停地说话来转移注意力，靠傻笑来缓解压抑难堪的气氛。

她在他的冷漠下一点点地学会坚强，别人只看到她的执着，却不知道她躲在被子里偷偷哭过多少次。没有哪一个女孩愿意一次又一次地被冷落，一次又一次的失望。

之前她之所以不愿意放弃，就是因为秦轶并没有明确表示他讨厌她。他的态度在她看来只是对她单纯厌烦，还没有上升到对她这个人、这份心意的不屑，她觉得自己似乎还有一线生机，便抱着这缥缈的希望坚持了一次又一次。

可是现在，他说她已经找好了备胎，那么云淡风轻地在她心口上捅刀子，在他眼里，她就是这样轻浮随便的女孩，喜欢就觍着脸追求，追不上就赶紧找下家。

她苦苦追求了这么久，难过得恨不得咬断后槽牙才一点点积累起来的情感，被他轻飘飘的一句话就打了个支离破碎。

她是很委屈，委屈得恨不得哭出声来，她不怕受苦，不怕无果的追求，怕的是他就这样轻描淡写地辜负了她全部的心意，把她说得一文不值。

鼻尖突然传来一阵清淡的香气，施小语回过神，才发现秦轶靠近了她。他的脑袋轻轻靠近她的肩窝，温润平缓的气息缓缓而来，并没有灼热暧昧，反而透着一股阴寒，让她后脊发凉。

施小语的下巴轻触着秦轶的肩膀，白大褂硬质致密的触感从下巴颏那一小块皮肤上丝丝密密地传来。两个人看着像是交颈相拥，是种即便她梦到也会幸福得笑出声的姿势，可她却没有预料中的情难自抑，而是满心满眼的难过。

因为秦轶在她耳边一字一句，清清楚楚地说道："施小语，你爱喜欢谁是你的事，请不要主观臆断地给我施加道德绑架。所以，以后烦请你离我远一点，最好不要因为你那份多到无处安放的爱情而打扰了我的生活。"

要么，就死心塌地地只喜欢我；要么，就永远不要招惹我，不要等我稍有松动，你却全身而退了，这样的玩法，很不公平。

他话音刚落，施小语就像寒冬腊月被兜头盖脑浇了一桶冷水，从内到外凉了个彻底，眼眶里憋了许久的泪终于止不住流了下来，一不小心就落在了秦轶雪白的白大褂上。

她心里湿漉漉的，脑子里想的却是，她好不容易被壁咚一次，竟是在这样的场景下。

还是一如既往的悲凉。

施小语不太记得自己是怎么走出那个诊室的，又是怎么被一瘸一拐的段暄领回去的。她脑子里像是煮了粥，咕咚咕咚的，除了从眼睛里往外溢眼泪外，失去了它原本的生理功能。

浑浑噩噩地回了寝室，柳茜不在。施小语照了照镜子，看着镜子里红肿的眼睛，觉得自己更像超级玛丽里的蘑菇了，满脸只剩下肿大的眼泡。

她衣服也没脱，倒头就睡。昏天黑地地睡了一觉，最后还是被段暄的电话叫起来的。她睁眼，长长地叹了口气，受了这样大的打击，她竟然还可以踏踏实实睡了这么久，真是想矫情都难。

有人说过，成熟就是从前失恋的时候茶不思饭不想，身心交瘁；而如今失恋，哭够了起来给自己泡个面，还不忘卧两个荷包蛋。

她就是这样，伤心欲绝，却还能美美地睡一觉。

接了段暄的电话，他叫她出去吃饭，顺便去门诊换药。

她想着也没什么事要做，在寝室待着也是徒增凄凉，便答应了跟他一起出去。

两人约在学校门口的小饭馆吃饭，段暄一瘸一拐地过来，见了她，当脑门给了她一巴掌，施小语翻了个白眼："你有病！"

段暄冷哼一声，"你才有病吧！秦轶和你说什么了，你成了这副德行？！本来你脑子就不够用，打眼一看，别人还以为我领了村口的二傻子呢！"

施小语自然不会把秦轶的话告诉他，当下也没了和他调侃的心思，脸色不太自然地敷衍一句："没说什么，你又不是不知道，他一直都不待见我。"

听她说完，段暄又愤愤不平地开始批斗秦轶，由表及里，由浅入深，引经据典，举例论证，全方位无死角地把秦轶骂了个狗血淋头。施小语看他义愤填膺、唾沫横飞的亢奋模样，实在不忍心说实话。其实，即便这样，她听见有人说秦轶不好还是会很生气，段暄压根就不是给她打抱不平，是结结实实又给她添堵来了。

意识到她脸色并不是很好看，段暄才干巴巴地转移了话题，夹了一筷子肘花到她碗里，讨好道："过几天我姐医院有个聚会，可以带家属，我们一块儿去蹭吃蹭喝吧！"

施小语对于复杂的人物关系向来理不清，也就从来没怎么关心过段暄的家庭结构，因此突然听说他有个在医院工作的姐姐，一时间还有些好奇，可是又一想，也不太好意思继续刨根问底，只说了句："你算家属，我算怎么回事？"

"有什么关系，说你是我学妹不就行了。他们那种聚会都是科室里出钱，出手阔绰，多一张嘴根本没人在意，人多热闹。反正你也没什么去处，我带你玩儿去。"

"段暄，你不说最后一句会死啊！"

最后，施小语到底是没经住段暄的软磨硬泡，答应跟他去蹭吃蹭喝。

一周后的周末，施小语起了个大早，特地化了个精致的淡妆，穿了条平时不常穿的连衣裙，脚上蹬了一双八公分的高跟鞋准备出门，一旁吹头发的柳茜咧咧嘴故意调侃她："不是说对秦轶死心了吗？打扮这么漂亮给谁看呢？"

"不关秦轶的事，我陪段暄出去。参加他姐姐科室的聚会，我起码得打扮得好看点，免得让人家一眼就看出我是去蹭吃蹭喝的！"

对于柳茜的话，她避重就轻地回答了几句。说实话，她现在还没有彻底死心，她可是打不死的小强，这次只不过元气大伤，复原的时间比较长而已，说死心就有点绝对，人总得有点不轻言放弃的信念不是！

收拾妥当出门，施小语和早已等在楼下的段暄一并赶往聚会地点。

见了她的装扮，段暄眼底难掩惊艳之色，毫不吝啬溢美之词，"施小语，你这么穿真像个女人！比平时那清汤挂面的模样强多了！"

施小语眼角抽搐了一下，咬牙切齿地纠正他："我平时也是女人好吗？我还能改了我的生物学性别不成！”

“打个比方啊！真没情趣！”

“在我浅薄的认知里，情趣通俗来讲并不是什么好词。”

“施小语，你能不能有点节操，你想哪儿去了！”

“……彼此彼此。”

/ 第四章

只要你知道就好

两人一路拌嘴到了约定好的地点，施小语下车之后才发现原来是一家韩式餐厅。两人走进去，餐厅的装潢很考究，很有一种韩国偶像剧里男女主角约会吃饭的格调，墙上挂满了来自星星的都教授的照片，喜怒哀乐尽在不言中，表情千篇一律得像是复制粘贴出来的。施小语咂咂嘴，觉得自己有点不太理解现在的小女生了。

两人由服务员领着进了包厢，其他人还没有来，只有他们两人大眼瞪小眼地坐着。不一会儿，主角们就陆陆续续地来了，第一个进来的人就让施小语结结实实吃了一惊。

来的人正是段榕，她一进来，段暄就乐呵呵地起身跑过去，脆生生地叫了声“姐”。

施小语脑袋又有点当机，反应了半天才捋清了人物关系。段榕竟然是段暄的姐姐，世界真小，她一共就接触了这么几个人，还逃不过人家是一家子的命运。

三个人聊了会儿天，秦轶就来了。对于他的到来，施小语倒是觉得意料之外，情理之中，既然是他们科室聚会，秦轶过来也没什么好奇怪的。

奇怪的是他不是一个人来的，身后还跟了一个端庄大方的美女。施小语敢肯定，这个美女一定不是他们科室的。

果然，等大家聚齐之后，秦轶才慢悠悠地介绍：“这是苏冉，我朋友。”

对于朋友二字，有最简单的两种解释，一种是女性朋友，另一种便是女朋友。施小语不知道对于秦轶来说，苏冉算哪种层面上的朋友，但她知道，秦轶最要好的女性朋友是已婚的段榕，并且他从来没有带过任何年轻异性出现在公共场合。

更深层面的，施小语不敢继续往下想，她扁了扁嘴，努力把视线从那郎才女貌的两人身上移开，专注地看着桌上的纹路。

“你要吃什么？”

“我要吃辣炒年糕，这家的辣炒年糕做得特别地道，我早就想尝一尝了。”

“不行，你不能吃辣椒，吃一个就满头大汗，何必给自己找罪受。”

说话声是从施小语的正前方传来的，她微微抬起头，就看到秦轶正垂眸看着苏冉，他的眼神里流露着她从来没有见过的温柔，润得仿佛快要滴出水来。一旁的苏冉歪头看着他，嘟着嘴，像个讨不着糖的孩子冲他撒娇。

施小语从来没有见过这样的秦轶，她见过的他，绝大部分时间冷着脸，对她爱搭不理，眼底冷硬一片，眼神从来不会聚焦在她身上，也从不愿意和她多说半句话，能不回答的绝不多说半个字，被她缠得烦了，就会不耐地皱起眉，露出很明显的排斥情绪。

即便是对着其他人，他的表情也没有太温柔的时候，最多是客气礼貌，谦恭有礼。

但现在的他却是柔情似水，看那个女孩的眼神似乎要融化了一般，像变了一个人。

施小语心里狠狠地梗了一下，脑子里突然涌出柳茜那句话，她说秦铁的冷漠疏离都是只针对她的。她现在才终于明白，他并不是天生性子就那般，不是只对病人温柔，而是只对他在意的人温柔。

像她这种死缠烂打的人，他连好脸色都不想给。

“施小语，你怎么了？傻不楞登地想什么呢！你要吃什么，我帮你点。你不是喜欢吃辣的吗，我们就吃辣炒年糕吧。”

坐在一旁的段暄对于施小语的低落浑然不觉，还一个劲儿乐陶陶地向她推荐辣炒年糕。施小语苦笑了一下，想起秦铁霸道却不失温柔地劝苏冉不要吃这个，心里一阵苦涩，干巴巴地说道：“我不太喜欢吃这个，我要一个海带汤就可以了。”

“光喝海带汤怎么能饱？有情能饮水饱，你一个单身狗还是多吃点狗粮吧！”

施小语知道，对于自己追求秦铁的行为，段暄一直是瞧不起的，一方面是嫌弃她自不量力，另一方面是嫌弃秦铁眼高于顶。这人的想法也自相矛盾，看哪头都不顺眼，还总是装出一副情感专家的模样，时不时鄙视她一下，往她心口上捅两刀以示他的三观比她端正。

就比如现在，她和秦铁都在场，两人的关系本来就尴尬，他还偏要说这种话，真是不识时务到她恨不得转身甩他两巴掌。

毕竟是公共场合，她不好撒泼，转头瞪了段暄一眼，抬脚踩在他脚背上，附赠一句：“说得你好像不是单身狗一样。”整个动作行云流水，一气呵成。

段暄吃了闷亏，下意识地掐了一把她的脸，咬牙切齿道：“我就算是单身狗，也是贵宾，你是哈士奇，不长脑子的那种。”

“段暄，你丫……”

“果然是年轻人，看起来比我们有活力多了。”

施小语的话头被苏冉截下，她有些尴尬，揉了揉脸蛋，乖乖地坐回来，像个做小动作被老师发现的小学生一样，满脸的局促。

苏冉的话褒贬不明，凭她的智商也不太能分析出苏冉是说他俩比较活泼开朗，还是说乖张不懂事。其实，苏冉年纪也不大，顶多比她大两三岁而已，这么说来，那话里的意思应该就是后者了。

她更加不好意思，挺直背脊，双手搁在膝上，学生时代养成的奴性开始散发光辉，垂着脑袋，大气都不敢出一口。

“那是，一天天死气沉沉的多没意思，还是闹腾一点比较好，我们是出来聚会，又不是斋戒，搞那么沉闷干吗！”

段暄话里带刺，一听就是针对苏冉的。施小语暗想，这个傻帽这样喧宾夺主干吗，这是人家科室的聚会，他一个蹭吃蹭喝的说得倒是冠冕堂皇。

又一想，嘿，苏冉不也是外人吗？呦呵，这下就平衡多了！

“嗯，大家好不容易聚聚，平时在病人跟前端着的模样就不要拿到这里了，不然吃饭容易消化不良。”

大家正不知道该如何收场时，秦轶悠悠地开口了，他的声音不咸不淡，但沉稳坦然，没有刻意缓和气氛之嫌，也没有偏袒谁的意思，从容不迫，反而多了一份自然而然的不怒自威。

他话音刚落，大家就热闹起来，气氛瞬间变得活跃。施小语暗暗松了口气，却突然觉得有道锐利的视线一直盯着她，她抬头，一眼就撞进秦轶的瞳仁里。

他眯眼看着她，不辨喜怒，瞳仁漆黑，深不见底，不知是像从前一样没有聚焦地穿过她的身体落在别处，还是说，他是真真切切地在看她。

施小语突然觉得自己的世界变得肃清，满眼只剩下他好看的眉眼，和规律地在桌上叩击的修长手指，以及他衬衫领口处露出的一截锁骨。

她傻傻地想着，他刚才说的那些话是不是为了替她解围？

不知道过了多久，久到施小语快要窒息时，秦轶又突然开口，眉峰上扬，声音清淡：“服务生，麻烦把窗户关一下吧。”

“我就说哪里有风，吹得胳膊凉飕飕的，早知道就该多穿点，我可真是要风度不要温度。”

苏冉自然地接下了秦轶的话，秦轶算是默认了，等服务生关了窗，才回头看了苏冉一眼，两人相视一笑，一切尽在不言中。

施小语的反射弧有点长，现在才理清了来龙去脉。秦轶不是在看她，只是视线穿过她的身体落在她身后开着的窗户上，他看出来苏冉有点冷，只是在眯眼找罪魁祸首。

想到自己刚才的猜测，施小语扯了扯嘴角，还真是喜欢自作多情。

“施小语，你是不是傻！鸡皮疙瘩都起来了也不知道叫人关窗户，非得跟着人家沾光！”

菜上了几道，施小语的海带汤还没上来，段暄正埋头吃着石锅拌饭，米饭占了嘴，还不忘损她。她心情郁结，看他越发不爽，冷哼一声用只有两个人听得到的声音说道：“那你怎么不学学人家秦轶，就知道吃。还单身贵宾，你就是头单身猪！”

“我没他那么作，真正的关心是发自内心的，不是表演给别人看的，两人一唱一和的，真是秀恩爱的好手！”

施小语被最后一句话刺激到了，耷拉着脸，把手藏在桌下，在段暄腰间狠狠拧了一下，“你说谁作呢？你才是真作，人家爱怎么怎么，关你屁事！”

段暄疼得跳了一下，动静弄得挺大，一桌子人安静下来回头看他。他微窘，回头瞪那个罪魁祸首，却见她面不改色地小口吃着紫菜包饭，只能咬牙作罢。

“秦轶，你尝尝这个，做得挺正宗的。”

苏冉用公筷夹了一块生鱼片递到秦轶嘴边，话已经说完，人没回头。她半举着筷子，姿势僵硬且略显尴尬，半晌，只能又喊了一声。秦轶这才回头，眼底有来不及掩去的阴寒愠怒。

“我自己来。”他说了一句就把她晾下了，自己拿了筷子，夹起来的却是另一道菜。

苏冉不动声色地收了筷子，眼底已经有了计较。

从一进来，秦轶的状态就不太对，他似乎想要刻意忽略什么，眼底的漠然和无视有点不太自然，却又做不到泰然自若，哪怕表情再冷淡，眼神也总是禁不住往一个方向飘。

苏冉想着，从前他对自己总是不温不火、爱搭不理，除了必要的礼貌外，话都不会多说半句的，现在倒好，温柔得让她受宠若惊，又摸不着头脑。

再一想刚才的关窗事件，在别人眼里，只看见他关心自己，担心她受凉，体贴入微。可是苏冉向来不怕冷，而且她并不坐在风口上，窗口那点风压根吹不到她。

真正冷的是那个胳膊上都起了鸡皮疙瘩的小姑娘。

再回想秦轶看那个小姑娘的眼神，苏冉忍不住咬咬牙。

大伙儿吃得很快，一个多小时就结束了饭局，准备换场子。毕竟都是学医的，并不多沾酒，再加上明天都还要工作，因此就少了把酒言欢的过程，一顿饭吃得速战速决。

出了门，一众人才傻了眼。任谁都没有想到，一顿饭的功夫，外头已经下起了瓢泼大雨。看着密密麻麻的雨点噼里啪啦地砸出一摊摊的水坑，大家缄默半天，才七嘴八舌地商量怎么走。

施小语自然是跟在段暄身边的，秦轶和苏冉就在他们前面站着，苏冉肩上披着秦轶的外套，越发显得乖巧可人，秦轶身上只剩了一件雪白的衬衫，贴身挺括的衬衫把他背肌的线条勾勒得更加匀称好看，施小语叹了口气，把视线转向外头。

一众人商量好了去处，便分拨打车过去。秦轶、苏冉、段暄和施小语四个落在最后，眼看着大部队都走了，几人才慢慢往外挪，站在门口等车。

事情发生得很突然，突然到施小语迟钝的脑神经还没怎么理清到底发生了什么事，就下意识地推了苏冉一把，接着自己也由于惯性重重地摔在了地上。

肇事的电动车已经趁着烟雨蒙蒙留下一串飞溅的泥点疾驰而过了，只留下两个摔在泥水里的女人，和两个没搞清楚事情经过的男人。

自然，最先反应过来的是秦轶，他几乎没有任何犹豫地一把揽了苏冉的腰把她抱起来，低声问道："有没有摔到哪里？"

虽然他足够镇定自若，反应也比大惊小怪的段暄要淡定很多，可施小语还是从他眼里看出了紧张，那种不显山不露水的紧张。

施小语又开始走神，想起不知道谁说的一句话，再会伪装的人也无法控制自己潜意识的行为，因此要想看穿一个人，不需要揣测他的日常行为，只需要看他在危急关头下意识的行为，那才是最真实的。

她想着，秦轶潜意识里就紧张苏冉，这个时候，他几乎是遵从本能，完全抛却了平日里顾全大局的沉稳，忘记了另一边还有一个摔得更狼狈的女人。

苏冉说膝盖疼，秦轶抱她起来，淋着瓢泼大雨打了车，一路水花溅过去，人已经离开了。

施小语想着，他或许压根没有看见自己，毕竟当人专注于一件事时，会选择性屏蔽身旁的其他事物。又或者他看到了，但孰轻孰重他掂量得到，便先揽了苏冉的腰。

她想着，但愿只是前者。

那两人走后，段暄才打了另一辆车，边扶着施小语起身，边对秦轶骂骂咧咧的，"这个人是突发性耳聋了，叫了那么长时间都听不见，一辆车还坐不了四个人吗，非得走两拨，这血都滋哇乱冒了，他还以为悠闲逛大街呢！"

“好了，你别说了，他也是着急。”

当时他的眼里只剩下苏冉，哪里还容得下别人，更不可能有闲心考虑其他了。

上了车，段暄嘱咐司机往最近的医院或门诊走后，便翻了施小语的包找到纸巾捂在她小腿的伤口上。

施小语的小腿上划了一条大口子，伤口挺深，血顺着小腿一路灌进鞋子里，把脚掌都染红了。

刚才那辆电动车冲过来的时候，施小语正好就在苏冉的右手边，眼看那车就要撞到苏冉了，她想都没想，就在苏冉的肩膀上推了一把。

苏冉摔了一跤，躲了过去，她却被电动车上不知道什么物件给划出了一条大口子，疼得差点晕倒。

司机在段暄狂躁不安的怒吼声中总算到了附近的一个门诊，段暄二话不说把施小语扛在背上往里头冲，她腿疼得厉害，也没了那个精气神矫情，龇牙咧嘴地趴在他背上，模样要多凄惨就有多凄惨。

最后，施小语腿上的口子缝了七针，上了药，裹了厚厚的纱布，一脸惨白地被推了出来，段暄没好气地看着她：“施小语，你吃饱了撑的啊！”

她是没吃饱就已经撑了，该领情的人没领情，该在意的人也没在意，揪扯半天，只是自己从里到外委屈了个够。

不过好在这一条血淋淋的口子让她彻底醒悟，如同醍醐灌顶般明白了一些道理，她总算认识到自己的不自量力了。

从前，她仗着情绪高涨、意志坚定，总想着一定要持之以恒，不屈不挠地追求秦轶，不抛弃不放弃，哪怕他再怎么嫌弃她、冷落她，她也不曾灰心。

郎未娶，女未嫁，在这个自由恋爱的时代，没人能阻止她死缠烂打，除了落个牛皮糖一样死皮赖脸的名头，她不会有太明显的挫败感。

但是现在不同了，如果饭桌上还只是怀疑的话，那她如今已经确信了，苏冉对于秦轶来说是真的不同的。

她不懂得察言观色，却也知道，人的下意识反应是做不了假的，刚才他那样紧张苏冉，如果不是在乎的人，怎么会有那么真实的反应?

她没有做第三者的姿色和魄力，更没有把秦轶从苏冉手里抢过来的自信，他从来没有正眼瞧过她，她连一丁点竞争力都没有。

这次，她是真的放弃了，并没有想象中那般暗无天日、生无可恋，反而觉得释然了。天天提心吊胆地惦记着他，被他的情绪牵动着，他挑挑眉，她都要高兴半天，觉得是冲她笑了，他要是冷了脸，她就会觉得异常难过。

忐忑不安地折腾了这么长时间，现在被一脚踢下来，反而解脱了，被不安和无望折磨得多了，她已经筋疲力尽。这样也好，没有缥缈的希望，也就不会毫无悬念地失望。

就这样，也挺好。

施小语是被段暄一路背回宿舍的，她瘸着一条腿趴在段暄背上，此情此景让她脑海中不自觉地循环播放猪八戒背媳妇的旋律。

她哀怨地想着，她的心果真大得很，别人的心是玻璃做的，她的心是金刚石做的，受了如此身心巨创的伤害，竟然还能天马行空地胡思乱想。

到了公寓楼门口，她执意要下来自己走，段暄不让，说送佛送到西，他都背她到门口了，她这会儿拒绝是断了他的道行，她翻了个大大的白眼，任由段暄扛麻袋般再次把她甩到背上。

公寓楼的宿管是个常年散发雌性荷尔蒙但是苦于无人接收的阿姨，见了小帅哥像是见着花粉的蜜蜂，嗡嗡嗡地就扑过来。

段暄长得清俊高大，有一副好皮相，又有一副好性子，对谁都是阳光灿烂的笑容，这样内外兼修的帅哥自然走到哪里都招人喜欢。

在被阿姨趁着他双手占着无力反抗的空当摸了好几把滑嫩的脸蛋后，段暄终于脱离苦海，一步一个脚印地往楼上爬，待离开了阿姨的狙击范围后，才仰天长叹，痛心疾首地说道："我竟然被一个满脸褶子、看着比我妈还老的女人占了便宜！"

施小语没忍住，一下子乐了："谁让你长得这么招蜂引蝶。"

"施小语，你给我记着，这可是你欠我的，要不是你，我怎么能吃这闷亏呢……"

"哈哈哈，难不成如果不是我，你还想着摸回去啊？"

"……你别偷换概念！"

"我才没有，就事论事而已。"

两人日常拌嘴，没一会儿就到了寝室门口，段暄就是再想长道行，基本的礼貌还是懂的，不等人开门，就自觉避到了墙角，细长的手指点着施小语的脑门，眼睛却看着她的小腿："好好养伤，明天还得去换药，到时候记得给我打电话，我来背你。"

施小语感恩戴德地应下，心底却是不愿意麻烦他的。段暄平素也是个少爷做派，苦不得，累不得，这会儿却心甘情愿出卖苦力，她就是再不长心，也不能把他当全自动化的人肉轿子。

送走了一步三回头的段暄，施小语才开门进了宿舍，她杵着一条腿一瘸一拐地往屋里走，环视一周，发现柳茜不在，大概是约会去了。

空荡荡的寝室只有她一个人，刚才压抑下去的情绪如潮水般涨了上来，溢在胸口，又凉又湿。

她并不是太矫情的人，也没有伤春悲秋、风花雪月的情怀，失恋之后的痛彻心扉和辗转难眠，她无从体会。

无望而起、无疾而终的感情，她连号啕大哭的立场都没有。

虽然是这样想着，但眼泪还是吧嗒吧嗒地往下掉，她看着自己裹得严严实实的腿，心里一阵酸楚，真的很疼！

她身残志不坚，直挺挺地躺在床上，哀悼自己那随风而逝的爱情。

人家说爱情是手里的一捧沙，攥得越紧，消逝得越快。她可倒好，都没捧在手里，就没了。

说出去多可怜啊！

晚上十点钟的时候，柳茜才回来，门一响，她诈尸似的扭头看，不看还好，一看吓一跳。

柳茜没了半分平日里风情万种、媚眼如丝的娇媚，身上那女王的气场也一点不剩。她浑身淋得通透，以前的高傲被雨水冲刷得干净，惨白的脸上只剩了一双黑白分明的眼睛还残留着几分犀利。

“你……你怎么了？”施小语从来没见过她这样狼狈不堪的模样，她向来是飞扬跋扈的性格，不允许自己更不允许别人给她半分难堪。

她一定是出什么事了，施小语想。

果不其然，柳茜不咸不淡地开口道：“我和邢子昂分手了。”

柳茜交往过很多男朋友，大多是心甘情愿臣服的角色，她享受他们的言听计从，他们享受她的妖娆魅惑，各取所需，说没有感情是假的，大概还是有几分在的，但这压根动不了她游戏人间的本性。

但这次不一样，她和所有失恋的女生一样，那样仓皇的神色再也没有半点事不关己的潇洒。

施小语不知道该怎么劝她，琢磨了一下，试探着开口：“你要是觉得难受，就哭一下吧，哭出来就好多了。”

柳茜眼尾上扬的时候特别像一只美人狐，瞳仁黑白分明，清透见底，即便是如此狼狈的姿态，仍旧不见半点自暴自弃的颓丧，骂起人来依旧是嘴下不留情：“亏我把他邢子昂当成个物件捧着，我给他留个全尸，他偏偏放纵下半身，不识抬举的畜牲！老娘这辈子见多了床下衣冠楚楚，床上禽兽不如的东西，最后却栽在了这么个一丝不挂和一丝不苟之间没半分差别的人渣手里，真是混得每况愈下！”

她破口大骂着，眼底的神色渐渐变得复杂，不知道是出于对这段感情的失望，还是对自己一颗真心所托非人的失望。

施小语是个合适的倾听者，因为她没有柳茜这样敢爱敢恨、泼辣直爽的性子，不懂得如何恰到好处地安慰一个人，她能做的，就是安安静静地听着，做一个称职的情感垃圾桶。

柳茜骂着骂着觉得悲凉，叫骂声像是卡了壳的磁带一般戛然而止。她紧抿唇沉默着，把身上潮湿黏腻的衣服扒下来，扭头进了浴室。

其实，她刚开始和邢子昂交往的时候，并没有什么单纯热烈的感情。她崇尚人生苦短，及时行乐，和每一个男生交往，都是因为能从他们身上得到一些自己所缺少的东西，无论是物质上还是精神上。

有钱的，长得帅的男生，她交往了很多，虽说“玩”这个字眼带了丝下流的鄙视意味，但她和这些男生的关系却光明磊落，各取所需而已，哪有那么多海誓山盟，非你不可。

大家对彼此的关系心知肚明，也就不装作纯情无辜的样子。

她和邢子昂是在一个舞会上认识的，她几乎是第一眼就瞧上了他。他长得俊朗挺拔，眼神犀利深邃，眉眼硬朗，气场出众，举手投足间都透着学校里那些毛头小子所不曾有的成熟与气度。她懂得如何勾引猎物，他将计就计地落了套，两人顺理成章地开始“交往”。

邢子昂是个很完美的男朋友，因为他的成熟，因为他的气质，他懂得如何最大限度地让她心情愉快，无论是略显幼稚的小浪漫，还是霸道到让人骨头都酥了的占有欲，他都得心应手。欲擒故纵和有的放矢的招数玩得炉火纯青，饶是她这样见多识广的，也逃脱不掉。

不知道从什么时候起，她突然发现自己似乎是喜欢上了他，这种感觉让她惶恐不安却又带着些许窃喜，这样的男人，是值得她全力以赴的。

她像所有小女生一样反复揣摩确定心意，为了确保感情专一，她收敛了张扬的性子，一寸寸地裹好了暴露在外头的皮肤，甚至像待字闺中、含羞带怯的少女，因为他的一举一动心跳如雷。

她像是改邪归正的坏蛋一般忐忑地守护着这份感情，待到自己觉得对得起这份感情时，她向邢子昂表白了。

他见怪不怪的样子，雪白的烟夹在修长好看的指间，满脸疑惑地问她："柳茜，你是认真的？"

她郑重其事地点头，前所未有的认真。

她以为，他会被她的这份真诚打动，再不济，起码会正视他们的感情。

他却是一副唯恐避之不及的模样，接连强调道："当初跟你在一起的时候，我想我说得很清楚，我不可能和你玩那些小姑娘的把戏，你答应得痛快，说你也是同道中人。我是怕耽误了好女孩，所以事先都说明了的，你也是知情的。这会儿你又告诉我，你是认真的，柳茜，你逗我玩呢？"

是，他舍不得辜负好女孩，又不愿意背负责任，所以才选择她，因为她足够放浪，配得上他的风流。

"我知道，你不用背坏人的名头，之前的一切都是我心甘情愿的，不存在谁玩谁这一说，但是从现在开始，我是认真的……"你如果也可以认真起来的话，能不能试着真心地喜欢我？

"我去！"邢子昂低咒一声打断了她的话，不耐烦地回应道，"我喜欢学生并不代表我想玩什么纯情，懂吗？"

"……"

柳茜还没来得及说话，他已经迫不及待地撇清关系："柳茜，我们分手吧！如果你也是玩玩的，我能陪你玩，我不是什么好人，但如果你来真的，我就无能为力了。明知道你的心意还耽误你，我就不是东西了。"

明知道我的心意，你还拒绝得如此无情无义，光凭这一点，你就已经不是什么好东西了！

柳茜没有死乞白赖地挽留，给了他一记清脆利落的耳光，扭头跑进雨幕里。

那个打伞总是歪着半边，把她裹在安然无忧的伞下，自己一侧肩膀却湿得通透的人，就那样眼睁睁地看着她像落汤鸡一般冲进雨幕里，眉头都不皱一下。

她总算知道他口中的“玩”是什么意思了。他是一个称职的玩家，投入得尽兴却不动情；反之，她却失败得很，玩得蹩脚，输得也很彻底。

柳茜洗完澡出来的时候，施小语还像动物园里等着投喂的鸵鸟，抻长脖子看着她，一双大眼睛水汪汪的，单纯又可爱。

她心想，但凡她有施小语一半的真挚纯净，也不至于落得这么个下场。

“柳茜，你吃饭了吗？”施小语知道，柳茜不是那种失恋了就掏心掏肺控诉自己感情失败的人，她的坚强和高傲不仅挂在脸上，更是刻进骨子里，只要她乐意，没人能摧毁。

所以，她能关心的，仅仅是些民生大计。

柳茜眼眶红着，不知道是哭过还是水汽蒸的，一开口，声音倒是一如既往的清脆：“你以为我跟你似的，失恋了还有心情大吃大喝，脑袋和胃永远是各司其职、互不干扰，半点不受影响。我被邢子昂那牲口倒尽了胃口，吃什么吃！”

啧啧啧，分手之后，不仅形同陌路，连物种都不一样了。

她要是有柳茜这样的骨气就好了，也不会让秦轶对她的满腔热血那么不屑一顾。

“哦，对不起，你也没失恋过，我不能拿这个类比。”柳茜拿着吹风机呼呼地吹头发，脸色红润了不少，只是眼神依旧冷淡。

施小语想着，柳茜对她还是很好的，这种时候还不忘考虑她的心情。

吹风机的声音停下来，柳茜神色淡然地收好吹风机，换了舒服的睡衣，手脚并用地爬上床，躺进被窝里才不咸不淡地补了一句：“你都没谈过恋爱，上哪失恋。剃头挑子一头热，瞅你那点出息！”

“……”施小语眨眨眼，心想这人总算恢复了之前的状态，大约是好了点。

睡到半夜，施小语迷迷糊糊地爬起来上厕所，耳边隐约听到有压低而沉闷的哭声，像是某种受伤的动物，压抑的啜泣声不绝于耳。

她愣了一下才反应过来，是柳茜在哭。

她下意识的反应是装作不知道，继续窸窸窣窣地起身，给柳茜一些收拾自己脆弱的时间。

几分钟后，柳茜从床上爬下来护着她上床，声音哑哑的，鼻音厚重地骂她：“都气得忘了问你了，你怎么成了这副德行？男人没泡到，赔出去一条腿，你丢不丢人？”

施小语没说话，心疼她都这样了还想着自己，连滚带爬地从床上下来后，给了她一个拥抱。

黑暗之中，两个感情挫败的女人之间保持着某种心有灵犀般的沉默，只是过了很久，柳茜才喃喃自语般说了句：“我连你都不如，你只赔了一条腿，我却赔了整个人。”

施小语的肩窝里湿湿的，她摩挲到柳茜脸上，替她把眼泪擦了。

第五章 /

没有你在我身边

第二天早上，施小语是被电话铃声吵醒的。电话那头的人嗓音清脆高扬，态度一如既往的傲慢，尖着嗓子问她："小瘸子，早上想吃什么，姐给你买！"

比起像"草履虫"这种透着从内到外、由表及里的鄙视意味的外号，"小瘸子"这种大势所趋形成的外号也不失为柳茜的风格。

施小语懒洋洋地回答："你看着买吧。"

"废话！我不看着买我还盲选啊！要吃什么？快说，老娘赶时间呢！"

施小语怕自己再不说话，柳茜的辈分可能会往姑奶奶一辈走，于是赶紧斩钉截铁道："二食堂那家的豆浆，多放糖，两个蛋黄包，一份蔬菜沙拉，就这样。"

"知道了，乖乖等着吧！"

施小语放下手机，正准备睡个回笼觉，手机又响了，她想也没想，快速接起，把刚才的话重复了一遍，末了，害怕柳茜暴怒，语重心长地加了句："你要是记不住，就随便买点吧。"

那头的人半天没说话，隔着听筒只有轻轻浅浅的呼吸声传来，均匀悠长、沉稳笃定的样子，不像是柳茜的风格。

施小语脑海里某根弦“噔”的一声断了，大呼不好，只是还没等她做出补救措施，那头的人已经开口了。

“是我，秦轶。”

他的声音沉稳动听，嗓音很是清澈，听不出特别低哑的声调，爽朗润泽得像是一湾清泉，相比于他平日里的冷漠肃清，这样的声音太过涤荡人心。

施小语被这声音蛊惑，用了几秒钟的时间才反应过来，但是大脑因为混沌还处于兴奋状态，竟然不知道该说什么，愣了半天也只打了个结巴，连说了好几个“你”字，也没说出个所以然来。

反倒是秦轶没有计较她的张皇失措，声音冷冷清清的，公事公办道：“今天记得来医院找我，我帮你换药。”

他说完的那一瞬间，施小语明显听到自己心口狠狠地震颤了一下，之后是不可抑止的狂跳，脑袋里缤纷错乱的情绪迅速地膨胀发酵。她一边拼命遏制自己的胡思乱想，他不过是出于医生的职业道德而已，别无他想；一边却又苦苦挣扎，暗自窃喜着她对他来说是不是也有一点点的特别？

人总是这样，没有彻底死心之前，一些不切实际的幻想还是会时不时冒出来作乱，总是侥幸地想着，天上掉下来一个馅饼，总得砸到一个人吧，那个人为什么就不能是我呢？

施小语努力控制自己的语气，不露出一丝兴奋过度的情绪，深吸了好几口气才说道：“我去找你合适吗？”

“怎么不合适？你是因为替苏冉挡了一下才受的伤，于情于理，我都欠你一个人情。”

“……哦，好。”施小语愣了一下，脸上的笑容变得僵硬，突然觉得自己自作多情得有些可笑。

秦轶的回答没有一点掩饰，自然而然地把她当作一个见义勇为的陌生人，他替他女朋友向她致谢，这份殊荣是拜苏冉所赐，与她本身无关。

她像是被从头浇了盆凉水下来，那感觉像是她满心欢喜盼了许久的糖果，却被告知你只能看，不能吃，那种不得不妥协的无奈感让她满心满眼都透着说不出的苦涩。

她瘫在床上苦思冥想，她什么时候变得这样自作多情了呢？

不到十分钟，柳茜就回来了，因为手上拿着东西，所以她直接抬脚踹开门，大嗓门吼她："还不下来啊？等着我喂呢！"

施小语自然不敢劳驾那姑奶奶，手脚并用地从床上爬下来，因为腿脚不灵便，下床的姿势也没那么好看，像一条下进锅里的鹅肠。柳茜看得饶有兴致，完全没有一点同情心，那副吃瓜群众的淡定模样让施小语分外沮丧。

她吃着饭，柳茜化着妆，一边把那双美目画得千娇百媚，一边问她："你今天得去换药吧？需要我陪你吗？"

施小语把最后一口蛋黄包吞下去，心知肚明柳茜这话就只是客套，她打扮得花枝招展，像一只花蝴蝶，和医院那死气沉沉的气氛八字不合，两者不宜冲撞。

思及此，她含含糊糊地说了句："没关系，我自己去就可以，不过是划了条口子，又不是骨折，没那么严重。"

"哦！这样啊！那我就不陪你了啊！"柳茜如释重负地松了口气，脸上明显放松的表情对施小语打击不小。

好歹把脸上重色轻友的表情收一收啊！

柳茜清风摆柳地离开后，施小语收拾好桌子，带好了自己的病历本，锁上门，一瘸一拐地下了楼，奔医院而去。

她没让段暄送，是因为不好意思。昨天他在场，无论是英雄救美还是同窗之情，都允许他在不暧昧的情况下对她施以援手，可今天再麻烦他，就有点逾矩了。

昨天下了雨，路上都是湿漉漉的，空气中泛着涤荡一新的清爽气息。她闷头走着，不顾路人异样的眼光，从学校到医院十几分钟的路程，整整走了四十分钟，出了一身汗。

就像她的追爱之路，越走越艰难，难保筋疲力尽之后不会面对一条走不通的死胡同。

她挂了门诊的号，坐在候诊长椅上排队等着叫号。排在她前面的还有二十多号人，她也不着急，气定神闲地坐着，看着别人急得抓耳挠腮。

一个西装革履、仪表堂堂的男人小声地和门诊护士商量，能不能把他的号插前面去，他有急事，赶时间。护士不满道：“你这样让我们很难工作的，来这里看病哪有不着急的，我也不能单照顾你啊！”

施小语偷偷在心里嘀咕，我就不着急，还有心情搁这里看戏呢！

那个男人骂骂咧咧地坐下来继续等着。

施小语也闷声等着，因为心中预期的等待时间相当长，所以她便理所应当地切换成天马行空的放空状态，以至于护士喊了她三遍，她才急匆匆地弹起来，指着自己的鼻子问道：“到我了？”

“你是施小语吗？”

“我是。”

“那不就完了吗！”

她满脸疑惑地挪着腿往门诊室走去，刚才跟护士交涉失败的男人目送她离开的眼神颇有几分哀怨。施小语琢磨着，大约是那男人发现，身边连个和他同病相怜的人都没有了，有点伤感。

她其实还挺有愧疚感的，她笃定地坚信着，可能是护士叫错号了。

进了门诊室，接诊的医生却不在，她茫然地找了张椅子坐下。没一会儿，另一头医生专用通道的门开了，触目就是高大挺拔的身量，被雪白挺括的白大褂修饰过的身材棱角分明，线条流畅优美，再往上瞧，是被口罩掩了半张俊美的脸。

“伤口疼得厉害吗？”秦轶自然而然地蹲在她脚边，大拇指力道适中地按压在她的小腿上。因为戴了口罩，他的五官越发立体硬朗，声音被闷住，少了几分清朗，唯有那双眼睛，依旧透着洞悉人心的深邃。

施小语心中有无数念头闪过，但又想到昨天他抱着苏冉头也不回的背影，终究什么都没说。

他是医生，她是病人，仅此而已，事到如今，她还异想天开什么呢！

“还好，没有昨天那么疼了。”她恭恭敬敬地回答。

“嗯，接下来我给你换药，可能会有点疼，你稍微忍一下。”

秦轶的手指很漂亮，修长纤细，骨节分明，指甲修剪得圆润整齐。因为职业缘故，他的双手永远比其他部分要苍白得多，灵活又细致地替她处理伤口，笃定又有条不紊。

他半垂着眼，神色认真，那是他工作时流露的认真专注，不掺杂任何私人情感。施小语知道，哪怕坐在这里的人换成了张三李四，也不会损了他半分温柔。

他不把她当病人的时候，冷漠又疏离，但当他难得温柔的时候，却又仅仅是把她当成病人。

这样矛盾的感觉让施小语抓心挠肝地难受，她一下没忍住，哼了一声。

“很疼？”秦轶立刻停下了手里的动作，抬头看她，眼底一闪而过的光华璀璨夺目得让人失神。

他额前的碎发微微汗湿，柔软地贴伏着，眉心微蹙。施小语慌张地摇头，心里哀号，你这个样子诱惑我，就是截肢我也不能喊疼啊！

“坚持一下，马上就好了。”说罢，秦轶加快了手上的动作，干净利落地换好了药，扎好绷带，起身的时候不经意间松了口气，施小语没听清，只听到他公式化地嘱咐，“伤口愈合得还可以，明天再来换一次药。最近尽量不要沾水，洗澡的话就在腿上多缠几层保鲜膜，可以稍微防水，但也只是应急措施，不是说裹了保鲜膜就万无一失了。除此之外，辛辣刺激、油腻生冷的食物要忌口，按时吃消炎药，这条腿不要太用力，尽量少活动。”

他的嗓音清润爽朗，即便是念着千篇一律的医嘱，也好听得宛如天籁之音。施小语被他的嗓音蛊惑，丧失了全部的思考能力，能做的就只剩下乖乖地点头。

秦轶起身之后开始洗手，丰富的泡沫盈满了他的掌心，他的手指在一片雪白蓬松之中穿行，动作赏心悦目。施小语看着他轮廓分明的侧颜，无力地哀叹了一声，这就是传说中的近在咫尺却又远在天边啊。

他明明离她如此近，却又疏远得像是萍水相逢的陌生人。

施小语暗自神伤了一会儿，起身准备离开。

所谓福无双至祸不单行，就是说你在不顺的时候，就会一直不顺，连个回光返照的机会都没有。

她在秦轶面前这身残志坚的模样已经很可怜了，偏偏起身的时候因为腿麻狠狠地踉跄了一下，一屁股坐在了地上，把正洗手的秦轶吓了一跳。

他大约以为她是想碰瓷了。

见他眉心皱了一下，施小语赶紧澄清：“没事，没事，纯属不小心！我自己来，自己来就行。”

她果断拒绝了秦轶的帮助，像只被翻了身的乌龟，手脚并用地从地上爬起来，自力更生得把自己都感动了，也就全然没有注意到秦轶放在身侧缓缓收紧的拳头。

她顺利地从地上爬起来，一步步挪到门口，刚要出门，就听见秦轶突兀地喊了她一声，她一回头，他的神色却突然僵了一下，欲言又止的样子，他手里拎了一个白色的袋子，看不清里头的东西。

施小语想了一下，该不会是消炎药吧？想到有这种可能，她果断摇摇头："不用了，我还是自己出去买吧！"

或许这是他一贯的职业素养，他光辉伟大的职业道德让他对每一个病人都尽职尽责、无微不至，但她情愿他的关心一分都不要给她。

因为他给予得无私，她接受得却不会那么心安理得。

其他病人会感念他的贴心细致，因为他们没有杂念。

但是她不一样，他于她，从来都不是简单的医生身份。

施小语终于格外有骨气地出了门诊，刚走几步，就有个门诊大夫大步流星地走过来，吓得她赶紧护着腿躲了几步，耳边听见那大夫絮絮叨叨地自言自语："这个秦轶，放着自己门诊那么多病人不管，非要来我这里捣乱！现在的小姑娘也是的，看病都要看脸了，头疼脑热感冒发烧都挂普外科，点名道姓挂秦轶的号。这哪用挂普外科，得挂心内科，都是心病，心病啊……"

那大夫嘟嘟囔囔地走远了，施小语控制着自己不胡思乱想。无论是她故意没挂秦轶的号最后却还是他接诊，还是那莫名其妙提前的号，她都不想追究，她就是太自作多情了，才总是没头没脑地受伤。

诊室里，秦轶面色不悦地把手里的袋子扔到对面桌上，面无表情地说了句："给你买的，趁热吃吧！"

"我说秦轶啊，我真是不理解你，你自己的活还没忙完，你还帮我。帮就帮吧，还给我买早餐，你这么做，我很惶恐啊！"那大夫嘴上这么说着，手上动作可是一点不耽搁，毫不客气地把一杯豆浆嘬得刺溜作响。

秦轶擦了手，抬步往外走，身后那人还嘟囔着："要是换成汉堡就更好了，蔬菜沙拉和蛋黄包有点像小姑娘吃的东西啊……"

秦轶没理他，关门离开。

另一边的施小语自强不息地往回赶时，在校门口遇到了段暄。这人面色阴郁，见了她就怒不可遏地开始吼：“施小语，你是划坏腿了不是摔坏脑子了，我让你给我打电话你怎么不打？你想变成瘸子啊！就这么到处乱跑！你怎么这么不听话呢？”

校门口向来是是非之地，什么出轨分手，你的前男友泡了我的前女友之类五彩缤纷的故事都在这里上演，场地大，群众多，风水好，适宜吵架。

旁边看热闹的人就差手里抓把瓜子磕着，施小语和段暄就是单纯的战略合作关系，和吃瓜群众眼里那种明撕暗秀的氛围一点都不搭。

只可惜，她现在就是长八张嘴都说不清，她和段暄真不是情侣啊！

大概是看她脸都绿了，段暄终于闭了嘴，凑过来，一脸紧张地问道：“是不是伤口疼了？来来来，我背你回去！”

他作势要蹲下去，施小语一把抓住他的袖子，咬牙切齿地说道：“段暄，你要是敢在这里背我，我就死给你看！”

“……”

最后在施小语的以死相逼下，段暄终于妥协，选择扶着她一条胳膊像是擒鸡仔似的把她一路拖回了公寓，搞得她满脸尴尬无比。

到了公寓楼门口，施小语才有机会喘匀一口气，看着段暄那副如邀功请赏的哈士奇一般的模样，特别严肃认真地说道：“不要往里走了，小心阿姨再摸你！”

段暄似乎想起了被宿管阿姨占便宜的恐惧感，连忙乖乖地点头：“嗯嗯，就送到这里，我就不进去了，你自己一定要小心一点！”

“以后也别管我了，跟你说了，这只是划了口子，不是骨折，瘸不了，不过是走得不利索而已。”

“为什么啊？”段暄扁着嘴，分外不满意。

“你这样别人会误会的。”我们俩可是比小石潭的潭水还清澈的关系，不能让你给搅浑了啊！

“误会就误会呗！”段暄把目光落在别处，嘟嘟囔囔的，不情愿中带了丝说不清道不明的意味。

施小语向来神经大条，没什么明察秋毫的本事，也不觉得段暄的表情有什么诡异之处，只当他是别着劲和她说话，因此特别语重心长地安慰他：“你不要这么自暴自弃，我虽然被秦轶 pass 掉了，成了滞销货，但你还是爆款啊！我们学校多少小姑娘对你垂涎三尺呢，你天天和我混在一起，我这衰人容易阻了你的桃花运，万万不可啊！”

段暄对她这副深明大义的模样简直是恨得后槽牙都痒痒，当下连解释的心思都没有了，伸出一根手指狠狠戳了戳她的脑门，恨铁不成钢地骂道：“施小语，你就是个榆木脑袋！”

施小语不以为意，段暄这种间歇性发神经的毛病又不是一天两天了。

两人分道扬镳之后，施小语一瘸一拐地回了寝室，柳茜照样不在，她最近跟花蝴蝶似的到处飞，仿佛是把失恋的悲伤化为撩汉的动力，乐此不疲地在各型各款的帅哥中流连忘返。

外人看来，她迅速有效地从失恋的阴影里脱离了出来，开启了崭新的第 N 春，但是个中苦楚只有她自己知道。施小语想起那天夜里她压抑的哭声，就明白，柳茜生来高傲，就算是磕得头破血流，也不会让别人瞧出一点狼狈。

第二天，施小语没有去找秦轶换药，准确地说，是压根连医院都没去，直接去了校医务室。

医务室只作为应急预案安置着，无论是技术水平还是诊室环境，由表及里透着一种长久无人问津的萧条寥落。

校医是个单眼皮长下巴、高颧骨扁腮帮的中年妇女，借用柳茜的话来说，就是一副内分泌失调的刻薄相。

施小语和校医说明了情况，对方什么话也没问，手指冲一旁指了指，面无表情地说了句：“坐那里等着吧！”

都不需要问诊的吗？

昨天施小语去医院换药的时候，秦轶问了很多，里里外外问了个遍，表情认真细致，问得很走心。反观这个校医，分明是一副郁郁不得志的愤青形象，对她爱搭不理的。

校医收拾了治疗盘过来，施小语屁股还稳如泰山地坐着，她觉得自己已经够乖巧了，但还是被那校医拿眼睛剜了一下，没好气地训斥道：“把腿搁上来啊，难不成让我蹲着啊！”

施小语心里咯噔了一下，不可抑止地想起了秦轶低垂的眉眼和微微汗湿的刘海。

校医的手法简单粗暴，力道也没有刻意拿捏，随性洒脱地拆纱布，涂碘酒，撒药，再裹纱布。

施小语疼得龇牙咧嘴，但是不敢吱声，心里闷闷地想着，秦轶给她包扎的时候，像修复文物古玩，一丝一毫都不怠慢；到了校医手里，她觉得自己就是一条金华火腿，揉吧揉吧，撒点盐就完事了。

换好了药，校医就再没出声了，施小语想着，还好从秦轶那里听来了些注意事项，看来并不是每个大夫都像秦轶那么有耐心，不厌其烦地叮嘱病人的。

没有对比就没有伤害，秦轶能成为大医院普外科除主任以外的一把手，不是没有原因的。

出了医务室，施小语的腮帮子都咬酸了，她哀怨地想着，以后万万不可为了躲避秦轶给自己找罪受了。

在医务室换了一天药，施小语便转去了外头的小门诊，那位胡子一大把的老大夫换药的时候双手都颤巍巍的，几次把镊子直接戳她伤口上，她压着满腔怒火愣是没吱声。

于是她又换了一个门诊，这次的大夫还算靠谱，手法虽然没有秦轶那么完美，但好在不粗暴，换完药还叮嘱她，得过几天才可以拆线。

她腿上的纱布渐渐变薄，行动也方便了许多，她为自己逛遍学校周围小门诊这样的丰功伟绩而感到自豪。

腿稍微好转之后，她就规规矩矩地去图书馆复习了。她这学期的成绩惨不忍睹，如果说这样的牺牲能换来秦轶的青睐，也算物有所值，但是折腾来折腾去，偷鸡不成蚀把米，秦轶没追到，还得补考。

光补考还不是最惨的，还赔了一条腿。

自那次从医院包扎伤口回来，施小语就再没见过秦轶。她努力地和他划清界限，并不能说明她可以做到柳茜那般潇洒，而是因为她不想自己全心全意付出的感情变得一文不值。

如果秦轶还没有女朋友，她的追求就是有盼头的。但如今，他已经有了女朋友，她若继续执迷不悟，就只能让自己变得更加讨人嫌。

落了几个月的功课要在最短的时间内补起来，跟节食了好久之后突然又要一口吃成胖子一样，从生理学角度上来看，是不可能实现的。

但施小语还是很努力地复习，毕竟，人家都是情场失意，其他场得意，她要是情场考场双失意，人生就未免太凄凉了。

最后一门课程补考结束之后，正好到了施小语小腿拆线的日子，身心都将解放，她笑得格外舒心。

柳茜因为留恋“草丛”也挂了几门课，这会儿和她一起出来，被试卷虐死的心又满血复活，毫不客气地讽刺她：“笑得跟朵迎风招展的菊花似的！”

“……”

大约是众考生怨气所结，天空中竟飘起了蒙蒙细雨。柳茜的新男友一得到消息，立马开车过来接驾，豪车在门口一停，如同一只霸道的大闸蟹，逼得其他人就差飞檐走壁了。

施小语看不下去："就这么点蒙蒙细雨，至于吗！"

柳茜甩了甩她满头的大波浪，媚眼如丝道："小雨才够情趣……"

"你好好说话，我怎么听起来怪怪的。"

"我是说天空中的小雨，又不是你这个小语。瞅你那副自作多情的德行。"

柳茜的男友下车过来当众虐狗，在施小语的另一边也有一对小情侣腻腻歪歪地黏糊着，她傻愣愣地杵在中间。

得，一盏灯泡照两边。

她婉拒了坐柳茜男友的顺风车，以免当一个移动灯泡，自己冒雨往寝室跑。

跑到半路，手机突然响了，她只好躲在屋檐下接电话，耳边的嘈杂声让她没有办法集中精力判断对方的声线，因此接起来就是公式化的问候，嗓门还不自觉地抬高。

那头的人大约是被她粗犷不羁的画风怔住了，愣了一下才自报家门："是我，秦轶。我用的是办公室的电话。"

他自我介绍的时候总喜欢用"是我"而不是"我是"来做开头，后者带着公式化的生硬，前者却有种自然的熟稔。

施小语知道是自己想多了，这只是个人习惯问题。

她清清嗓子，尽量让自己的声音听起来透着那种好久不见的客套疏离感："秦大夫你好，你找我有什么事吗？"

"医生找病人还能有什么事。你腿上的伤口可以拆线了，你好歹替苏冉挡了一下，于情于理，我得好人做到底，送佛送到西。"

外头的雨声越来越大，施小语的心也越来越堵，她宁愿他仅仅是以医生的身份关心她，哪怕这份关心来得平淡无奇，也不愿意他总是搬出苏冉。

她就是他宠爱苏冉衍生出来的附属品。

光是想象着这一点，她就觉得抑郁不已。

他的人情已经还够了，她不需要也不想要了。

“……我谢谢你！我推苏冉那一把，完全是出于本能，换了任何人在我面前，我都会推那一把，你没必要因为这个有负担……”再说了，我救了苏冉，怎么不见她亲自来谢我啊？

施小语以为自己说得足够严肃了，但是手机那头的人非但没有感受到她的怨念，竟然还失声笑出来，笑得非常之……放肆。

施小语的脸越来越红，并不是因为气势全无的羞愤，而是因为秦轶放松的笑声酥软悦耳，就这样撩拨到她毫无防备的心底，让她好不容易沉寂的心又忍不住蠢蠢欲动。

“就算是因为我可以吗？毕竟当天的事我也有错，我当时并不知道你也受伤了，所以这算是我的失误。作为医生，这是我应尽的责任。”

秦轶的一番话说得有理有据，中肯诚挚，没有一点多余的意思可供人过分解读。施小语小小地失望了一下，顿时连痴心妄想的念头都没有了，垂头丧气地说了句：“还是算了吧，拆线而已，哪里都可以拆，不麻烦你了。”

“最了解你伤口的人是我，我要看你伤口的复原情况，你的伤口在小腿，留了疤就不好了。我是出于一个医生的职业素养在建议你。”

秦轶说得理所当然，施小语真害怕她再自作多情地矫情下去，他可能会上升到礼义廉耻之类的宏观概念上。再说，他的话里真没什么歧义，她再推辞，反而让人觉得她少了点光明磊落了。

于是，在她辗转反侧了许久，好不容易能把自己躁动不安的心按捺下来的时候，秦轶却又这样若无其事地再次撩拨了她。

她就像是一只猫，他有心情了，逗一逗，她就凑上去蹭蹭他的手；他被其他事情分散了注意力，就自然而然地把她抛在脑后。

他虽然无心逗弄她，可是因为她自己远做不到泰然处之，所以总是被他这样不上不下地吊着，放不掉，又得不到。

抓心挠肝的难受。

屋檐外的雨势越来越大，把成行的柳树击打得在风中凌乱。有对象的，即便在雨中漫步都是情调；没对象的，虽然少了点风景，但是有伞可撑，总算还不是最可怜的。

最可怜的是又没对象接，又没伞可打的。

施小语想象了一下自己瘸着腿在雨中狂奔的情景，就觉得这天气对她这样点背的单身狗充满了恶意。

屋檐下来来往往的人很多，真是流水的行人，铁打的她。

她目送几拨人走了，还是没勇气踏出去一步，心里想着，再等等，兴许雨就停了。

就在她自我安慰时，身旁突然斜刺着窜出来一辆车，车窗摇下来，露出一张熟悉的脸。邢子昂换了一个发色，清凌凌的绿色，衬着他的肤色，倒也透出一股花美男的清爽气息，和这大自然的颜色相得益彰。

施小语努力控制自己的表情，想起柳茜花枝招展地上了新男友的车，他俩……还挺一唱一和。

邢子昂见过施小语，知道她是柳茜的闺密，倒也不客气，晃了晃两根细长的手指，问她："柳茜在哪呢？"

"……她走了。"您老就是来查岗，也别自带一绿帽子啊！

"去哪了？"邢子昂又问，眉眼间沉了沉，瞧着倒像是那么一回事。

"我不知道，她没和我一起走。"

"是不是又去找其他男人了？"

施小语感觉自己心口的火跟吹了鼓风机似的呼呼冒上来，恨不得把手指戳到他绿油油的头发上。

柳茜再怎么说也是你前女友，你自己和人家掰了，还不允许人家主动寻找第二春啊？

别人是占着茅坑不拉屎，你是上完厕所还想锁门。脸是借来的吗?说不要就不要!

“虽然这是你们俩的事，我不该多嘴，但是我作为见证人，说一句公道话，你俩已经分手了，柳茜就是再找谁，也和你没有半毛钱关系了。”

施小语伸出两个手指头搓了搓，再次强调：“半毛钱关系都没有了！”

邢子昂被她气坏了，一个鲤鱼甩尾开车走了，甩了她一腿的泥。

在她艰苦卓绝地等待下，雨势终于渐小，她站得腿都麻了，被逼无奈只能选择冲进雨幕里。

雨并不是很大，烟雨朦胧。施小语走在小雨中，还颇觉有情调。

她去了医院，既然已经决定接受秦轶还人情，只能乖乖地挂了他的号。因为接近中午下班时间，所以候诊的人不算很多，她无缘见到头疼脑热都来看秦大夫的人头攒动的盛况。

大概等了十多分钟，秦轶突然开门从诊室出来，手里拿了个杯子，想来是要去打水。

他面容略显憔悴，眼窝深陷，眼底泛青，嘴唇也不似以往丰润，带了丝不正常的苍白色。

他几乎是一眼就看到了施小语，走出去的脚步生生折了回来，几乎没有半点停顿。

“等多久了？怎么不叫我？”

他的声音也没有以往那么清朗，微微掺杂了一丝病态的沙哑，方才电话里有电流声的干扰，施小语竟然没有听出来。

离得近了，他身上清爽干净的气味一点点弥散过来，除却淡淡的香氛气息，还有浓重的消毒水的味道。

施小语的心跳毫无征兆地突然加快，不可抑制地开始担心他，他最近一定没有好好休息，没有好好吃饭，没有好好喝水。

说好的不能再盲目地陷进去了，但是到了这种时候，却又总是情难自已。

能自控的是理智，不能控制的才是爱情。

爱原本就是突如其来又无迹可寻的，哪有那么多条条框框。

她压抑着自己想要询问的冲动，转而接着他的话道："没等多久，现在也没有很多人，我的号挺靠前的。"

秦轶低头看着她手里捏着的挂号单，挺秀的眉毛挑了挑，欲言又止，终究什么都没说。

他握着水杯的手指微微收紧了一下，随即自然地蹲下身来，质地挺括致密的白大褂扫在地上，扑了一层细灰，他也不在意，拿另一只手轻轻碰了碰她的伤口，柔声问道："应该会有点痒吧？"

施小语愣怔了一下，轻轻地呼了一口气，才勉强控制好自己的气息："嗯，是有点。"

"痒是伤口愈合的征兆，不要紧张。走吧，跟我来诊室。"

秦轶利落地起身，一系列动作行云流水，如果不是那天校医的恶劣态度，施小语甚至会异想天开地认为，天底下所有的医生，对待病人都可以如此温柔细致，不惧膝下浮尘。

两人一前一后进了诊室，施小语熟门熟路地坐下，秦轶转身进了一个小房间里，没一会儿就出来了，手里多了一条雪白干净的毛巾。

他几步走过来，把毛巾搁在她头顶上，随口说道："擦擦吧，小心感冒。"

鼻尖都是消毒水的味道，她却不觉得刺鼻，头顶上柔软的质感让她心猿意马。她吞了吞口水，不可置信地想着，这也是医生关心病人的范畴吗？

秦轶端着托盘过来，从兜里取了一个崭新的口罩戴好，动作规范又完美地戴上一次性手套，之后轻轻指了指施小语的腿："把腿放上来吧，蹲着不好拆线。"

她反应慢半拍地猛点头，慌里慌张的又忘记头上还搭着毛巾，低头的时候，眼看着毛巾就要往地上掉，她正要抬手接，秦轶已经微抬胳膊挡住了毛巾下落的态势。

她的前额就搁在他的小臂上。

人们都说门诊医生的白大褂是最脏的，因为他们是一切污染脏乱的第一接触者，衣服上最不缺的就是血迹、各种不明液体，还有未知的细菌病毒。

但是施小语自从认识秦轶以来，他的身上总是有好闻的清香夹杂着消毒水的气息，白大褂永远洁白如新，没有一点污渍。他的双手干净整洁，泛着让人舒心的光泽，无论怎么看，都纯净异常。

加之他容貌出众，气度不凡，性子又冷清，和医院这干净到苛刻的环境有种说不出的相得益彰，他是干净最合格的代言人。

施小语的心脏怦怦乱跳之时，头顶传来秦轶的低笑声："别碰着我的手套，我要给你换药。"

她心慌意乱地起身，又羞又臊，几乎不敢直视他的眼睛。他这样柔声细语的样子让她止不住想入非非，即便她反复告诫自己，这只不过是对待所有病人的一种标配型态度，并不是只待她一个人特殊。

但是……还是忍不住胡思乱想，他以前对她也没这么温柔啊?

她高兴了一下，只是那苗头刚弹起一点点，立刻又灭了。

她以前……压根就不是他的病人，他自然没理由待她温柔。

他是一个很典型的双面型人格，对待陌生人疏淡冷漠，对待病人却是温暖细致。

他对她好，无非是因为她的身份不同了而已。

“把腿放上来。”大约是没来得及喝水，他的嗓子干涩得发紧。

施小语不敢再走神，抬起腿却找不到落的地方，她觉得这个动作持续的时间再长的话会演变得很傻，于是试探着说道：“你等我一下啊，我去搬个凳子……”

她还没来得及起身，就被他轻声制止了：“不用，放我腿上就行，放椅子上我操作起来会不舒服。”

可是……放你腿上我会不舒服啊！

施小语心怀不轨，所以怎么也坦荡不起来，但是秦轶医者父母心，神色自然，不觉得有什么不妥。

学医之人，本就不拘泥于性别。再说了，她这是拆线，就是脱光了做手术，他大概也不会眨一下眼。

这样想了想，她都不知道是幸运还是不幸。

最后，她还是乖乖地把腿放在了秦轶腿上，他双腿自然地分开，坐得随性却板正，两人的腿被动地交叉着，形成的姿势暧昧至极。

施小语不知道其他人会怎么想，总之，她心口灼热、坐立不安，生怕距离如此之近，秦轶会听到她狂乱的心跳声。

就在这当口她还无比庆幸地想着，还好没穿裙子。

秦轶低垂着头，微微眯着眼睛盯着她拆去纱布的伤口，他并没有近视，但是因为经常上手术而保持的高度敏锐性已经变成了一种习惯，让他随时随地把自己调节成最佳状态。

他开始小心翼翼地拆她伤口上的线，动作轻柔娴熟，又能精准地把握分寸，所以施小语几乎没什么痛感。

除了痒。

那种撩拨到她心底的痒。

这样有如情人般暧昧亲昵的动作，让她无论如何都没有办法泰然处之，但偏偏秦轶是一本正经的严肃模样，只有她一个人在胡思乱想。

他的手法干净利落，专业而不拖泥带水，没几分钟，伤口上的线已经全部拆去了，刚去了线的伤口透着愈合不全的丑陋狰狞。

施小语毕竟是女生，在喜欢的人面前，怎么样也是想要保持最完美状态的，一双完美无瑕的大白腿总比现在这模样讨喜得多。

秦轶的眼睛依旧微微眯着，实在乏了，就轻轻地眨一眨，全然不受打扰的样子。

施小语觉得羞愧难当，他都这么专注认真了，她还想入非非。

在治病救人时，他是不会掺杂个人情感的，现在也是一样。

这样想着，施小语的心绪才渐渐平静下来。伤口的线已经清理干净了，秦轶正拿着消毒棉签替她擦拭结痂的皮肤。

两人一直沉默着，秦轶只把她当病人，除了询问伤口的恢复情况，不会主动问其他话题。施小语不敢说话，害怕自己忍不住想继续不死心地靠近他。

结束之后，施小语的腿都麻了，她尝试着把腿从秦轶腿上拿下来，但是因为一个姿势保持太久了，她的韧带跟生了锈似的突然卡了壳，压根不听她的使唤。

于是，她整个人以一个奇丑无比的姿势往地上歪去。

她最近一共就见过秦轶两次，还次次在他面前摔一个狗吃屎，快痛快地让她一头在地板上撞死吧！

她就这样自暴自弃地往地上倒，哪知道，秦轶却突然出手相救。

他下意识地一把抓住了她的脚腕，为了缓冲她倒下去的动势，他反应敏捷地把她往自己的方向拉了一下，一系列动作行云流水般顺畅。

棒槌倒了肯定要拽一把的，施小语理解他的下意识反应。

但是……他们俩现在的姿势已经不单单是暧昧了，简直是……色情。

秦轶握着她光裸的脚腕，她整条腿就搭在他的胯边，大腿内侧紧贴着他的腰际，她能真真切切地感受到他白大褂的质地和他身体的温度。

他们的身体靠得格外近，他的膝盖抵在她两条腿之间，她整个人笼罩在他的阴影之下，被他身上巨大的气场压迫得喘不过气来。

她的脸红到滴血，甚至不敢大声呼吸，生怕被他听到自己急促的喘息声，只好微张着嘴，快速地呼吸，整个人几乎紧张到挛缩。

施小语面红耳赤，秦轶也好受不到哪儿去。

对于他来说，无论是异性还是同性的躯体，都只是他履行自己职责时必经的渠道。学医之人，早已抛却了由性别产生的绮丽念头，他站在专业神圣的角度对待每个病人，在他面前，没有男女之分，只有患者和健康人的区别。

这样的念头在他心底已经根深蒂固，他从未有过破例的时候，今天却是难得的反常。

他不停地深呼吸，不停地告诉自己，她是自己的病人，她并没有表现出任何异常。他用上手术台那样高强度的专注让自己保持全神贯注，心平气和，不去想她曼妙的身材、她白净甜美的面庞，以及握在他手里纤细紧致的小腿。

他以为自己的自制力足够强大，但是，在她腿麻快要摔倒时，他条件反射地把她拉到自己身边。

她笔直修长的腿跨在他腰间时，他引以为傲的自制力毫无征兆地全线坍塌。

他从未意识到，她这样真诚不做作的害羞是那样迷人，无论是微张着唇喘息，还是剧烈起伏的胸口，都带着致命的诱惑，不停地撩拨着他。

他清楚得很，她虽然还有一些稚气未脱的小女孩模样，但毕竟已经是成年人。

他莫名地觉得很热，脑海里不自觉闪过的念头让他觉得自己当真是小人。等反应过来时，他尽力不动声色地把她的腿移开，然后立即起身，在她看不见的角度快速拉扯了一下领口，掩饰了自己上下滚动的喉结。

秦轶转身进了一个小房间，施小语赶紧把自己劈得跟圆规似的两条腿收拢，像小学生一样乖乖坐好。

等了一阵子，他还没有出来，施小语看了看他随手放在桌子上的水杯，又想起他满脸的倦容，心里有些不舒服，那个叫苏冉的都不知道好好照顾他吗？

他要出门诊、查房、管病人，还要上手术、接急诊，很多时候，他根本没有余力好好照顾自己，作为他的女朋友，就应该有这样的自觉，怎么能一味地要求他在原本就不多的自由时间里再费心费力地照顾她呢？

拿起他的水杯替他打水时，施小语自我安慰地想着，她绝非有意在他们两人之间横插一脚，她只是以病人的身份表达对他的感谢，再说了，他也是因为给她拆线，才没来得及喝水。

只是，她万万没想到，她等了半天人不出来，她刚去打个水，人就出来了！

就跟你好好去上课的时候老师不点名，你就那么好死不死地逃一次课，就被逮住了是一样的感觉，悲催都悲催得很低概率。

她干笑两声，把杯子给他搁桌上："我刚才耽误了你喝水，现在给你打一杯……"

秦轶没说话，只是眸色沉沉地盯着她瞧，直瞧得她汗毛倒竖，被逼无奈只好选择溜之大吉："那个……没什么事的话，我就先走了，你忙！"

她刚窜到门口，秦轶突然不疾不徐地说了句："我还没有吃饭呢……"

施小语觉得自己一定是因为太紧张太激动导致大脑皮层分析数据时出现 bug 了，因为她竟然从秦轶的语气里听出了一丝抱怨和……委屈。

他是在向她撒娇？

她吓得差点把门板给掀了。

半个小时后，她拎着打包盒回来，一路上长吁短叹，恨不得给自己几个大嘴巴子，让你没骨气，让你没骨气！

她把饭放下之后就脚底抹油地开溜了，她可以允许自己在彻底绝望之前保留一点缓冲的余地，但是这样的余地不能是恬不知耻地介入别人感情的借口。

施小语离开之后，秦轶看着桌上荤素搭配、营养均衡的午餐，还有那一杯温度刚好的热水，突然有点好奇，她从前给他做的那些饭，到底是什么味道。

出了门诊楼，外头的雨已经停了，施小语看着水洗过的湛蓝天空，格外文艺地捂着自己的胸口想，难不成她的感情也要雨过天晴了？

一路像小媳妇似的又激动又忐忑地回了寝室，柳茜那个强行给人撒狗粮的家伙已经回来了，正千娇百媚地跷着一条腿倚在椅子上涂指甲油，见她完好无损地回来，腿上的线也拆了，斜睨了她一眼，了然于心道："见秦轶了？"

施小语心底那点悸动已经快要膨胀了，当下也顾不得矜持不矜持，扑到柳茜身边双眼放光地说道："柳茜，我觉得我还有希望！"

"你当然有希望，智障儿童也是可以重新走上社会的。"柳茜嘟着烈焰红唇吹了吹未干的指甲油。

"哎呀！我又不是和你说这个！"

"那你是说哪个？你给秦轶当老妈子当了几个月，把他当灶王爷一般高一碗低一碗地供着，人家搭理你了吗？你这剃头挑子不仅只是一头热，还被另一头划了一口子，你这可真是好了伤疤忘了疼，猪的智商，狗的记性，记吃不记打。你替苏冉挡那一下子的时候，他在干吗？你瘸着一条腿的时候，他在哪？人家给你换了两次药，你就感恩戴德，恨不得以身相许了，你怎么就一点骨气都没有？男人这种东西，不能太惯着，你太宠着，太上杆子对他好，他就觉得他上辈子肯定替你挡过原子弹，这是你欠他的，他就是再怎么挥霍，那也是你乐意，跟他半点关系也没有，甩掉你的时候简直是一身轻松，你自以为伟大的感情在他眼里一文不值！”

施小语听得心口一阵冷一阵热的，她看着柳茜明显沉寂了许多的眸色，心里突然明白过来，柳茜不仅是在说她，也是在说她自己。

她突然想到了邢子昂今天来找柳茜时的嚣张态度，他脸上没有对这段感情的不舍，也没有亟待挽回的急切，那一头绿油油的头发下一张黑脸，只不过是在彰显他的愤怒，那是男人骨子里占有欲膨胀的表现，与爱情无关。

她见证了柳茜很多次的分手，有好聚好散的，有撕破脸老死不相往来的，也有分分合合跟拉大锯似的扯不清的，但是这次，也许他们两人的分手远不止表面上看起来那么简单平和。

感情的事情，总是如人饮水冷暖自知，外人顶多说个安慰话，却起不到真正意义上分忧解难的作用，与其无关痛痒、自以为是地长篇大论的说教，倒不如懂得适时地倾听和恰到好处地沉默。

柳茜看着她愁肠百结的表情，知道自己代入感太强了，表情一转，又恢复了以往的犀利：“看什么看，你这样没骨气的，人家给你点甜头你就找不着北了？感情这种事最讲究的就是双方平等，你开始就把自己放在了一个卑微的位置，哪怕你们这关系成了，那也是畸形的，像那不对称的天平，倾倒只是时间问题。”

看看，她俩果然是相亲相爱的闺密，都在语重心长地教育对方如何经营感情，但自己的感情生活却都是不可避免地一塌糊涂。

施小语被柳茜开导之后，那些不切实际的幻想又消停了不少。最近各种各样的考试不间断，她之前落下了太多，现在得恶补，每天忙得焦头烂额，那个让她心塞了很长时间的人，她也没多少精力去想念了。

她沉迷于学习，学习使她快乐。

施小语没时间想秦轶，秦轶却是一反常态地开始想念她了。

他不太清楚这样的感情到底该如何形容，他并不矫情地认为，这就是所谓的爱情。心理学认为，一个习惯的养成需要二十一天，施小语的殷勤讨好持续了可不止二十一天。

他会在意，仅仅是因为她的存在已经变成了一种不可或缺的习惯。

不管是人还是动物，趋利避害都是一种天生的本能，如果是让他不舒服的习惯，他此刻怕是早已暗自侥幸，一身轻松了。就像从前，他有一个女病人，以感谢为由几次三番地纠缠他，言辞之暧昧，举止之夸张，让他不厌其烦。

但施小语和她是全然不同的。

她也很烦，见缝插针地缠他，可她从来不会让他打心眼里感到讨厌，因为她能细致入微地关心他，却又守节地保持着一定的底线，从不轻易涉足他的生活，窥探他的隐私。

虽然她的举动暧昧，并且也直白地表达过她的心意，却从没有拿这个作借口，堂而皇之地扰乱他的生活。

她一直尽心尽力、小心翼翼地追求着他，谨慎敏感地试探着，从不越界半步，现在想想，她虽然热情得过头，但又乖巧得很。

他没有追求过女生，大部分情况下，都是女生在追求他。她们会打扮得花枝招展，风情万种地在他面前晃悠，跟自然界大部分动物吸引异性的模式无差，靠性感漂亮的外表吸引对方的注意力。

一般男人之所以会对漂亮女生有感觉，一是因为男人的生理本能，二是因为在他们的眼界之内，见过的美的事物比较少，所以容易被惊艳。

他不一样，他有容貌精致出众的父母，见识了太多太多美艳得不可方物的女人，审美水平不是一般的挑剔，寻常搔首弄姿的道行，他当真是瞧不上。

况且，人不是动物，并不是张扬地求爱之后，以交配为最终目的。他们要一起生活，相互扶持，这样的感情，不仅仅是美艳的外表和性冲动可以维系的。

他这么想着，就越发觉得施小语是个特别的女孩，她从不在他面前过分地修饰外表，单纯干净却不失精巧的面容，浑身上下透着青春天然的气息，清纯又纯良无害。

她给他做饭，给他买东西，嘱咐他吃好睡好，在他生病的时候，无怨无悔地前前后后照顾他，让他可以放肆地享受作为病人的特权，肆意地瘫痪在床。

/第六章

无常

“小秦，有个急诊手术，你准备一下上手术台吧！”

主任急匆匆地进来说了一句话就转身离开了，秦铁收回自己天马行空的思想，把白大褂领口解开的扣子一粒粒扣好。

起身的时候想着，主任对他是真的很好，科室的大部分事情都会主动让他参与，遇到疑难杂症的时候，必定会找他探讨。说是探讨，实则是给他传授一些临床经验，就连手术，只要是主任主刀，势必会带上他。哪怕是他自己主刀的手术，下台之后，主任也会仔细询问情况，会给他颇为受益的指导。

大家都说，主任快要退休了，理想的推荐对象就是他，但只有他清楚，他得到的赏识是足够的，可经验仍然不足。

即便如此，他对主任还是发自内心地感激，他从小生长的环境注定了他生命中缺失太多的温情，因此，只要是真心待他好的人，他都分外感激。

他用最快的速度换衣服，洗手上台，虽然已经到了午饭时间，他还是没有一丝耽搁。

“你看，这是个多发伤的患者，肋骨多处骨折，肱骨上段粉碎性骨折，脾脏破裂引起了腹腔出血。对于这种患者，一定要迅速准确地判断他的首要问题……”

主任顿了一下，秦轶凝神，笃定冷静地回答道：“首先要摘除破裂的脾脏，迅速进行大量补液，待生命体征平稳之后，再考虑肋骨骨折的复位，最后是股骨的清创复位内固定。”

主任一脸的赞赏和满意：“就是这样。小秦，你千万记住了，不是每个病人都是有目的地进行择期手术，对于这种急诊病人你要摒弃一切习惯，只守住一个准则，那就是保住病人的命。为了保命，用什么手段都可以，无论是截肢，还是人为骨折，这些寻常时候看起来不容易被接受的事情，在生命面前，都是最次要的。你要牢牢记住。”

“是，我记住了。”秦轶戴好无菌手套，眼睛微微阖着，声音低沉而笃定。

主任对秦轶分外偏爱，这是科里所有人有目共睹的事情。秦轶来科里的时间不长，并不是老资历，许多比他来得早的前辈倚老卖老，一开始的时候特别不待见他。

但是他们越是愤愤不平，主任的偏爱就越发肆无忌惮。这种类似后宫争宠的桥段对于秦轶来说，却是没有半分影响，他依旧勤勤恳恳地做好自己的本职工作，不卑不亢，不骄不躁，虚心求学，耐心施教。

无论是来之不易的荣誉，还是铺天盖地的奖赏，他都是波澜不惊的样子，踏实稳重，很沉得住气。即便是功劳被抢，遭受诽谤，他也依旧是云淡风轻的模样，从不因此动容。

主任就是赏识他这宠辱不惊的肚量和稳重内敛的气场。

再后来，他的为人和能力渐渐被认可，那些排挤他、讨厌他的同事，都自愧不如。况且他面上永远是淡漠疏离，外人就算是再大的力道也像是打在了棉花上，没什么动静，因此众人的敌意就这样被动地被消磨了。

今天这场手术难度很大，多发伤本来就危险，患者还有脾脏破裂，稍有不慎就有可能因大出血而休克死亡。台上的主任和秦轶，还有两个助手，都是神经高度紧张的状态，连眼睛都不敢多眨一下。

手术进行了七个小时后，两个助手的体能已经到了极限，虽然他们没有剧烈地活动，但是神经一直紧绷着，这样高度紧张的状态，比单纯的肉体活动更加消耗体力。

两个助手迅速脱衣服下台，换了另外两人上来。主任虽然经验丰富，技术高超，但是毕竟年龄大了，体力已远远不及年轻人，这么长时间高度紧张的手术已经让他有些虚脱。

巡回护士上来替主任擦了擦汗，主任面色有些苍白，呼了一口气道："小秦啊，我这一把老骨头，想当年，年轻的时候，一站就是十几个小时，也没这么累过。看来，人啊，不得不服老。"

秦轶低头笑了笑，被口罩掩去了大半的笑容只余了一截上扬的眉梢："您就是因为当时劲儿使大了，所以现在才会觉得心有余而力不足，不是年龄问题，是当初太爱岗敬业。"

主任没说话，一旁的巡回护士也是老资历了，和主任一样的年纪，直接开口调侃道："我看您是因为有了我们秦大夫，自己就开始犯懒了吧？人啊，都是这样，依赖性特别强！"

主任笑了："是啊是啊，这战场应该交给年轻人了，我们这些老骨头在'过劳死'之前得回去享享清福了。"

秦轶依旧不作声，不卑不亢，态度从容不迫，淡定异常。主任心底说不出的满意，心里琢磨着就算是让他当主任，怕也没多大问题。

主任下台歇息的时候，科里另一个大夫补了上来，由秦轶做主刀，他从旁配合。这人是科里的副主任，年龄大，资历老，手里也有两把刷子，处理过不少危急重症。大家都认为他是下一届主任的不二人选，但偏偏主任只喜欢秦轶，从没给过他什么好脸色。

所以，他不爽秦轶很久了，今天这么好的机会，怎么能继续忍气吞声。

“来，你帮我把内窥镜抬起来一点，一助，气腹不够充足，再充点二氧化碳。再挂一袋盐水，腹腔里还有这么多血块呢，怎么都不冲干净！”

他一上台就是一通指手画脚，秦轶微微皱了皱眉，言语间没什么情绪地说道：“这些都不是最重要的，当务之急是止血，很多血管还没有结扎，患者随时有可能继续出血……”

副主任的这些问题秦轶也注意到了，但是手术台上有轻重缓急，脾脏摘除之后，周围的血管都得仔仔细细地结扎，做完这一切后，才有工夫顾及那些琐碎的。

“呦，秦大夫，我们可都是普外科大夫，你没必要对我说教啊！要真算起来，我来的时间比你长多了，你知道的、不知道的，我都清楚得很，还真别恃宠而骄，我不吃你那套！”

那人话里藏针，秦轶倒不在乎这些言辞上的对峙，定了定神，面上依旧没什么太大的波动：“现在不是说这个的时候，我还有几个血管没有结扎，得结扎了之后再做其他操作。”

“放着我来。”那人自动把自己当成了主刀，开始操作腹腔器械检查没有结扎的血管。

秦轶不准备在台上和他争执，再说了，他中午都没有吃饭，又一口气站了近八个小时，体力远远跟不上，交给对方也比较放心。

于是接下来的操作，秦轶一直是助手，配合他完成一切操作。秦轶对于名利之争没有太大的欲望，只要能治病救人，其他附属的东西，可有可无。

手术结束的时候，已经将近晚上九点，秦轶觉得自己快要虚脱了。他最近生活一直不规律，门诊部、住院部，还有不间断的急诊病人，他忙到恨不得一个人分成三个人来用，对自己的照顾，几乎到了可忽略的地步。

他的胃病犯了，长时间的空腹让他胃里火烧火燎地难受。手术服都没有脱，他便径直蜷缩在墙角，按着胃部缓解着阵阵痉挛。

“秦大夫，你是不是胃不舒服？餐厅应该还有饭，要不我帮你打一份吧。”

“不用了，谢谢，我歇一会儿就过去。”秦轶把口罩拉下来，开口的时候，嗓子干涩又疼痛。

麻醉师已经把还在昏迷中的患者转送到了胸外科，巡回护士和器械护士正在清点器械，收拾手术台。他缓了一会儿，觉得有了点精神，才挣扎着起身往餐厅走。

手术室内部就有餐厅，秦轶在窗口逡巡了一番，虽然只剩一些残羹剩饭，但总比没有强。

吃了些冷饭之后，胃里像是坠了铅块似的越发难受，秦轶按着上腹部，换了衣服回家。

到家的时候已经十点，他一个人住，不需要避讳什么，衣服直接甩在地上，他光着上身去冰箱里取了一瓶水出来，拧开盖子仰脖子喝下去。

冰冷的触感让灼热的喉管和胃部稍稍舒服了些，他蹙了蹙眉，把空瓶子随手扔在桌上，赤着脚抬步上楼。

洗了个热水澡之后他才觉得重新活了过来，可惜家里没有一点能养胃的东西，甚至连热水都没有。他忙起来有时候一周都不回家，家里只有保洁阿姨定期过来打扫，虽然收拾得干净，可充其量就是一个没什么人气的空壳子。

他又累又难受，心情无比烦躁。他从前格外喜欢一个人住，绝对的隐私，绝对的自由，不用顾忌任何人，也绝不会被别人打扰，只是不知道从什么时候起，他开始厌烦这无边无际的寂静冷清。

他开始奢望一些从前不曾在意过的东西，在应付完繁重累人的工作之后，他不需要再疲于应付柴米油盐的生活，可以有一盏暖灯，一桌热菜，一个笑容温婉的女人等候着他。

无论是烦躁、疲累、焦躁还是喜悦，都会有一个人同他分享，而不是现在这样，他兢兢业业地奋斗，也不知道图什么。

胃又开始疼，他狂躁到几乎要暴怒，但还是叼着烟给自己烧水。水刚接好，他便发现烧水壶坏了，他认命地打开燃气灶，灶口却连一点火星都没有，才想起来，他已经好几个月没有交燃气费了。

没有热水喝，他只好妥协，从冰箱里又取了一瓶矿泉水，接着去药箱翻找治胃病的药，他把箱子的每一个缝隙都找遍了，但除了一板过期的外，再没有其他。

他低咒了一声，合上盖子，阴沉着脸猛吸了几口烟。

他没什么烟瘾，而且还认为被烟草这种低级致瘾物操控，是种很没面子的行为，他自控力很强，偶尔的刺激只是为了让自己保持清醒和冷静。

吸完了一支烟，正准备就着一肚子的烦闷狂躁和难忍的疼痛去睡觉，苏冉的电话却突然打来了。

他脸色阴沉下来，想也没想就直接关了机，然后把手机扔在沙发上，自己上楼去睡觉了。

第二天一大早他就醒了，身心俱疲的情况下，他一夜没有好眠。虽然今天他休息，但是攒了一身的倦怠疲累和焦躁疼痛并没有得到释放，从床上起来的时候，他甚至听见骨节咔咔作响。

洗漱下楼，客厅里的固话又开始铃声大作。知道这个座机号码的人并不多，因为他安置座机有两个用意，一是为了让自己少得可怜的自由时间可以自由支配，不被工作打扰，二是为了保证自己一人独居时的生命安全，不至于悄无声息地“过劳死”。

接电话之前，混混沌沌之间，他竟然愣怔了一下，有了那么点不切实际的期待，直到听筒里传来苏冉欲言又止的声音，他才失笑。

他从来都是刻意地把她排除在自己的生活之外，她又能从哪里知道他家里的座机号码？

“秦轶，伯父让你回去一趟，他今天调休，我们两家一起吃个饭。”

“……”他愣了一下，冷笑一声，他的父亲总是这样，强势又自我，总是以他自身意愿为一切行为的唯一准则，他调休了，自己就该殷切地配合。

昨天一顿正经饭都没吃，接门诊到一点多，紧接着做了台近八个小时的手术，晚上睡了不到五个小时，这样的理由在他父亲眼中，只能算作他自作自受的笑料。

他的父亲秦严是个地地道道的军人，近四十年的军旅生活把他打磨成一个铁骨铮铮的军区司令，但他不苟言笑、不怒自威的冷淡性子却不单单是后天磨炼出来的。

秦严让他从军，他誓死不从。他不喜欢当军人，而更喜欢从医，可以实实在在发挥自己的价值，看到病人在自己手里一点点康复起来，那种成就感是在部队里操练不出来的。

因为这事，秦严甚至对他用了家法，眼睛都不眨一下地把他打得皮开肉绽。秦严向来是威严狠戾的，动真格的时候，他母亲除了大哭，拦都不敢拦一下。

那一顿打让秦严对他彻底死心，从那之后，秦严再没有管过他，带着他母亲去了军区，给他买了一套新房子，让他一个人自生自灭。

其实秦严并没有太伤他的心，反而随了他的心意。他喜欢一个人自由自在、不受任何人管束的生活，与其待在那个空有虚名的家里，搬出来自己住，也还算舒心。

毕竟，独居时没有父母照顾是情有可原的，但是在自己家中，一年到头却只能和保姆阿姨、保洁阿姨相依为命，那样只会更可怜。

秦司令发话了，他不得不从，随口应下之后，便上楼换衣服。

打理好自己之后，他开车去接苏冉一家。苏家和他家是世交，苏父和秦严一起入的伍。后来秦严一路平步青云，苏父也紧随其后，两人一前一后往上爬，现在秦严做了司令，苏父做了总参谋长，两人的关系越发坚不可摧。

老一辈人的感情过于深厚的时候，就喜欢把念头动到下一代头上来，以给两个孩子结亲作为互表衷心的唯一方式。

秦轶和苏冉受他们撮合不是一天两天了，男大当婚女大当嫁，他俩又是天作之合般的容貌，秦严总以为上一辈的深厚友谊一定会转化成下一辈的爱情，所以一直孜孜不倦地“浇灌”着他们。

苏冉对他有心，他对苏冉却无意。对于上次把她当枪使的事，事后他就觉得自己做得过分了，既然不想招惹，就不应该给她一星半点的希望。

和绝大部分人不一样，秦严喜欢在大早上宴请宾客，据说这是因为秦严觉得一日之计在于晨。加之他年纪渐长，最见不得的就是夕阳西沉的衰颓景象，像这样把酒言欢之后还是正当午的时间，让他可以更自在一些。

对于这种说法，秦轶是云淡风轻的鄙视，他说：“何必把自己的自以为是说得这么招人可怜。”

到了苏家还不到七点，苏冉将醒未醒的时候透着几分懵懂的可爱。苏父褪去一身戎装的样子少了几分冷硬，多了几分长者的慈祥。苏母自从生了女儿之后就做了全职太太，相夫教子的生活让她整个人的气度多了几分温婉柔和，不像他那个文工团团长的妈妈，温柔似水的外表下是一颗比男人还争强好胜的野心。

载了一家子人上车，秦轶一一打过招呼，态度温良谦恭，礼貌识节。苏父苏母高兴得合不拢嘴，那一脸的笑容，分明是给未来女婿看的，秦轶无从纠正，笑得淡漠。

苏冉自然地坐在副驾驶上，秦轶虽然足够绅士，但不想给她太过暧昧的暗示，因此没什么举动，只是轻轻敲了敲椅背提醒她系好安全带。

苏冉穿了一身藕粉色的连衣裙，脸颊浮了一层浅粉色，当真是人比花娇。听他说完，娇羞又局促地伸手撩了撩耳边的碎发，露出小小的粉色耳尖。

秦轶眯了眯眼，没有说话，径直发动了车。

苏家距离秦家老宅不算很远，因为秦严觉得，远距离会消磨很多情分，路途上的奔波会把工作生活之余好不容易节省出来的那点相思之情消磨殆尽。两家住得近，哪怕是临时起意的一点小情调，也能迅速找到知音来应和。

秦轶觉得秦严的理论浅薄得不堪一击，他为了和友人能随时随地把酒言欢，恨不得费尽一切力气让两家人比邻而居，却能因为一个随便的理由把自己的儿子扔到一个陌生的地方不闻不问。

到了秦家楼下，秦轶不露痕迹地揉了揉上腹部，扭头对苏父道："伯父伯母，你们和冉冉先进去，我马上就来。"

苏父苏母没有察觉出异样，只是连连应声。苏冉似乎看出些端倪，待父母都下车了之后，一脸关切地问他："你是不是不舒服？我看你脸色特别不好，是不是最近太累了？我跟你说了好多遍了，你应该多注意身体，秦伯伯当初不愿意让你从医也是有道理的，当医生多辛苦啊，赚的不多，压力还大……"

秦轶笑了，"你觉得我当医生单纯是为了赚钱？"

苏冉面上立刻浮了一层尴尬，急忙摆手："我不是那个意思，你不要误会，你自然……不是为了钱。"

秦轶无心和她辩解，他在做出这个决定之前，已经把所有可能遇到的艰难困苦都考虑过了，他甚至想过如果他当真坚持不下去了，该以怎样的方式和秦严妥协，才不会那么狼狈寥落。但是，意想不到的是，他竟然坚持下来了，并且乐在其中。

所以，他很负责任地为自己的人生做了打算，并不需要这样无关痛痒地泼冷水。

秦轶下车买药，苏冉原本想跟着去，但被他拒绝了。他心底有一丝不易察觉的诧异划过，他想着，如果现在陪在他身边的人是施小语，她会怎么做？

他失笑出声，不管她会是什么反应，却绝对不会是云淡风轻地告诉他，你要学会照顾自己。她肯定会说，你看看你，为什么不让我来照顾你？

“请问，您需要什么药呢？”穿着白大褂的店员面容亲切地问他。

“给我拿一个治胃病的药吧。”

“您是怎么不舒服呢？胃疼还是胃胀？”

“胃疼……”

“怎么样的疼法呢？绞痛还是阵痛？”

“绞痛吧……”果真是医者不自医，他是普外科的一把手，轮到自己生病，却连临床症状都说不清。

买了药回去，不过来回消磨了二十分钟而已，他敲门进了屋，母亲陶婉的脸色已经隐隐有些不对，他还没来得及说话，耳边就传来秦严不高不低的斥责声：“你这医生当得是一点规矩都没有了，把长辈扔在路边自己走了，我就是这么教你礼节的？”

秦轶穿惯了宽松自然的白大褂，许久不穿正装，感觉浑身上下的筋骨都被箍住了一般，分外难受。

和秦严争论，是一点好处都讨不到的，这样的结论是他年少轻狂时，无数次不自量力的争辩得出来的。面对秦严大庭广众下不留情面的训斥，他只是松了松领带，恭恭敬敬地赔罪：“对不起，是我失礼了。”

“你跟谁失礼了？”秦严坐得笔直端正，即便是在家中，也没有一丝的懈怠，带着咄咄逼人的气场。

秦轶换了鞋，走到苏父苏母面前，微微鞠躬，特别有礼貌地道了歉，苏父不习惯这样的拘谨，忙摆手道：“小轶，和你苏伯伯客气什么，都是一家人。”

对于他的措辞，秦轶没有多作深究，而是补问了一句：“伯父伯母，我有事失陪一下，马上下来，可以吗？”

“好好好，这是你自己家，别这么拘谨，弄得我反而不自在了。”

他自己家？不，这是秦严的家。

他上了楼，还是能听到秦严不悦的声音，无非是斥责他目无尊长、肆意妄为，苏父从旁一个劲儿地帮他圆场。

进了自己的卧室，他想找个杯子喝水，翻到藤制茶几上的杯子时，才发现杯底已经落了一层灰。

因为他几乎不回来，保洁阿姨都不怎么勤快地收拾他的房间了。

他在生吞药片和下楼去厨房找水之间犹豫了一下，最后还是选择了前者。

药片挺苦，但还不算无法忍受。

药效没有发挥之前，他的胃还在隐隐作痛，他不想身心俱疲的时候还得应付秦严，于是躲在卧室里不出去，反正这屋子已经足够萧条，他干脆点了支烟，破罐子破摔。

吸了不到两口，苏冉就进来了，他下意识地把剩下的半支捻熄了，嗓子沙哑地说了声：“抱歉！”

“秦轶，你是不是不舒服？”苏冉满脸的关切。他并不是质疑她的关心，只不过是不喜欢这种流于表面的关心，她肯定不会知道，他现在舌根都苦到发麻。

“没什么不舒服的，没睡好而已。”他把扯歪的领带重新系好，将露出的小片胸膛一点点遮挡起来，又道，“你这姑娘，进一个大老爷们的房间，门都不敲，还好我来之前已经洗了澡。”

苏冉这个时候才反应过来自己的失礼，一张小脸瞬间涨得通红。她是个标准的大家闺秀，脸皮薄得很，他只不过是开个玩笑而已，她这么一娇羞，反倒像是他在耍流氓。

“好了，你先下楼吧，我马上就下去。”

“嗯，好，你那个……没睡好的话，吃完早饭可以再睡会儿。”

他笑了笑，不置可否。

直到下了楼，苏冉心口怦怦乱跳的迹象都没有半分缓解，她把微凉的手心贴在自己的脸颊上，突然发现她的脸已经烧到了不可思议的程度。

其实，喜欢上秦轶是件极其容易的事。

他继承了他父亲轮廓分明、刚强野性的硬朗俊逸，又袭承了他母亲眉眼间说不清道不明的风情和性感。他的身材高大挺拔，恰到好处的肌肉和笔直修长的骨骼将他的外在修饰得完美无缺。

除此之外，他的性格也好到无以复加。虽然他并不热情，却总是带着一股让人心神安定的力量。他永远沉稳笃定，处变不乱，宠辱不惊，对待女生礼貌而绅士，从不刻意暧昧，也不生硬地疏远。

就连他的声音都悦耳动听，娓娓道来的时候让人如沐春风。

这样近乎完美的一个人。她一直在他的光环之下仰视着他，很难不喜欢他。

但是她也清楚，他对她的好，有绅士风度，有兄长般的关怀，也有因为长辈间的情谊而格外增加的照拂，可这其中并没有一星半点爱情的成分。

从前，他在她心中的形象，要么是温柔暖人的大哥哥，要么是高冷淡漠的医生，从来没有一次，能让她如此真切地感受到，他是一个成熟的男人，一个性感到无以复加的男人。

那种来自成熟男人的气息让她一直不上不下的心越发躁动不安，难以平静。

她并非有意擅闯他的私人空间，只是因为他许久不住这里了，即便是偶尔过来，也是鲜少进自己的卧室，她以为这里对他来说，已经不存在什么隐私了。

只是却不曾想到，她这样无意地闯入，却让自己的心小鹿乱撞一般地失了方向。

她从不知道，作为医生的他，竟然也会吸烟。他吸烟的动作很娴熟，修长白净的指间夹着细白的烟身，他的神情放松，但并没有瘾君子般的陶醉，反而透着一股气定神闲的美感。

他的衬衫解开了几粒扣子，领带松垮垮地垂在胸口，这样的凌乱不羁让他从禁锢之中释放出来，保持一种全然轻松的状态。

那裸露出来的胸口，肌肉纹理光滑紧实，并不夸张，但足够流畅好看，他虽然忙得焦头烂额，但对于自己身材的管理却从来没有懈怠。

他这副慵懒放松的模样，配上懒洋洋的眼神，还有那一抹漫不经心挑起的嘴角，和她平时所见的一丝不苟、严谨认真的模样大相径庭，不经意间就透出了几分诱惑，简直让人意乱情迷。

如果说作为医生治病救人的他是至高无上的，那么，此刻慵懒吸烟的他，才是真正落到了地上，是个普通的散发着雄性荷尔蒙的男人。

苏冉下楼之后不久，秦轶就下来了。他神色淡漠但并不目中无人，正装穿得规矩合体，严谨端正，不见一丝凌乱不羁，哪有半分刚才的率性洒脱，即便是在自己家中，他的一言一行也是周到得挑不出一点毛病，简直是个完美的优质好男人。

如果不是刚才误闯了他的卧室，苏冉会一直以为，他始终是温文尔雅、彬彬有礼的，透着远山浮云一般的高雅气质，而不是那种随随便便一个眼神，就撩拨得人无从招架的慵懒性感。

人到齐了，菜也齐了，众人开始陆陆续续地落座。秦轶贴心地给每个人布筷，待所有人都入座了，他才给自己拿了双筷子，坐在了距秦严最远的对面。

菜色丰盛养生，以清淡为主，毕竟在座的四位长辈已经没了大快朵颐、吃香喝辣的资本，苏冉是女孩子，为了维持好身材，油腻辛辣几乎不沾，桌上的菜色很符合他们的口味。

毕竟是家庭聚餐，秦严虽然规矩多，但还不至于到让人消化不良的地步，吃饭的时候，那些饭局上的套路也就自然而然地免去了，大家身心放松地落筷。

苏冉吃得少，又吃得慢，陶婉拧着一双柳叶眉，心疼得直唏嘘："冉冉，你这么瘦，可不能减肥了。这是你喜欢的海鲜粥，伯母特意订的你喜欢的那家酒楼里的，你得多吃点。"

就连一直板着脸的秦严这会儿也终于不再端着架子了，像个慈祥的老者，语重心长地附和："冉冉啊，喜欢什么就多吃点，你这个年纪还是可以争一些口舌之欲的，该享受的时候还是要享受。"

"是，秦伯伯，那我要吃蓝莓山药。"苏冉笑容乖巧，适时地撒娇并不过分，反而多了几分纯真可爱。

秦严只是笑，并没有动作，秦轶了然于心，起身把那一盘蓝莓山药端到苏冉面前，拿公筷给她夹了几筷子："女孩子毕竟娇弱，还是得合理饮食。"

"是，不要和秦轶学，挑食得很，又不听话。"秦严放下筷子，不轻不重地磕了一下。

秦轶和秦严有隔阂不是一天两天了，老的强势高傲，小的倔强冷漠，两个人互不相让，谁都不愿意退一步，像是两颗螺丝钉，都只懂得朝着一个方向转，越拧越死，陶婉夹在他们两人之间真是有苦说不出。

还好秦轶虽然倔强，但并不是蛮不讲理，每次只要陶婉出面，他也能适时地息事宁人。

秦严这会儿明显是准备借题发挥，陶婉赶在秦轶说话之前抢白道："瞧你怎么说儿子的，儿子也就是不喜欢吃蒜薹、洋葱、香菜这些味道比较重的东西，其他的，还不是我们做什么他吃什么。你这人真是，果然是年纪大了，只记人别扭的地方，不记人伶俐的。"

有了陶婉出面，众人便把这些话当作了饭桌上的笑谈，谁也没往什么人生大方向上去牵扯。

四位长辈各怀心事，小心翼翼地维护着不知道是谁的面子。秦轶自始至终都是事不关己的态度，面上一抹淡淡的微笑，没什么多余的表情，此刻内心动荡比较厉害的就属苏冉了。

她从来不知道秦轶生活中的小细节，印象中，他是从来不挑食的，没什么特别喜欢的，也没什么特别不喜欢的。后来大约是因为工作的缘故，饥一顿饱一顿，就更没有那么多讲究了。

这么长时间，她竟然头一次知道，他原来也是有比较讨厌的东西的，她抿着唇，默默地记下了。

饭吃到一半，秦严存心不想让任何人痛快，筷子一磕，抛了一个烫手山芋出来："秦轶，你觉得冉冉怎么样？我看着你俩倒是挺般配的。"

他话音刚落，气氛瞬间变得莫名的尴尬，两家人郑重其事地端坐着，任何一句话都该担负着它应有的责任，总不能说吃饱了撑的随便开个玩笑。

一般情况下，这种暧昧的关系是不能随便捅破的，乱点鸳鸯谱的后果难以收场，秦轶不相信秦严没有考虑过这样的后果，相反的，他不是不知道，而是知道得太清楚了，所以才会把自己推到风口浪尖，而他则是好整以暇地从旁看戏。

他明知道自己不喜欢苏冉，所以无论说什么，处境都会无比难堪，可他偏偏堂而皇之地说出这样的话，无非是他给自己这个叛逆儿子的一点微不足道的教训。

药效发挥了，秦轶的胃疼好了一点，却已经被折磨得没了胃口。他没吃多少，只喝了杯温水，胃里空空如也，却又像是填满了石头一样生硬沉重。

他想了想，不咸不淡地开口道："苏冉是个好妹妹，外人看来，我们俩确实像亲兄妹，是挺般配的。"

他故意曲解了秦严的意思，既正面回答了他的问题，又没有伤到苏冉的心，算是个比较机智的回答。

可是他半点都不开心，他不知道自己在应付些什么。在医院里安抚病人和家属，还要提防被同事背后捅刀子；回了家，还要玩这样的宫心计，当真是心累得很。

秦严碰了个软钉子，没了寻衅滋事的心情，匆匆结束了这让人不痛快的早餐，嘱咐他把苏冉送回去。

他失笑不已，不知道秦严图什么，别人图一口团圆饭，家庭和睦，幸福美满，就是有再大的疲累也能烟消云散，他却是想方设法给自己找不痛快，部队上操够了心，回来还要找他的气，真是个欠虐的爹。

回去的路上，苏冉也是觉得气氛比较尴尬，主动挑起了话题，软绵绵地问秦轶："我们俩一起长大，我都不知道你不喜欢吃洋葱和蒜薹，我记得你以前挺喜欢吃蒜薹肉丝的，我还专门……"去学做了那道菜。

后半句话苏冉没说出口，及时刹住了，她清楚得很，秦轶给她的面子，绝大部分是来源于外界压力，抛却两家的关系，他大约是不会对她这么好的，因此她自己得有分寸。

秦轶没在意她话里未尽的意思，侧着脸看着倒车镜，一只手利落地打着方向盘调头，落在方向盘上的手干净有力，上卷的袖口露了一截肌肉结实的小臂出来，模样放松又自然，相比于在饭桌上滴水不漏的绅士，这样的他更加真实，也更加迷人。

车子调头之后重新驶入车流，秦轶才从全神贯注的状态中调整过来，问她："抱歉，你刚才说了什么，我没怎么听清。"

苏冉把刚才的话重复了一遍，秦轶听得很认真，听完之后满不在乎地笑出声，笑声爽朗润泽，听得苏冉面红耳赤。

过了几秒钟，他才清了清嗓子，正色道："我妈的话你不要当真，她只是随便说说而已。实际上我没有特别讨厌的食物，当了这么多年的医生，有口热饭吃就不错了，哪还有心情挑食。再说了，她正儿八经给我做饭大概还停留在我没长牙的阶段，她从哪里知道我喜欢什么，不喜欢什么。"

他神色自然，不以为意，云淡风轻的态度像是个旁观者，苏冉听着却莫名的心疼。

陶伯母还记得自己喜欢吃什么，却已经忘却了秦轶的喜好。

看到苏冉表情里带了一丝近乎怜悯的神色，秦轶忍不住笑出声："你别这么看我。"

他其实真没觉得自己有多可怜，相反的，他家境殷实，生活富足，没吃过苦，没受过累，真正是锦衣玉食的生活，非要说点什么不开心的，只能说是有遗憾。

遗憾他如此美满、没有波折的人生里，少了一些温情。秦严和陶婉从来没有带他去任何地方玩过，也没有向他展露过父母对孩子的宠溺疼爱。他的童年缺失了本应该有的温暖童真，变得单调乏味，这也是导致他成年之后薄情冷漠的重要原因。

很小的时候，他也期待过，自己可以和其他小孩子一样，能和爸爸妈妈一起去游乐场，肆无忌惮地吃喝玩乐，但是希望无数次落空之后，他也懒得再抱这些不切实际的幻想了。

他是男孩子，又不是娇滴滴的小姑娘，得富养，得娇纵，不能受一点委屈。再长大一点之后，他就意识到自己从前的想法真是矫情又可笑，像是一只拼命博存在感的宠物，真没意思。

他觉得，秦严和陶婉不是不爱他，只是方式方法的问题，毕竟他们都不是什么深情款款的人。

送苏冉回了家，这丫头还欲言又止的，秦轶正准备等她下车之后点根烟，等了半天，她双手扯着手包带子，紧抿着唇，动作一点都不利索。

他只好问："怎么了？"

她支支吾吾地回："秦轶，你真的……把我当成妹妹吗？"

他把烟放回去，揉了揉她的脑袋："自然是，不然呢？"

她什么也没说，但是不难看出那满脸的失望，这下倒是干脆，利利索索地下车了。

他上学那会儿，异性之间最暧昧的关系就是"兄妹"，因为直接处对象那是要被口诛笔伐的，但是两个年轻悸动的心又无处安放，所以选择一个折中的办法，认作干妹妹或者干哥哥，既光明正大，又能欲说还休地拉近两人的关系。

自然，他已经过了玩这一套的年纪，不过他却是头一次由衷地希望，苏冉真的是他妹妹，干妹妹、亲妹妹都随便，只要能让他摆脱一切和她发生暧昧关系的可能性，那都是好的。

这种迫于压力去经营一段自己并不喜欢的关系的感觉，他受够了。

下车抽了支烟，他才开车回家，到家之后，正准备换衣服睡个回笼觉，兜里的手机突然铃声大作，他看了一眼，是主任的电话，他没敢懈怠，赶紧接起来。

主任语气严肃，带了丝紧张，很少见他如此，他恭恭敬敬地听完了事情的经过，挂了电话之后，真是恨不得苦笑出声，这糟心事还真是一出接着一出，不给他片刻喘息的时间。

他只好换了便装，又急匆匆地赶到医院。到科室的时候，医生办公室已经乱成一团，里层是闹事的病人家属扯着嗓门大吼，几个上班的大夫苦口婆心地劝阻，外层是看热闹不嫌事大的住院病人及他们的家属，抻着脖子看得津津有味。

他额角跳痛，嘴里说着“麻烦让一让”，双手拨开人群挤进去，同事见了他，立刻找到了背锅的，毫不犹豫地甩过来：“昨天主刀的是秦医生，有事你们找他，不关我们的事。”

墙倒众人推。且不说他现在无权无势，还平白做了别人的眼中钉、肉中刺，人家正愁找不到机会狠狠地修理他一下，就算他有强硬的后台，遇上这种医患纠纷，也没人愿意蹚这趟浑水。

他这主角一出现，立刻成了焦点。病人的母亲年近六十，一脸凶相，见了他，二话不说，扬手给了他一巴掌，力道一点都不像弱势群体。

“王八蛋，你还有没有点医德，你这么缺心眼就不怕遭天谴吗？就因为我们是农村人，我们给不起你红包，你就不好好给我们做手术！我们家孩子已经够遭罪了，你还要做这种缺德事！你们嘴上说得多高尚，多神圣，背地里还不是坏了心肝，欺负我们老实人，拿人命开玩笑，像你这种人，迟早要遭报应的！”

事情经过其实挺简单的，就是因为昨天和他同台的那个同事在结扎血管的时候漏掉了一根小动脉的结扎，之后病人转送胸外科的时候，腹部再次出血，出血量不大，但是对于一个危急重症的病人来说，稍有不慎，照样可能要了命。

虽然及时做了处理，却已经酿成了医疗事故。

这事秦轶不是主要负责人，但也脱不了干系，如果不是他神经松懈，让同事做了主刀，如今也不会闹得这样不可开交。

在医院里，病人总是觉得自己是弱势群体，在遇到这种情况后，同病相怜的凄苦会让他们分外团结。

于是，事情很快演变为秦轶被所有知道真相、不知道真相的群众同仇敌忾地指责谩骂，他很清楚，这种群情激愤的时候，保持沉默比据理力争效果要好得多。

所以，虽然那家属依旧在推搡他，他也不生气，不还手，态度分外得好。

当骚动演变成闹事之后，自然会有该管的人来管，待一切恢复平静，秦轶才被主任叫进办公室。

主任面上流露出一丝愧疚，声音低低的："小秦，让你受委屈了。"

因为那天手术的主刀是主任，就算背锅，也应该是主任来背，但是莫名其妙地变成了他，这个中缘由，他清楚得很，主任要竞选副院长，可不能在这个节骨眼上出这种事。

至于那个真正的罪魁祸首，自然也是不能供出来的，否则患者家属会以为你在推卸责任，到时候只会适得其反。

秦轶摸了摸自己肿胀的脸颊，舌尖舔了舔有点充血的腮帮子："我都知道，既然这样，我先回家休息几天吧。"

秦轶停职接受检查的消息很快就传遍了全医院，毕竟，他是医院里的风云人物，英俊潇洒，年轻有为，又有贵人相助。风光的时候，多的是人羡慕嫉妒恨，倒霉的时候，也就会有更多人来看笑话、泼冷水。

秦轶本来也不是感情丰富的人，对一切淡漠惯了，倒没有什么特别大的情绪。

他收拾好东西，白大褂整整齐齐地叠好，衣柜钥匙、值班室钥匙搁在护理站，经常和他搭班的小护士眼眶都红了，看着比他还委屈："这些家属怎么能这样呢！不分青红皂白就开始骂人，那天手术又不是你一个人做的，为什么好事就是主任的功劳，坏事就得你来背黑锅，太不公平了！"

他除了笑一笑，不知道作何反应，换作别人，这种情况下，有个人义无反顾地挺自己，那是一件挺让人感动的事情。

但他真没什么感觉，事不关己一般，看来他当真是薄情淡漠得很。

等他再次回到家的时候，已经是下午。在看到满室的冷清和厨房里的冷锅冷灶时，他淡漠的神情终于有了一丝松动。

他并不害怕被人非议、被人谩骂，甚至不在乎这种盛极而衰的自然规律，他害怕的是，那种他尝了近三十年，早已经不想再尝的孤独寂寞。

人身体内分泌的激素真的很神奇，会让你的身体在不同的阶段产生不同的渴望，小时候，渴望亲情，渴望欢乐，到了成年之后，开始渴望异性，渴望爱情。

他想找一个可以让他不这么孤单的人。

第七章 / 最终的温柔

秦轶在家躺了三天，挺尸一般的生活。之前上班的时候，他总是觉得睡不够，每天早上起来的第一件事，就是祈祷自己的病人少一点，可以按时下班，饱饱地睡一觉。

但是，真到了一身轻松，可以大睡特睡的时候，他又有点失眠。

他叫了三天的外卖，勉强果腹，交了燃气费，总算可以喝上一口热水。医院里没什么动静，估计在等事情的热度过去，主任也没有再联系他，他心安理得地闲赋在家。

他以为，除了空虚寂寞冷、胃疼以外，应该也没什么不舒服的地方了。

却万万没有料到，他出了“医疗事故”的事，会传到秦严的耳朵里。

在家反省的第四天，秦严一通电话把他召回了大宅子。这天正好下着大雨，倒是跟秦严郁闷阴沉的心情格外契合。

到了家门口，他刚敲了门，秦严就出来了，二话没说，抬手就狠狠地打了他一巴掌。

秦严和那六十岁的妇人不一样，使尽力道打的巴掌能把人的下颌骨震裂了。他被秦严打得几乎踉跄倒地，手里的雨伞飘落在一旁，他缓了好一会儿，才从火辣剧痛的眩晕中醒过神来。

“我秦严怎么会养了你这么个东西！简直是我的耻辱，当初让你入伍，你不去，倔得十头牛都拉不回来，我念你意志坚定，勉强答应了你。你再不济，也有了为自己人生负责的能力。我不管你，是因为你是我秦严的儿子，不是什么随随便便的三教九流之徒。我给了你足够的自由，现如今这就是你给我的交代？不用上升到什么医者仁心的职业操守，就算是个普通人，也干不出这么丧尽天良的事，你的良心是给狗吃了吗！”

秦轶还真没见秦严这么生气过，目眦欲裂，青筋暴起，大雨都浇不熄那满身腾腾的怒火。常年的军旅生活让秦严练就了一身不怒自威的本领，所以他几乎不用发火就能达到震慑人的效果。

像现在这样控制不住自己大发雷霆的模样，还真是超脱了他一贯高高在上的形象，想来是真被秦轶刺激到了。

雨越下越大，秦轶穿得少，没一会儿就浇了个通透，这场景看着还真有几分凄凉。他脸颊火辣辣地疼，口腔里弥漫着浓厚的铁锈味，他擦了擦嘴角，指尖的血红色很快就被雨水冲刷没了。

大约是看他这副模样不像是诚心悔过的样子，秦严更生气了，指尖直直地指向他，咬牙切齿地嘶吼：“今天你就给我在这雨里好好清醒清醒，什么时候想通了什么时候再进来！”

秦轶觉得淋雨体罚这种事情挺娘们的，倒不如像之前那样，让他受点皮肉之苦，那样还来得痛快点。

陶婉已经哭得泣不成声，也不顾身上那薄薄的一层锦缎旗袍，步伐凌乱地冲进雨幕里，死死地拽着他的胳膊，语不成调地央求：“儿子啊，你就给你爸爸认个错、道个歉，把事情好好说一说。妈妈知道，你不是那样的人！这么大的雨，淋多了身体会吃不消的！”

秦轶想了想，自己这样一言不发地犟着，跟小姑娘似的。再说了，他身体受得了，陶婉可受不了这么大的雨。于是伸手抹了一把脸上的雨水，正要开口，秦严冷漠的声音突然划破雨幕传来，尖锐得很。

“解释？解释什么？难不成你要告诉我，这不是你的错，你是被冤枉的，你给别人背了黑锅，当了可怜的替罪羊？”

他的言语尖酸刻薄，是秦轶从这件事情发生起，听到的最为伤人、让人没有一点还击之力的话。

患者家属在意的是患者的身体健康，看热闹的人是单纯地观望事件如何发酵。他们对事不对人，如果事情澄清了，他们对他的恶意会瞬间烟消云散。

但秦严不一样，他针对的是他这个人，这是上升到人格层面的侮辱，秦严是他的父亲，却是对他最毫不留情的人。

秦轶突然笑了，雨水沿着刺痛的嘴角流进嘴里，又苦又咸。他把陶婉推进屋里，自己轻笑着又站在院子中间：“事情就是这样，我没什么好解释的。”

他神色淡然、云淡风轻的模样，陶婉也有些怀疑了，不可置信地反问：“秦轶，你不是故意的吧？”

“是不是故意的都无所谓了，反正事情已经发生了，该怎么处分我都认了。”

陶婉跟着秦严回去了，她最后看秦轶的神色还带着一丝迟疑。秦轶低垂着头，任凭雨水淋着，心里想着，也不怪患者家属会情绪激动，翻脸不认人。人与人之间的信任，哪怕是基于血浓于水的关系，也照样浅薄得很。

这场大雨很给面子地下了整整一下午，秦轶在大雨里站得半边身体都发麻了，每个毛孔都叫嚣着寒冷。虽然这是夏天，但是被大雨这么浇着，也着实让人吃不消。

他在雨中站了不知道多长时间，三个小时还是四个小时？总之，在他浑身开始打颤之后，陶婉终于冲出来解救他了。

她估计是刚哭过，眼睛红肿，撑了一把伞护着他，哑着嗓子道：“我跟你爸解释了，他说只要你辞了这份工作跟他回部队，他就不追究了。你也知道你爸那个倔脾气，你越是呛他，他脾气越硬。你先认个错，等他态度缓和了，什么事都好说，你听妈妈一句话，好不好？”

只要他去部队，秦严就不追究了？那他要是不答应呢？秦严准备怎么追究，大义灭亲？

这话他没说，有点大逆不道。他只是抹了一把脸上的水，揉了揉自己冻得发僵的脸，磕磕巴巴道：“事情就是这样，雨我也淋了，爸应该能消气了，要是没什么事，我就先回去了。”

“秦轶，你怎么这么不听话呢！”陶婉看着他头也不回离开的背影，又气又心疼，一个劲儿地跺脚。

他低笑出声，他之前就是太听话了。

等他一身狼狈回到家的时候，天都黑了。他浑身打颤地冲了个热水澡，热水浇到身上的那一刻，骨子里的寒意都争先恐后地冒出来，他拧着眉，狠狠地打了一个哆嗦。

洗完澡出来，他浑身发软，没胃口吃饭，直接裹着被子睡觉了。睡到半夜，又突然发起烧来，身体里所有的热量都集中泛在表皮上，骨子里只剩下一波一波的寒意，冰火两重天的感觉折磨得他力气全无。

从前他一直觉得，淋场雨就感冒发烧的人大多是体弱多病的体质，轮到自己，他才后知后觉地反应过来，身心交瘁的情况下，哪怕身体底子再好，淋一场雨，也照样能卧床不起。

睡到后半夜，症状开始加重，鼻塞、头疼、浑身酸疼、嗓子疼。感冒高烧是个最让人痛苦的毛病，它发作的时候能让你所有可以疼起来的地方一个不落地疼痛。

他意识混混沌沌的，觉得再这样下去，自己的半条命都得搭进去，只能拼尽全力从床上爬起来，挣扎着去客厅打电话。

他脑海里闪过一个念头，即便是这样神志不清楚的情况下，那串数字他也能一字不差地背出来。只是，按了头一个键之后，他就按不下去了，苦笑着转而拨通了段榕的电话。

段榕几乎是在第一时间就赶了过来，她到的时候，他的力气只够让自己瘫在沙发上。段榕披头散发，来势汹汹，进门之后眯着眼睛打量了一下他这副狼狈的模样，二话不说就开始教训他：“你作死给谁看呢！你的这个事全科室的人都心知肚明，主任自己也清楚得很。他不会平白无故让你背这个锅的，他不过是在等一个合适的机会还你一个公道，你瞧瞧你现在这个德行！”

段榕恨不得把指尖戳他脑门上，但是一看他这副难得脆弱的模样，又下不了手，连教训他的力气都没了，没好气地说道：“量体温了吗？”

“……”秦轶嘴唇动了一下，竟然没发出声音，他嗓子疼得厉害，每发一个音节都是痛苦的过程。

段榕挥了挥手：“得得得，我知道了！指定没量，你先把体温量了，我给你配点药。你把我逼得都能转临床了，我就是一护士，你却把我当家庭医生使唤！”

段榕嘴上抱怨着，但心里又极心疼秦轶。他是个很温良无害的人，虽然面上看着淡漠，不近人情，但是相处久了，才知道他其实是个很真诚又重情义的人。她比他年长一点，总是把他当弟弟看，他出了事，她第一个打抱不平。老实人总是备受欺负，该被谴责的人现在还在意气风发地上手术，无辜的人却被折磨得像条落水狗，天理何在！

给他输液的时候，段榕发现他好像又瘦了。虽然他一直是精瘦的体格，可是往常总是健康的肤色，今天一看，那细长的掌背苍白得血管都露出来了，好似只有一层皮附着。

固定好输液贴，调好滴速，段榕检查了一下，看他说话费劲的样子，也不准备等他回答，自顾自说道："今天就这两瓶，输完了自己拔了就行，有什么不舒服的一定要给我打电话。"

秦铁仰头看了看挂着的吊瓶，脖子绷成一条直线，颈间的皮肤更加的苍白，挣扎了半天才发出两个音节："谢谢。"

"你要真想谢我，就赶紧找一个能照顾你的人，找不到女朋友，找个老妈子也行，别总是把自己折腾得人不人鬼不鬼的。不是我薄情寡义，是我实在没办法无微不至地照顾你，我家还有一大祖宗和一小祖宗，分不出太多精力管你。我可以给你输液，但也仅仅能给你输液，能对你嘘寒问暖的，还是得一正儿八经的女朋友。"

段榕意有所指，说完的时候，看见秦铁的眼睛亮了一下，但那光芒转瞬即逝，很快又恢复了古井无波的模样。

凡事都是看破不说破，点到为止即可。到底是别人的事，她一个外人指手画脚也不合适，以关心为目的，止步于朋友之间的关系，再多说，就逾越了。

段榕哈欠连天地走了，秦铁万分感谢，可是手上挂着吊瓶，不方便送她，只能目送她离开。关门声响起时，又只留他一个人面对一室的清冷。

点滴输完一瓶，他嗓子又干又疼，亟待清水滋润，就算是再不方便，也只能自己举着吊瓶，一步步往厨房挪。他头昏脑涨，步子深一脚浅一脚，像是踩在了棉花上，意识混沌间，只觉得手背胀痛，低头一看，才发现针眼回血了。

他只好把两只手的高度拉开，以一个分外扭曲的姿势挪进了厨房，好不容易挪到了燃气灶旁，他又气得直想爆粗口。

他两只手都占着，总不能拿嘴去叼水壶。

最后，他把输液架推进来，挂好吊瓶，在管路纵横之间手忙脚乱地给自己烧了口热水。

喉咙被滋润时，他突然失声笑出来，不知道自己奋斗了这么多年，执着了这么多年，到底是为了什么。

没日没夜地操劳，几乎是把整颗心都扑在了医院里，对待每个病人都尽心尽力，几乎没有一点自由时间，哪怕是休息，也在看病历、回访病人，他把全部精力都投放在病人身上。这是他热爱的职业，是他无怨无悔的选择，所以他并不期望用自己的付出去换取什么等价的东西。

他不缺钱，秦严虽然和他不算亲厚，在物质方面却是出手阔绰，他不需要像其他人一样为了生计疲于奔波。

从前，他觉得能得到病人家属真挚的感谢，或者看到病人在自己的照顾下一天天好起来，就是对自己最好的回报。

但是如今，他忽然发现，他尽心尽力的付出，能得到真挚的情感回报，是建立在患者安然无忧、健康恢复的情况下。一旦这其中有了任何问题，他的一切付出都将被抹杀到一点痕迹不剩，那时候没人会在意你所谓的热爱与敬业。

就比如现在，他拼尽全力地给那个患者做手术，背后受的苦没人有兴趣去探究。他们在乎的是他出的差错，因为这点差错，他就成了千古恶人，永远翻不了身。何况，这差错还不是他造成的。

这些人，还真是苛刻。

他突然又想起了施小语，她大概是心思最单纯的家属，会真心实意地感谢他的付出，会抛却一切条条框框，抛却一切杂念来感谢他。

他从前总是烦她，因为他觉得这仅仅是自己的工作，而她却把这工作内容上升到了人格层面，对他这个人崇拜而敬畏，乃至行为过于夸张。

可是现在，他恨不得所有的病人都能跨越工作，仅仅是从他这个人本身出发，去考量整件事情，不要让他的尽心尽力变得一文不值。

挂着点滴，秦轶就在沙发上睡着了，他精神不济，即便是强打精神坐着，也坚持不了多久，一觉醒来，手背已经肿起来了。他昏昏沉沉地把针拔了，针眼处一片青紫，他皮肤很白，这会儿瞧着还挺触目惊心。

他无心去管，倦怠至极地趿拉着拖鞋上楼，脑袋刚一沾床就沉沉地睡着了。

自从当了医生，高强度的工作和全身心的投入，让他即便是生病也没能酣畅淋漓地休息过一次，这次停职在家，反倒能安安稳稳地睡到自然醒。

如果不是胃疼折磨得他太难受，他估计能睡到天昏地暗。

睁眼的时候，天已经大亮了。昨天晚上他都没顾得上拉窗帘，耀眼的阳光洋洋洒洒地照进来，刺得他眼窝子生疼。他没力气动弹，觉得自己就是一条被扔上岸的鱼，有浪过来，就喘口气；没浪了，就直挺挺地等死。

他胃疼、嗓子疼、浑身酸软，想吃点热乎的饭，喝点润嗓子的汤，再喝点药出出汗。可是现在这些事情单凭他一己之力很难完成，他拿手肘遮着前额，躺在床上“挺尸”。

苏冉来的时候，他分外高兴，他从来没有像这会儿这样如此欢迎她的到来。

她一脸焦急地在门外站着，秦轶觉得自己生了场病，把脑子都烧坏了。有个人来看他，他应该是高兴的，但当他看到她两手空空时，他竟然莫名地觉得又生气又失落。

既然是来看望病人的，怎么着也应该带个果篮吧？他想吃苹果了，一咬汁就溅出来的那种。

“伯母也想过来看你的，但是伯父不允许，她放心不下，只好托我来看看你。”苏冉声音低低的，细小的嗓音里透着心疼，眼眶红红的，像只受了委屈的兔子。

秦轶浑身难受，嗓子快要冒烟，吞唾沫都火烧火燎的。他不想多说一句废话，只是招了招手示意她进来。

苏冉换鞋进屋，他就自然而然地瘫进沙发里，让病人招呼她，那太没天理，这种情况下他也没力气客气。

“你的事情我听说了，我知道这其中一定有什么误会。我和你认识了二十多年，你是什么样的人我最清楚。你那么热爱医生这个职业，绝不会做出这种事情。但是，伯父一直不理解你，会迁怒也是情有可原的。你应该好好和他解释解释，把事情说清楚了，他也就不生气了，你也不必受这样的罪。”

秦轶不想开口说话，眼神落在苏冉身上，浅浅地瞧了一眼，又面无表情地收了回去。

多说无益，你和我认识了二十多年，怎么就不知道我现在难受得很！

苏冉又絮絮叨叨地说了很久，秦轶体力不支，跟被抽筋扒皮了似的酸软无力，只想瘫在沙发上。但是不开口说话已经足够不礼貌，在别人说话的时候，自己却四仰八叉地躺着，这种事情即便是在他神志不清的时候，也做不出来。

大约是终于看出了他的病态，苏冉拧着一对柳叶眉担忧地问道：“你是不是很难受啊？你想吃什么，我给你做。”

不得不承认，听到这话，秦轶的眼睛瞬间就亮了，感觉即便是嗓子疼，这话说得也值，他哑声道：“……我想吃苹果……”

苏冉听懂了，精神抖擞地站起来：“苹果？空腹吃水果对胃不好，你饿吗？要不要喝粥，我给你熬一点吧！”

苏冉是被父母捧在心尖上疼到大的千金，恨不得饭都由人喂到嘴里，她怎么可能会做饭？她连粥的原材料是什么都不知道吧。

秦轶挣扎着摆了摆手：“不用粥，我只想吃苹果。”

他都到这种地步了，哪有心情和她客套推辞！但她偏偏死活领悟不到他的意思，还以为他在谦让，连忙大义凛然地拍着胸脯道：“没关系，你生病了，我照顾你是应该的，不用觉得麻烦。”

“……”我不觉得麻烦你，我是觉得你麻烦。

平素他一直是无所不能的高冷形象，无敌而冷漠，苏冉只能仰视他，单纯地崇拜。如今好不容易有了次“翻身农奴把歌唱”的机会，她怎么会放过。

因为秦轶家的冰箱空空如也，所以苏冉自告奋勇去买米。秦轶头一次恨自己如此虚弱，一副破锣嗓子哑到连喊了三声都没把人喊住。

过了半个小时，苏冉就回来了，除了米，还买了一些花花绿绿的蔬菜，双眼放光地说要给他熬蔬菜粥。秦轶没有力气再去阻止，只能任她发挥。

看别人做一件自己完全不曾涉足的事情时，一切是那么潇洒随性，简单得很。苏冉说，看保姆阿姨熬粥特别容易，没什么难度。

秦轶不忍心戳破她那点蠢蠢欲动的自信心，只是挣扎着友情提示了一句：“你米放太多了，一会儿熬得该稠了。”

苏冉看了看，特别淡定自若地回答：“没事，不多，我看保姆阿姨放的比这还多呢！”

“……”因为你家的锅是我这小锅的两倍大。

秦轶难受得很，没有力气争辩。他想着，不管苏冉熬的粥多难喝，他都会赏面子喝上一碗，他脆弱的胃已经禁不起折腾了。

他在沙发上瘫了一个小时，苏冉就在厨房里折腾了一个小时。直到他觉得自己都饿过点了，她才神色复杂地从厨房里出来，看来不像是“翻身”成功的样子。

她讷讷地说道：“粥……糊了，我给倒了。”

秦轶鼻塞，闻不到任何味道，压根没有一点心理准备，听了她的话，只觉得胃越发疼了。

估计是他失望的表情太明显，一不小心又激起了苏冉的斗志，她信心满满地说道：“这次是米放多了，下次肯定不会了！食材还有，我再去煮，你再稍微等我一会儿！马上就好！”

秦轶很明智地没有抱任何希望。半个小时后，苏冉又出来了，很自觉地再没提熬粥的事。

两人相顾无言，苏冉坐着，双手绞在一起，神情委屈又可怜，像个做错事的孩子，眼眶红红的。秦轶依旧是半躺着，他实在是没有一点多余的精力陪她正襟危坐了。

她完全没有必要自责，因为没有人有义务照顾他。他的父母都不见得会照顾他，作为一个外人，能来看他已经是种情分了，再要求别的，就过分了。

又坐了片刻，秦轶终于忍不住出声："你先回去吧，我没事，谢谢你来看我！"这是谎话，因为他从来没像现在这样脆弱，以前也生过病，有比这次更严重的，但也一个人扛过来了。

那会儿他自己清楚得很，他没什么好期待的，但是现在不一样了，不曾拥有过和拥有了又失去，这是两个概念。

苏冉闷不作声，他又说："我其实不怎么想喝粥。"这是实话，相比于暖胃的粥，他其实更想吃点水分多而滋润的东西，不舒服的地方多了，就不能一一顾及了，只能挑要紧的来。

他说完，苏冉就哭了，眼里盈满了泪，鼻子都红了，声音又闷又低，模样比他这个病人都可怜："秦轶，我是不是特别没用啊？你生病了我什么忙都帮不上。"

"……"秦轶没说话，因为苏冉说的是实话，可以说，她没有让他感受到一点放松和依赖，还给病中的他添了不少烦乱。他可以做到宽容不抱怨，却不能违心地褒奖。

外人对他的评价都是成熟而正面的，温文尔雅，冷漠却礼貌，绅士又守节，进退有度。

这样的形容词很表象，每个人都戴着面具，有人擅长雕琢和修饰，容易赢得喝彩声，就成了别人眼中的绅士、好男人，但是人们看到的仅仅是这个人想让别人看到的。

其实他骨子里并没有那么温柔，他对病人好，是因为他热爱他的职业，并不是他生来就是温暖柔情的，他的本质依旧冷漠孤僻。童年亲情的缺失，不会让他自发地往那个不可企及的阳光开朗的方向靠拢，反而会让他对于自己流淌在血液里的薄情冷漠有些手足无措。

就算对象是苏冉也是一样，她所谓的理解，仅仅是理解那个大众眼里看到的虚假的他。真实的他，她并不理解，也不可能有机会去理解。

小时候受的冷遇多了，长大之后就不太容易向别人展露自己真实的一面，这是很正常的心理状况。

苏冉哭够了就走了。秦轶觉得自己太累了，身心俱疲，却还要继续伪装着，不能发火，不能冷脸，哪怕他自己很不舒服，也不能让任何人不高兴。

他觉得他有点像是叛逆的少年，只不过后者是别人不让做什么，就越要做什么，行动上张狂，但心灵依旧浅薄。而他是相反的，别人期望他是什么样的，他就能变成什么样的。外表看起来谦恭有礼，事业有成，待人接物礼貌客气，但偏偏骨子里的个性大相径庭，里外简直是两张皮，骨子里，坏透了。

他继续躺着，一直水米未进地躺到段榕来给他输液。她是下了班抽空过来的，行色匆匆，很是辛苦，见他瘫着，眉心皱着，张嘴就是："别告诉我你什么都没吃，搁这里躺了一上午！"

段榕是他身边最亲近的人，无论是工作还是生活上，她都是唯一一个可以让他卸下心防的人，但是这样的轻松依旧是有限制的。比方说，他只好意思让段榕给他打针输液，却不好意思让她鞍前马后地照顾他，他可以在她面前毫无顾忌地发牢骚，却不能毫无顾忌地抽烟骂人。

"……没有，刚吃过。"厨房里的阵势用来迷惑段榕足够了。

果然，段榕看了一眼，半信半疑地信了，手脚麻利地把输液的用品准备好后，招呼他伸出手来。他听话地坐起来，小学生似的乖乖伸手。

“我的秦大爷啊！手怎么弄的啊？”段榕看着他手背上的淤青和血痂，脸都绿了。

秦轶琢磨了一下，无所谓道：“昨天晚上不小心睡着了，后来拔针的时候估计没好好按压，渗了点血而已。”

两人都不是矫情的人，也不是矫情的关系，这话要是放在平常，段榕也不会在意，但是放在现在这个时机，就透着几分可怜，和说话人的真实心情真没关系。

“唉，不是我说你，上次你生病的时候，人家小语鞍前马后无微不至地照顾你，现在的小孩哪有那么利索周到的，你不领情，一天天嫌弃人家在你眼跟前晃。这下好了，这次人家连你家门槛都没踩一下，你可满意了？把自己整成这副潦倒的模样。”

秦轶低笑了一声，什么都没说。

输了液段榕就走了，秦轶熬到点滴结束，拔针的时候特意多按了一会儿，等针眼不渗血了，才撕了输液贴。

他上楼换了衣服，戴了口罩，捂得严严实实的，准备出门买点水果，顺便吃个饭。

人大多都是被逼出来的，有人依赖的时候，自己就像是残废了，一根指头都动不了；但要真是孤苦伶仃的时候，就自发自觉地变成了超人，哪怕是弥留之际，也能趁着回光返照的劲儿挣扎起来。

不是不难受，是因为再难受，也没人搭理你，不挣扎怎么着，总不能躺着等死。

他几天没见太阳，一出门，阳光刺得他直想流泪。他揉了揉眼眶，浑身打飘地往超市走去。

偶遇施小语的时候，有那么一瞬间，他觉得是自己惦记久了，出现了幻觉。他眯着眼睛仔细看了半天，才终于确信，是她本人无疑。

她长得很漂亮，但又不是传统意义上的那种漂亮，有高挑成熟的身材，偏偏长了一张娃娃脸。圆嘟嘟的脸，黑白分明的大眼睛，皮肤水嫩，吹弹可破，没什么人工修饰的痕迹，美得自然。

他盯着她看了很久，她买了很多水果，都是新鲜水灵的样子，一个个地挑。她认真思考的时候嘴会嘟起来，透过白嫩嫩的婴儿肥可以看到两片粉嫩柔软的唇瓣，很可爱。

她买好了去结账，他去她挑过的地方拿了几颗苹果，他看不出有什么区别，随手拿了几个就去结账。

施小语今天穿了一条牛仔短裤，中规中矩的长度依旧挡不住两条雪白的长腿。她在前面走着，他在后面跟着，戴着口罩鬼鬼祟祟的样子，像极了一个觊觎她的跟踪狂。

他不知道她要去哪里，只是漫无目的地跟着。他病了几天，被折磨得憔悴不堪，在看到她的时候，才突然又焕发了一丝生机。他不知道如何定义这样的心情，只知道，看见她，他就轻松了。

两人一前一后走了很久，他虽然贪恋地看着她的背影，但是不至于色令智昏，走着走着就觉得不对劲。

因为……这是去他家的方向。

施小语提着水果，是要去看他。她终于知道他生病了。

意识到这种可能性，他的心跳突然凌乱起来，拎着苹果袋子的掌心莫名变得潮湿一片。他扯了扯口罩，很高兴因为它路人看不到他忍不住上扬的嘴角。

临近家门的时候，他突然慌乱了，他应该怎么和她打招呼？装作不知道的样子，问她，你怎么在这里？这念头刚萌生就立刻打消了，不行，太假了，矫情得很。

又或者，装作很惊讶的样子，咦，你怎么来我家了，来找我的吗？

废话，她自然是来找他的，他家连狗都没有一只，总不至于是提着水果来赏景的。

他本来因为生病脑子就混沌得很，这么胡思乱想着，思绪更加不清明，犹犹豫豫间，竟然已经到了她身边。

她很惊讶的样子，眼睛亮晶晶的，把他的台词都抢了："咦，你怎么在这里？"

他没来得及作任何思考，脱口而出："这是我家，我怎么不能在这里了。"

他说完，立刻就后悔了，她的意思应该是问他，为什么正好跟在她身后。他眼睁睁地看着她眼底的光芒一点点黯淡下去，看着她嘴角局促地嗫嚅了一下，面上浮起了一层尴尬。

她顿了一下才道："……我听段榕姐说你生病了，所以……过来看看你。"

他很高兴，单纯的高兴。

这是他这段时间以来最高兴的一个时刻。他很庆幸自己戴了口罩，所有的情绪变化都可以不动声色地掩饰着。在她面前，他依旧是高傲冷漠的秦大夫，而不是一个像终于吃到糖的小孩子。

"……我看你状态挺好的，应该是好多了，那我……就不打扰了。"施小语觉得自己的处境挺难堪的，上杆子烦人家的样子指定不讨喜。

最最尴尬的是，秦轶为什么也买了水果？这让她这个来看望病人的人情何以堪？

早知道就应该听那个店员的，买个华而不实的果篮，起码拎在手里的那种厚重感和张扬感能让她略胜一筹。

施小语心里清楚得很，来看他的这个决定做得很仓促。先不说他已经明确拒绝了她的追求，就是冲他身边那个貌美如花的女朋友，她来探病这样的举动就略显暧昧了。

其实在段榕刻意透露这个消息给她之前，她已经知道了他的事情，他被人冤枉了，被停职，而且还淋了雨，生病了。从前她总是好奇，为什么毫无交集的两个人，其中一方可以把对方的事情打听得那么清楚。直到现在她才有所领悟，如果真心喜欢一个人，想要了解他的一切，总会想尽办法。

她犹豫了很久，生怕自己自作多情，又害怕再次碰上苏冉，让自己这一番关切变得不伦不类。所以，刚得知消息的时候，她选择了按兵不动，想着，如果秦轶有人嘘寒问暖地照顾着，她就不多此一举了。

只是等了几天，却等来了段榕的通风报信，说他病得挺厉害的，身边没人照顾，可怜得要死。

她蠢蠢欲动的心再也按捺不住，不管不顾地就撒丫子冲了过来。

直到见了他的面才知道，段榕说得一点没错，他果然是憔悴了许多。他的肤色原本就比一般男人的要白净得多，这会儿生着病，面色更是苍白，额角隐约可见青色的血管，在薄薄的皮肤底下纵横着。

她突然就心疼得不能自已，但还是拼命给自己做心里建设，她绝不会乘人之危，也绝不会横插一脚，她不是在破坏他们之间的感情，就这一次，让她再好好地照顾他这一次。以后不管苏冉待他如何，她都绝不会插手。

“不进来吗？”秦轶戴着口罩，声音闷闷的，听不出什么情绪，只是觉得语气有些急促，隐约有些不高兴。

施小语看着他用拎着苹果的那只手推开门，手背绷得紧紧的，露出了分明的骨节，下意识地扫了一下他空着的那只手，抿着唇，什么也没说，快步走到他跟前，自然而然地接过了他手里的袋子。

他的手背淤青一片，那是拔针的时候因为方向问题导致钢针刺破血管引起的淤血。

他依旧是一个人打点滴，苏冉连替他拔针这点小事都没有做到。

施小语心情复杂，不知道该庆幸自己并没有间接看到他们秀恩爱，还是应该心疼他都已经虚弱到这种地步，还要自己拔针，自己买水果。

一进屋，秦轶就瘫在了沙发上。他现在其实远比之前要精神得多，那种发自内心的开心削弱了他身体的疲惫。但在看到她拎着苹果自然而然地进了厨房后，他就瞬间觉得自己骨头都软了，一点力气都没有了。

施小语一进厨房，脸都绿了。这种阵势似曾相识，她早期学做饭的时候，这种场景几乎天天见。后来出师的时候，她养成了一边做饭一边收拾的习惯，这样宏伟壮阔的景象就不怎么见了。

她知道秦轶平时是不会做饭的，一来嫌麻烦，二来嫌脏乱。他一般只会点一些比较干净的外卖，这会儿把厨房糟蹋成这副德行，指定是饿急眼了。

她又开始心疼他，苏冉这个女朋友做得真是太不称职了，男朋友生病了，这是一个多么千载难逢的机会啊，正是展现贤良淑德、秀外慧中的时候，怎么就不大显身手一番呢？放任秦轶一个人自由发挥，锅底都快熬塌了，整得比单身狗还可怜。

处理完厨房的一片狼藉，施小语已经累得直不起腰了，扶着冰箱门歇了半天才回了神。她顺手打开冰箱搜寻食材，发现冰箱里竟然有新鲜蔬菜。

她琢磨了一下菜单，熟稔地开始准备饭菜。蔬菜粥配点清脆爽口的小菜，鸡蛋羹加了牛奶蒸得香嫩丝滑，各色蔬菜凑成一盘色泽艳丽的沙拉，苹果一半切片，一半榨汁。菜色简单，但是对于还在病中的秦轶来说，已经算得上丰盛了。他的胃娇嫩得很，劲儿不能使得太大了。

食材准备好后，施小语先把苹果和苹果汁端出去，见秦轶手肘遮在额前躺着，脸上还戴着口罩，上下起伏着，想来是睡着了。

她小心翼翼地搁下盘子，但是杯盘轻击声还是惊扰了秦轶。他把手臂拿下来，双眼下意识地半阖着，他没揭开口罩，声音又哑又闷：“我想吃苹果。”

“先喝点苹果汁，你嗓子干得厉害，听你这声音，嗓子肯定是发炎了。不过既然已经打了点滴，就不要乱吃药了，多喝点水，吃点水果能好一点，其实吃梨更好，可是你又不喜欢……”

秦轶从沙发上坐起来，摘了口罩，折叠好按在茶几上，不动声色地问：“你怎么知道我不喜欢吃梨？”

“……”这有什么难的，我知道的东西多了去了。你除了不喜欢吃梨，还不喜欢姜，不喜欢芹菜，不喜欢紫甘蓝，不喜欢菜花。你不喜欢任何脏乱差的环境，那会让你极度不高兴，吃不下一口东西。

你不喜欢任何人过分地接近你，打搅你的安静，也不喜欢阿谀奉承，不喜欢虚与委蛇。

你不喜欢的东西太多，当然，这里头也包括我。

秦轶的心情变得很好，因为终于有人能准确地猜到他的心思，可以如此契合他的心意，让他不用在极度烦躁的情况下，还得勉为其难地接受那些让人不怎么舒服的好意。

他喝了苹果汁，又吃了苹果，还吃了她拌好的蔬菜沙拉。到处都是他心心念念的苹果，香甜水润，可口的滋味让他心情大好，连说话时嗓子里的灼痛都可以忽略不计：“你这算是……三道菜？”

施小语把蒸好的鸡蛋羹放在凉水里降温，拿了勺子把滑嫩紧实的鸡蛋羹划成方便入口的小块，一边划一边一本正经地回答：“当然是三道菜。原本我想给你做别的菜的，但是材料有限，没来得及发挥。”

她把鸡蛋羹推过去，他自然而然地接过来，一勺一勺舀着吃。鸡蛋羹香甜嫩滑，入口温润暖人，落进胃里说不出的熨帖，清新的蛋香味弥漫了整个口腔，舒服得他直想喟叹出声。

他接着她的话问：“你想做什么菜？”

“想做五个菜来着，一个清炒黄瓜，一个葱花鸡蛋，一个耗油木耳，一个小炒肉。”

秦轶把一盘鸡蛋羹吃干净，很自然地接了话茬又问道："那第五个菜是什么？"

施小语笑了，狡黠得像只小狐狸："第五道菜就是把这四盘菜剩下的边角料混在一起，做一个木须肉。"

"……"秦轶扑哧一声笑出来，后知后觉地反应过来，自己竟然如此认真地配合她讲了一个冷笑话。

蔬菜粥是最后上的，炖得软烂黏稠的大米粥里放了香菇、青菜、胡萝卜丁、玉米粒、肉沫，还有虾仁，色泽鲜艳，香味浓郁的卖相诱得人食指大动。

味道清淡的粥搭配清脆爽口的酱菜，对于病中的秦轶来说，简直是最向往的美味。他连吃了三碗，以风卷残云之势席卷了整锅粥。

胃里充盈熨帖之后，人就有些倦怠，他满足地窝在沙发里打盹。施小语像个田螺姑娘，给他盖了条毯子之后轻手轻脚地开始干活。

他的屋子虽然干净整洁，却冷寂得缺少人气。施小语把他换下来的衣服扔进洗衣机里洗了，又把他的被子抱到阳台上饱饱地晒着。他扔在露台上的绿植干得都要挛缩了，她接了水一个个地喂饱。

冰箱里只有矿泉水，远远不能满足一个病人的需要，她开了燃气灶烧了水。他家没有蜂蜜，她只能把自己带来的水果挑挑拣拣榨成汁，盛在杯子里给他兑水喝。

忙完这些，天都快黑了。她一会儿要走，否则她害怕自己兽性大发，把持不住，对病中的秦大夫做什么不可描述的事情。

但是，走之前她得帮他把晚饭做了。冰箱里的食材不多了，她想问他菜在哪里买的，她买水果的那家超市，蔬菜没有这么新鲜，尽是一些挑剩下的。

只是，她探出头一看，秦轶眉眼沉沉，睡得正熟，显然没有办法回答她的问题。

她近乎贪恋地看着他的睡颜，他睡着的样子格外地人畜无害，柔和得仿佛她已经和他生活了一辈子，脱离了平时的冷漠疏远，变得触手可及。

因为劳累和生病，他憔悴了很多，也瘦了一些，垂在身侧的手腕露出了若隐若现的骨节，泛着青白色。

有那么一瞬间，施小语特别卑鄙地想，可不可以让她来照顾他？她真的可以把他照顾得很好，她绝对不会舍得……让他这样难受。

秦轶微微动了一下，把她吓了一跳，她捂着胸口惭愧地想着，自己的执念真是太深了。

求助无望，她便开始自力更生翻食品袋上的标签。她盯着那几行小小的字看了半天，电光火石之间，脑海里突然闪过一个念头。

这个念头，让她突然变得悲伤起来。

秦轶不喜欢做饭，平时都没时间和精力下厨，又怎么会在病中大张旗鼓地买食材？有这样旺盛的精力还不如叫个方便快捷的外卖。

再说，如果他已经买了食材，为什么不把水果一起买了？所以，食材压根儿不是他买的。

能自由进出他家，还能这般祸祸并且惨败的人，只能是苏冉了。

施小语感觉格外苍凉，她忽然想起了偶然听到班级里一群“污”合之众讨论的话题，说充气的女朋友和实实在在的女朋友之间有什么区别。

她那会儿太单纯，得意扬扬地说，能有什么区别，用不用充气的区别呗。

她当时恨不得送他们几包家庭装的“去污粉”，压根没有追究这种打擦边球的荤段子能蕴含什么人生哲理。

唯有在现在这种心平气和的时候，才有工夫回味，别人家的情侣，爱心餐就是蜜里调油的油、锦上添花那花，用来增加情调或者间接调情用的。

只有她这个傻姑娘，被人家明确拒绝了，顶着告白失败的灰头土脸，在人家舍不得女朋友继续受苦受累的情况下，还挺自鸣得意地当了一回煮饭婆。

秦轶之所以对她的态度没有之前那么冷漠，并不是因为被她坚挺的厚脸皮给感动了，仅仅是因为她会做饭，会收拾家，能减轻他病中的烦忧。她的功能等同于一个老妈子，还是低配的，因为她连佣金都没得拿。

她在厨房里傻站了一会儿，觉得自己的忧伤来得虽然有理有据，但仍然略显矫情。她早已经知道他有女朋友，也早已经做好了默默退出的心理准备。她之所以来，是因为忍不住心疼他，而不是想趁机占便宜。

/ 第八章
回头望着你

想好了晚上的菜单，她任劳任怨地出门买菜，换鞋的时候还不忘带钥匙，要不然回来敲门指定惊了他的觉。

出了门，天已经有些黑了。施小语挫败得牙痒痒，猛拍着自己的脑门，觉得她真是没骨气到家了。但凡有点出息，就得和他断了联系，任他坟头草长两米都不去看他，他越是不舒服，自己就越发开心。

应该有那种报复的快感，而不是这种窝囊的妥协。

进了超市，她跟在一群大妈身后悠哉地买菜。因为步调和前进路线太过一致，身边的大妈乐呵呵地问她："小姑娘挺贤惠啊！给男朋友做饭啊？"

施小语心口一痛，都没来得及说话，大妈忽然长叹一声，一副了然于心的模样，立马改口道："哦！不是男朋友？是老公？小媳妇啊！"

"……"大妈，您真是会心一击……又一击啊！

施小语把购物车推得一路漂移甩尾，狼狈仓皇地脱离了大妈的范畴。

这样的情景她幻想了无数遍，她来超市挑挑拣拣地买菜，想好晚上吃什么；挑选食材的时候下意识地全挑他喜欢吃的，拎着菜回家的路上，琢磨着他什么时候到家，怎么拿捏好时间，好让他吃到热乎的饭菜。

现在的场景和她幻想的如出一辙，却悲哀的一丁点儿都不属于她。她只是一个体验者，真正能和秦轶过日子的，是苏冉。

她一向心无城府，并不会瞻前顾后、患得患失地想太多，虽然做不到及时行乐那样畅快潇洒，但也绝不会因为无法预知的未来，就委屈自己不去享受此时的欢愉。所以身边的人都觉得她是乐天派，没心没肺，活得单纯自在。

她之前也是这么想的，甚至在追求秦轶的时候，她也给自己做过最坏的打算。如果追不上，起码他冲她笑过，和她说过话，他们也会有一些温馨的回忆不可磨灭，那样也足够好了。

直到现在，等她真正深陷其中时，她才觉得当初的自己真是可笑至极。所有说不争未来、只求当下的爱恋都是虚伪而不切实际的。

真正的爱情是想要不顾一切地在一起，不会轻易地向现实妥协。一旦被逼无奈放弃了，就恨不得把所有相关的回忆都删除了，饮鸩止渴的回忆只会加重求而不得的伤感。

与其自我安慰地回忆过去，不如痛痛快快地忘记。

爱情啊，是最由不得你规划的。没有爱上的时候，总以为自己能潇洒地全身而退，可真到了跟前，又有谁能真正做到义无反顾呢？

伤春悲秋之间，已经到了秦轶家门口。施小语手里拎着一大袋菜，掏钥匙开门的时候还在自我鄙视，爱情果然是能让人成功蜕变，把她一个傻白甜生生地拗成了伤感文艺女青年。

外头光线暗，她又没怎么用过他家钥匙，对着钥匙孔捅了半天，死活插不进去，光明正大地进屋搞得跟做贼一样。

秦轶从里头把门打开的时候，她的钥匙还在孔里留着，她被惯性带着往里头闪了一下，差点扑进他怀里。还好手里拎着一大袋东西，一来一往的力道抵消了，让她虽然身子晃了一下但还是稳如泰山地在原地钉着。

她很伤感，唉，要是没拎东西就好了。

“你怎么又回来了？”秦轶逆光站着，瘦削挺拔的背影被莹白的灯光笼了薄薄的一圈，看着温暖又明亮，只是说话的语气并不暖人。

“……”施小语顿时就被噎住了。“又”这个字让人有些手足无措，由它衍生出来的意思就是，第一次我就勉为其难地用自己良好的修养包容了，你还有第二次，你怎么这么不知好歹？

秦轶对待病人虽然温柔亲切，像中央空调，但是对她，总是自动切换成冷风，虽然不至于冷嘲热讽，但总是没什么好气性。

要是平时，她压根不把这样的挫折当挫折，但是现在，她依旧沉浸在文艺女青年的伤感情绪中无法自拔，他当头给了她一棒，让她又难过又尴尬，真想梨花带点雨。

“我买了点菜，我看冰箱里没什么吃的了。”她把大袋子轻轻地搁在他脚下，忽然又想起一件事，赶紧补上，“我不是故意拿你家钥匙的，你放心，我也没趁机偷出去配新的。我就是怕回来的时候你还睡着，进门吵醒你。”

秦轶家门是向里开的，她想把还在孔里屹立不倒的钥匙拔下来，就得像长臂猿似的把胳膊探进去。偏偏秦轶一手扶着门把手，那钥匙差点就抵在他腰上了，她这么一伸手，就有点瓜田李下占便宜之嫌了。

她纠结了半天，手搁在半空中进退两难，最后权衡了一下，相比于不小心占他便宜来说，还是不让他误会自己偷他家钥匙图谋不轨来得重要。

所以，她就这样哆哆嗦嗦地把手伸过去，以迅雷不及掩耳之势把钥匙拔下来，跟献哈达似的双手捧着递给秦轶：“呐，给你钥匙。没什么事的话我就先走了。”

她不敢抬头，因为她刚才拔钥匙的时候不小心扫到了他的腰际，然后很羞涩地发现，他的腰真的很瘦，衣服下摆空了一截，空荡荡的引人遐思啊！

她正小鹿乱撞地胡思乱想着，突然觉得脖子一凉，她的第一反应就是，难不成自己刚才的“咸猪手”行为被他发现了？天地良心，她真没有以占便宜为目的去摸他的腰啊！纯属偶然，纯属偶然！

等她被秦轶像拎鸡仔一样拎进屋里，她才反应过来，人家压根没有注意到她刚才那点略显龌龊的心思。

“我不会做饭。”

施小语头一次见把“我不会”三个字说得这样理直气壮的。她摸了摸脖子，刚想说你不会和我有什么关系，一抬头看见秦轶的脸，顿时就㞞了。

因为是刚睡醒，秦轶的眼神里还透着惺忪茫然，并没有恢复从前那种寡淡冷漠的状态。他薄唇紧抿，嘴角微微耷拉着，眨眼睛的时候，两排长长的睫毛像羽毛扇似的忽扇着，无辜可爱得像个孩子。

面对他这副模样，她就是打碎了牙和血吞了也不能说出半个“不”字啊！

“那好，我给你做完晚饭再走。你想吃什么？”她觉得自己在秦轶面前奴性真是太强了，一点抵抗力都没有。

秦轶把袋子拎进厨房，扒拉开袋子翻了半天才诺诺地回答：“我也不知道吃什么，你看着做吧！”

施小语早就知道会是这个答案，反正他的喜好，她基本上摸了个八九不离十。这会儿连个白眼也懒得翻，自顾自倒腾去了。

她择了菜，洗好放在案板上备用，一回身，才发现秦轶竟然没走，就这样倚在门框上眼睛一眨不眨地看着她。他手长腿长，身板又直，往门口一站，高大挺拔的样子分外有压迫感。

他这会儿已经清醒了不少，眼神也没刚才那么好糊弄了，笼了一层薄雾，透着一丝漫不经心的冷。他神色悠然，她却备感紧张。

向来都是她在注视着他，追随着他的身影。如今角色变换，她像是突然从幕后被推到了台前，在他迫人的目光下，变得无所适从。

秦轶看出了她的不自在，眉心皱了一下，不以为意地问道：“怎么了？需要我帮忙吗？”

“不用不用！”你别这么盯着我看，就是帮了大忙了！

秦轶埋头理了理袖口，把褶皱了的衬衫一点点卷起来，露出一截结实的小臂。他虽然瘦，但并不纤弱，匀称的骨节上覆了一层精壮的肌肉，好看之余也透着不可忽视的力道。

他要经常上手术，做治疗，所以没有戴手表的习惯。空荡荡的手腕就只能看见突起的骨节，很美好的质感。

施小语心不在焉地切着菜，每一刀都小心又小心，生怕春心荡漾之际把自己的手切了。

菜切了一半，身侧突然多了一股温热的气息，她的手狠狠地颤了一下，就听见耳边传来秦轶低沉的声音：“这个是要做什么的？”

因为感冒，他的声音较平时更加沙哑，像是捻在手心的粗砂，泛着别样的质感。施小语觉得自己的心都要从嗓子眼里跳出来了，她匀了好几口气才保证自己能连贯性地说完一句话。

“那个是用来炸蔬菜丸子的，一会儿要裹鸡蛋清。”

“哦，那这个呢？”秦轶的注意力又被她手里正在切的东西吸引，伸出食指远远地指了一下。

两人是并排站着的，并没有任何肢体接触，他的动作也不带一点暧昧，施小语的脸却红得一塌糊涂。

暧不暧昧这种事情并不是说非得发生点不可描述的接触才成立。像她这样心怀不轨的人，即便秦轶只是站在她身边，近距离和她说话，闻着他身上清新的气息，她就已经神魂颠倒，恨不得脑补出和他就此过一生的场景。

“这个是……炒菜用的。”她终于知道为什么许多人在喜欢的人面前跟弱智一样了。

怀揣着一份羞涩又粉红的心思，自己心心念念的人就在身旁，想把最好的一面展现给他，又怕超脱了自己平时的行为方式。这样人格分裂般的纠结，能表现得正常才见鬼了。

就在她宛如智障一般地备好菜，准备开火时，秦轶却突然轻笑了一声，喃喃低语道：“你是准备炒五盘木须肉吗？”

那一瞬间，施小语的心口上仿佛撒了一层跳跳糖，噼里啪啦地任由那温柔低沉的声音在她心上肆意蔓延。

她似乎听到了心底花开的声音，这种从前她格外不屑的矫情说法，在她大脑一片空白的时候，成了唯一能诠释她心情的方式。

饭菜做好的时候，秦轶已经摆好碗筷等着了，嘴角微微上扬，满脸期待地看着她端着盘子出来，模样讨喜得像一条大型犬。

晚餐依旧是按照他的口味做的。他看起来很饿，但吃相依旧优雅斯文，色泽艳丽的饭菜搭配上干净利落的他，美好得像一幅油画。

“你吃吧，我就先回去了。”他之所以留她，就是为了让她帮忙做饭。现在饭也做好了，她总不能以刷碗为由继续待着，虽然……她还挺想的。

秦轶没说话，把嘴里的饭菜吞下去之后才露着一口小白牙，不动声色地挑了挑眉道：“你也累了这么长时间了，留下来吃饭吧，反正是你自己做的，你也不用客气。”

他神色如常，如果说刚才在厨房里还有点打趣戏谑的意思，那现在这个样子，真是一本正经中透着客套了。就是出于基本礼节的挽留，哪怕是客人来串门撞上你吃饭，你都得留人家吃一顿，更何况这客人还专门给你当了回厨子。

秦轶这波挽留连一点让人想入非非的歧义都没有。施小语自嘲地想着，都到这会儿了，她还在想些有的没的。

饭菜都是按照秦轶的口味做的，不怎么合她的胃口，她也不想在这样客气疏离的氛围下和他吃饭。她宁愿他只把她当作一个对他来说还有些用处的煮饭婆，也不愿意他把她当成一个需要客套虚伪的路人。

“我不吃了，时间不早了，我得回学校了。”

“先吃饭，吃完饭我送你回去。”秦轶头也没抬，语气轻淡地堵了她的话头。

施小语其实挺讨厌秦轶这样的。不论她是作为一个疯狂的追求者，还是一个出于人道主义关怀照顾他的好心人，亦或是他病人的家属，他这样若即若离的态度，让她一颗心吊在嗓子眼里，不上不下的，分外难受。

她是拒绝不了他的靠近，哪怕是他已经明确地拒绝了她。她明知道没有任何希望，可但凡给她一点甜头，她那点不切实际的奢望就会死灰复燃。

他们两人的关系一开始就是不对等的，她在他心中没有任何特殊性，和他人际圈中需要接触应付的形形色色的人是一样的，不需要过分冷漠，也用不着半点热情。

但她的心态是不一样的，他的每一次靠近，都会让她多一分幻想。这样的相处模式对她来说很不公平，与其这样被动地难受，倒不如干脆点，不要给她留任何希望。

“不用了，我自己打车回去好了，你吃饭吧。”

施小语匆匆忙忙地就要走。她刚一转身，秦轶就从沙发上站起来，气定神闲地跟上她的脚步，嘴上说着：“这里不好打车，再说这么晚了，我怎么能让你一个人回去，你要是着急走的话，我现在就送你。”

施小语突然就犹豫了，明知道他并没有这个意思，但还是讨厌他这样要挟自己，她怎么会让他饿着肚子送自己？他这是直接把她逼上了道德制高点，不让送，说明她不给人家展现绅士风度的机会；让送，她就是个连一顿饭都等不及，非得让人家饿着肚子送她的野蛮人。

两相为难之下，她只好有气无力地妥协："好吧，你先吃，吃完饭再说。"

"好！我吃饭很快的，你稍等一下。"

听他说得可怜，施小语自己都不好意思了，连忙摆手："不用不用，你慢慢吃。"

于是，她颇有骨气地潇洒离开又变成了一脸慈祥地看着秦轶大快朵颐的妥协。

她耳根子怎么就那么软呢！说好的骨气呢？说好的潇洒离开呢？

秦轶真是好意思，她说让他慢点吃，他还真是慢，老牛反刍般细嚼慢咽，把施小语气得只想吐槽，你是感冒了，又不是没牙了，至于跟个碾子似的在那里磨吗？

这一顿饭，秦轶整整吃了一个小时，施小语就在他对面看了一个小时，期间因为太无聊还扒拉了几口饭，原本发誓坚决不和他这样名不正言不顺共餐的决心，此刻也被虐得渣都不剩了。

"你做的饭很好吃。"吃饱喝足后，"秦大爷"中肯地作了评价。施小语五味杂陈地想着，这个夸赞之所以来得这么晚，并不是因为"秦大爷"矜持，惜字如金，而是因为之前她给他精心准备的饭菜，他压根瞧都不瞧一眼。上次他生病的时候，也只是喝了冰糖雪梨汁和一些简单的汤，又从何作评价。

不知不觉就磨蹭到了九点。施小语不知道平时利落干练的秦大夫私下里为何如此磨叽，不过好在她马上就能解脱了，否则，这孤男寡女、月黑风高的场合，实在不宜久留。

"你要是不舒服的话就不要送我了，我自己打车走吧。"

秦轶颇为自觉地把碗收了，出厨房的时候正好听到她的话，愣了一下，甩了甩手上的水珠，把落下来的袖口挽上去，语气平淡得没有一点起伏，甚至都没有看她一眼，淡淡地说道："你就这样迫不及待地要走？”

他的语气像吃饭喝水似的稀松平常，不带任何感情。但是听在施小语的耳朵里，却被她不自觉地解读成了另一种意思，他是不是想说，他其实是很愿意和她单独相处的？

单恋中的人脑洞总是突破天际，对方随随便便一句话都能解读得天花乱坠，这样发散性的思维带来的后果就是，让她又……死灰复燃了。

虽然这句话不能说明他喜欢她，但是起码可以说明他不讨厌她。结合他非要让她陪着他吃饭，非要送她回家，以及他今天格外平和宁静的态度，种种迹象表明，他对她的态度真的是转变了。

要想抓住男人的心，首先要抓住男人的胃，这话真是千古真理！

施小语悔不当初地想着，如果当初她能强迫秦轶吃她做的饭，待他的胃习惯了她的优待后再顺水推舟地表白，是不是就不会被那么爽快地拒绝了？

施小语的心口怦怦乱跳，但是脸上不敢表现出半分，生怕又是自己会错了意，白高兴一场，只能努力地绷紧嘴角，特别矜持地说了句：“天黑了，我得赶紧回去，和愿不愿意与你待在一起是两码事，我总不能住这里啊！”

秦轶擦了手，转身上楼准备换衣服，听见她的话，脚步顿了一下，站在三四阶之上俯视着她，眉眼凌厉却又透着云淡风轻的随意，面无表情地接了一句：“也不是不可以。”

他本就长得好看，容貌精致完美得像是精雕细琢出来的，眉眼间的冷漠都能自成一道风情。这会儿回眸一瞥看着她，侧脸分外诱人，挺拔的骨骼修长匀称，哪怕一动不动，也散发着成熟的荷尔蒙气息。

他认为这是调侃，她却能多想成是调情。

见她目光呆滞，秦轶戏谑地低笑了一声，继续拾级而上。抬步之间，衣服的下摆慢悠悠地晃荡，把他宽阔的背脊和轮廓分明的肩胛骨勾勒得一清二楚，透着慵懒而精瘦的力道。

直到他进了卧室，施小语才松了口气，脸红心跳地捂着自己的胸口，紧张得大喘气。

秦轶刚才的言行举止简直太暧昧了，分明就是调戏她，尤其是那抹笑容，根本就是犯罪！他平素冷冰冰的不苟言笑时，她都没有一点抵抗力，这会儿更是差点当场妥协。她生怕自己忍不住，把他的玩笑话当了真。

她又等了一会儿，没等来那个让她意乱情迷的人，却等来了柳茜的电话。她还没来得及说话，柳茜就开始查岗："施小语，你在哪儿呢？怎么还不回来？这都几点了？你这是老鸨子划船不用桨，浪里个浪呢！"

施小语听得满头黑线，赶紧把音量调低了一点，格外无奈地低叹："我现在在外头呢，一会儿就回去。"

"在外头？你这样的乖宝宝能有什么夜生活！实话实说，你是不是撩汉子去了？"

"……"施小语汗颜，不得不承认，柳茜的反侦察能力真是一绝，只可惜她平时的生活单调得如同白开水，这会儿实在编不出个所以然来，支支吾吾半天，还是全招了。

最怕空气突然安静，柳茜谜一般的沉默让施小语心虚得很。

时间一分一秒过去，施小语觉得她俩通着话听着对方呼吸声的这种行为，真是无聊至极。她暗自揣摩着，估计柳茜是被震惊到了，毕竟她是一个初吻、初牵，以及任何不可描述的初次都还保留着的小绵羊一样的人。

柳茜曾经多次感叹过，说她自己已经是个摔在地上的白玉瓶，曾经是矜贵来着，但到底是拿簸箕都撮不起来了。但施小语还是个白白胖胖的瓷娃娃，单纯又干净，让人碰都舍不得碰。

她刚听到这样的描述时，很愤愤不平地质疑，为什么柳茜是白玉，自己只能是陶瓷？这材料差得不是一个档次啊！

当初真是年少，压根没有领会到她的言外之意啊！

柳茜好不容易从震惊中挣扎出来，长叹一口气，以一个过来人的身份劝她："小语，我知道你很喜欢秦轶，但是有些事情你自己把握好度，你和我不一样。如果说秦轶也喜欢你，那你俩爱怎么着那也是两厢情愿，但如果他对你还没上升到爱情的地步，就想睡你，那说明他人真不怎么靠谱，你别傻乎乎地一头栽进去……"

施小语蚊子哼哼似的反驳："不是你想的那样，他一会儿要送我回去的。我是觉得，他今天对我的态度很特殊，比之前要好很多。你说，他是不是没那么讨厌我啊？"

"如果你包里能准备好杜蕾斯的话，他会更加不讨厌你。"

"什么杜蕾斯！我是很认真地在和你讨论这个事情呢，你别这么污好不好！"

"我告诉你，这是基本常识，我这是为了保护你，懂不懂！"

"……"施小语无奈地挂了电话，柳茜这个老司机开起车来拦都拦不住，她生怕再说下去，她都得人工替她消音了。

她把手机放进兜里，还没从柳茜的"超速飙车"中回过神来，身后突然传来一道清浅的声音："电话打完了？"

她吓得汗毛都立起来了，一个激灵回过头看着秦轶，语无伦次地连说了好几个"完了"。

不仅电话完了，她也完了。

秦轶穿戴整齐，双手环胸神态散漫地站着，看样子可不是才站在她身后，想来是一直默不作声地等到她挂了电话。同理可知，她和柳茜限制级的对话，他想必也听到了一些。

她做贼心虚地想着，他听到哪一环节了？杜蕾斯之前还是杜蕾斯之后？如果是杜蕾斯之后，那就没戏了，她还怎么重塑自己清纯美好的光辉形象啊！

“那就走吧，时间不早了。”秦轶面无表情地越过她，大步流星地离开了。

他换了身休闲装，比起她常见的白大褂，这样的装束看着更加爽朗温润，少了几分冷漠刻板。不一样的风格，却一样的惑人心神。

暮色四合的沉沉夜色很好地掩去了彼此脸上的微表情。施小语自我安慰道，他或许真的没听见，也可能是听到了，但还真无心计较。

上了车，秦轶一言不发地驱车驶出了车库，施小语也识相地没有说话。她当然不会自作多情地以为秦轶对她分外了解，所以不用开口也知道她住哪里。

她就是一住校生，那么大一学校，离他医院没几步的距离，他能不知道吗！

秦轶开车的时候很专注，他习惯性地微微眯着眼睛，确保自己的注意力能足够高度集中。他的身板挺得很直，干脆利落的样子。即便是只有两个人的空间里，他也不允许自己有半点松懈，有他良好家教的原因，也有他自控能力的原因。

不管做什么事情，他总是全情投入，分外认真，很稳妥严谨，完全不见半点浮躁的气息，似乎生来就是这样的笃定稳重。他的人生有条不紊地延伸着，孤标傲世又波澜不惊。

车子驶到了半路，他的手机突然铃声大作。他的手机和他的人一样，简约大方，没有任何装饰，干净平整，清亮的屏幕上闪烁着两个字“冉冉”。

毫无疑问，是苏冉。

等红灯的时候，他腾开手接了电话。苏冉是个温柔似水的大家闺秀，不会像柳茜那样母老虎般山呼海啸，所以即便施小语坐在副驾驶上，也全然听不到她的声音。

她能听到的只有秦轶低沉柔和的声音，除了体贴和礼貌的应和声外，间或答一句“哦，我好多了，今天也打了点滴”，以及“我吃过饭了，你不用担心”。

绿灯亮起的时候，他柔声细语地说了句：“好了，我在开车，先挂了。”

车子重新驶进车流，窗外的景色开始快速地后退。施小语心口酸得想靠着窗户流泪，但又怕甩出脑震荡，只好生生地扭着脸，看着玻璃上自己那张狰狞的脸。

她其实挺嫉妒苏冉的，苏冉活得骄傲矜贵，看着就是高高在上的贵小姐，即便十指不沾阳春水，不懂得如何照顾人，也永远学不会干粗活，但不会妨碍秦轶心疼她。他可以生着病饿着肚子，但是不舍得让苏冉来受苦受累，他宁愿自己难受，也不舍得仙女似的苏冉被迫落入凡间。

不像她，他可以大爷似的躺在沙发上，任她忙得团团转，他使唤得心安理得。

因为她天生就是个劳碌命，她的身份地位也注定她不可能像苏冉那么高贵，苏冉不能做的事，她都可以做。

虽说家室背景不能把人划分成三六九等，但是在感情上，她注定就比苏冉矮了一截。单凭秦轶喜欢苏冉不喜欢她这一点，她就已经输得一败涂地。

之后的时间里，施小语心情低落，连看秦轶的心思都没有了。不知不觉就到了学校门口，秦轶扭头问她：“你住哪栋公寓楼？”

“不用了，我就在这里下吧。”

秦轶欲言又止，大约是被她生硬的语气给哽住了，想了想，没再反驳，看着她解开安全带，拎了包推门下车。

直到她关门离开时，他才后知后觉地反应过来，隔着车窗略显急切地问她：“你明天……还来吗？”

还来？来个屁！你舍不得使唤你那娇滴滴的女朋友，就把我当免费劳动力使唤。你不就是仗着我喜欢你才这么可着劲地消费我的感情吗？

如果知道你是因为舍不得女朋友受苦受累，才如此温和地让我接近你，老娘才不会这么没骨气地伺候你！

施小语雄赳赳气昂昂地走了，全然没有注意到秦轶眼底的波澜，也没有注意到他欲言又止的失落。

回了寝室，宿管阿姨把门都锁了。她趴在小窗户上偷偷摸摸地敲门，鬼鬼祟祟的模样像极了行事不端的不良少女。

阿姨被惊了觉，体内压抑的怒火一触即发，见她猫着腰从门缝里挤进来，叉着腰恨不得把手指头戳在她脑门上："这都几点了才回来！不知道宿舍有门禁啊？以后过了点就别回来了！夜不归宿，什么学生啊！"

施小语没有柳茜那么强大的气场，无法在自己理亏的情况下还趾高气扬地和人斗嘴，干笑了两声，拔腿就跑。

回了寝室，又被柳茜好一顿吐槽。她杵在门板跟前，跟被罚站似的，等柳茜有理有据、条理清晰、逻辑分明地把她从头发丝到脚丫子都鄙视了一番后，她才重获自由。

回个寝室，三重门外三个人，个个都不是省油的灯。早知如此，她就不该出第一道门，干脆厚着脸皮和秦轶孤男寡女好了。

"和秦轶的事没办成？"柳茜撕了面膜，素颜也透着魅惑。有些人，生来就是妖精，一颦一笑皆是风情，难怪总有人追着她献殷勤。

不像她，童颜加个不矜持的命，简直是追不着男人的标配。

"你说话别那么露骨好不好？你给我打电话，秦轶差点都听到了。"

"这还叫露骨？那我该怎么说？在没有第三方在场的情况下，有没有发生满足人类繁衍需求，但是不违背社会主义核心价值观的原始生理行为？"

"……"施小语有个梦想，就是有朝一日能在口舌之争上赢了柳茜。

在她绝不添油加醋，甚至连点修辞手法都没用地把事情经过说了一遍后，柳茜真是用尽了浑身上下每一个细胞来诠释着“嫌弃”二字。

“他都这样了你还待见他啊？人家把你当成云备胎，什么时候需要了什么时候 download 一下，你还高兴得跟被宠幸了似的，瞧你那点出息！要么你就潇潇洒洒地忘了他，要么就做个斗志昂扬的小三，你这不上不下的不觉得难受啊？”

施小语不想当小三。不管她是否甘心和死心，她都不能因为一己之欲就破坏别人的感情。所以，她能选择的，就只有前者。

之后的几天，施小语努力克制着自己想要见秦轶的冲动，乖乖地把自己憋在学校里，不打听一点关于他的消息。

这期间，秦轶给她打过一次电话，她心痒难耐地想接，被柳茜强行挂断了，美其名曰，为了戒掉她这种打一巴掌再赏颗枣就能不计前嫌的奴性。

被柳茜训练了一段日子，施小语觉得自己克制了不少，像是瘾君子戒毒那般，熬过了最艰苦的那段日子，再往后，痛苦就减轻许多了。

补考成绩下来了，施小语没有高挂的科目，有惊无险地打着擦边球平安地结束了这一学期。

他们管理学院放假比其他院系晚，开学却比其他院系早。辅导员在讲台上宣布放假时间时，教室里一片哀号，幽怨愤慨的情绪空前绝后的一致。

辅导员无计可施，狠狠拍了拍讲桌，扶了扶眼镜道：“你们可是我们学校头牌专业的学生，怎么一点志气都没有！你们读的是管理系，连自己都管理不好，还怎么管理别人、管理企业！不就是少放几天假吗？眼睛一闭一睁就过去了，那么较真干吗！”

厉害了！施小语头一次听说“头牌”还可以有这种用法。

暑假虽然短，但是有总比没有强，大家争取民主失败之后只能默默地接受现实。施小语家就是本地的，所以无法体会那种拎着大包小包踏上回家旅途的兴奋感。

她曾经和柳茜感叹过，说她最遗憾的是上大学没选离家远的地方，导致上个大学像是高中住校，少了一些背井离乡的惆怅别离，大学生涯有那么一丝的不完整。

柳茜说她脑子被驴踢了，饱汉不知饿汉饥。

到了正式放假的那一天，学校已经如同空城，到处都是人去楼空的萧条景象。柳茜还没走，也不收拾行李，大爷似的跷着二郎腿坐在椅子上涂指甲油。施小语也不着急回去，段暄说要和她吃个饭，因为他算是正式毕业了，两人学长学妹的关系也算是要彻底终结了。

段暄是个很不错的人，阳光开朗，施小语挺喜欢和他做朋友的。意识到他就要离开校园了，她还挺伤感，毕竟仍在学校的她和已经步入社会的他，三观会慢慢变得不同，两人能天南海北聊天的机会越来越少了。

她把这些离愁别绪和柳茜倾诉了，柳茜很不解风情地吐槽："他这是前期已经投资了，还没见到收益就被迫撤资了，谁乐意啊？再说了，你放心吧，就算你俩所处的环境不一样了，也不妨碍你俩友谊长存。"

她问："……为什么？"

柳茜说："任风云变幻，你俩的智商始终在一个层面，永远不怕没有共鸣。"

"……"施小语觉得，她有必要和柳茜断绝关系了。

和段暄吃散伙饭的那天，施小语睡到日上三竿才起来。她悠哉地迈着小碎步去洗漱，楼道里安静得连个影子都没有，整栋楼估计就她和柳茜没走了。这种霸占整个洗漱间的感觉让她有种君临天下的嚣张感，怎一个爽字了得。

等她磨磨蹭蹭洗漱完换好衣服跟柳茜告别，柳茜不耐烦地冲她摆了摆手："行了行了，你赶紧去会你的小情郎吧！"

施小语拔腿就跑，心里默默地吐槽：情郎你个头！就你这副对人招之即来、挥之即去的女王气场，也只有像邢子昂那样的人能驾驭得了。

刚出门，就看见邢子昂在她斜对面的墙壁上靠着，指间夹着一根烟，漫不经心地吞云吐雾，眼神却紧紧锁着她们寝室的门。

施小语想说，这里可是女生寝室，对于她们这群根正苗红、热爱生命的小姑娘来说，虽说会抽烟只是个小概率事件，但是也不能仗着没有禁止吸烟的标志就在公共场合如此放肆啊！

邢子昂的眼风往她这里扫了一下，微微扬了扬下巴，算是打过招呼了。施小语挠了挠头，犹豫再三，还是伸手指了指他手上的烟。

有些事情本来就是只可意会不可言传，她和邢子昂是很微妙又八竿子打不着的关系，她总不能一见面就和人家讨论这种上升到共创和谐社会层面的问题，这种不说膈应说了尴尬的情况都得靠自我领悟不是吗？

当邢子昂把手里的烟扬起来，懒洋洋地问她“要抽吗”的时候，她特别想说，我不想抽烟，我想抽你！

还好他们这跨世纪般的鸡同鸭讲没有持续几个回合，见她要走，邢子昂一脸满意地踱步过来，在她颇为仗义地准备锁门之前按住了门板，笑眯眯地说道：“锁什么门啊，柳茜不还在里面吗？”

“……”就是因为她在里面，我才锁门啊！

她还愣神着，邢子昂已经特别潇洒地推门进去了，并且利落地反锁了门。施小语看着高大挺拔的门板，默默地祈祷，但愿邢子昂这次霸道地擅闯女寝室，能换来柳茜的回心转意。

第九章 /
留香

这么一磨蹭，等她赶到吃饭的地方时，响当当的迟到了。段暄目露凶光地凝视着她，没等她落座，就开始吐槽："施小语，你也太不走心了！这可是一次具有重大意义的会餐，我已经毕业了，我们俩可就要分道扬镳、各奔前程了……"

施小语知道自己不对，不该和邢子昂磨叽，赶紧举双手投降："好好好，是我不对，不该迟到，让你等着……"

她一番改过自新重新做人的道歉还没说完，段暄一个大喘气完了之后接着说："再怎么说你也得化个妆，打扮得花枝招展地来纪念我踏入社会吧？你这副清汤寡水的样子也太敷衍了吧！"

"……"

柳茜说得很对，即便他步入社会，他俩的心理差距也不会变大，毕竟……智商还是在一个层面上的。

两人开始吃饭的时候，氛围还是很轻松的。段暄和秦轶是两种全然不同的人，在秦轶面前，施小语总是患得患失，束手束脚，根本没有办法释放自己的天性。因为他是高高在上的，处在一个被自己供着的高度，在她日复一日的崇拜敬仰中变得遥不可及。

不像段暄，他虽然是堂堂校草，但是平易近人得很接地气。她可以在他面前笑得露二十八颗牙，也可以面不改色心不跳地说自己走错男厕的糗事。因为在情感上，她和段暄是平等而没有纠葛的，没有觊觎，自然就不会有顾虑。

两人毫无顾忌地大吃大笑，达到了一个忘我的境界，全然没有注意到周围的情况。

距他们几步之遥的包厢里，秦轶从郁郁葱葱的绿植中间看出去，正好能把施小语的一颦一笑收进眼底。

他感觉已经有很久没有见过她了。

这段时间，发生了很多事情，虽然看起来转折突兀，却都在他的意料之中。

他病好了之后，医院就通知他回去上班。他洗脱了冤屈，真正犯错误的人得到了应有的惩罚，主任为了奖励他顾全大局忍辱负重的大将风范，提拔他当了副主任。

科室里的其他同事噤若寒蝉，没有一个不满的，因为他当初被诬陷、被谩骂的时候，所有人都保持着作壁上观的旁观者态度，生怕引火烧身。既然前期态度已经足够明确，现在也就没有资格嫉妒他用这一切换来的荣誉晋升。

当了副主任之后工作量有所减少，一些普通的住院患者，还有一些常规手术都被分到了其他同事头上，他主要负责一些疑难杂症的处理，高危手术的协助，以及部分急诊患者的接诊。相比于之前忙得焦头烂额的状态，现在是真的轻松了许多。

除此之外，秦严和陶婉重新回了部队。秦严再没有追究这件事，态度云淡风轻，就仿佛当初的大发雷霆、不分青红皂白的误解指责并不存在一样。

今天这顿饭是苏冉请他的。虽然她眼神无辜，言辞闪烁，但秦轶还是清楚得很，她是间接地在向他道歉，因为之前误解他的事情。

其实他压根没有放在心上，再说了，这件事情，本来他就不算是完全的受害者。他顺水推舟地接受了主任的提议，又满腹冤屈地停职在家，这一切统统都是因为他知道，与其在忍受别人的流言蜚语中上位，倒不如借这件事堂而皇之地晋升。

如果放在从前，他要是晋升了副主任，多的是羡慕嫉妒恨的声音。他资历浅；经验少；被偏爱；有靠山，他的职业生涯会被这些让人烦不胜烦的流言蜚语搅得一塌糊涂。但是现在，没有人能说出一点他的不是，光是他能一声不吭地扛下所有的委屈这一点，其他人就做不到。

苏冉请他吃饭的时候，关于时间地点征求了他的意见，他本来无所谓，但偏偏段榕不经意间说漏了嘴，说她弟弟找到了实习单位，最近一直忙着请同学吃饭。

他稍一打听，就知道了这同学中，也包括施小语。

之后，在他装作不经意的安排下，他就和他们在同一时间段、同一地点用餐了。

所以说，这世界上哪有那么多恰到好处的偶遇，所有的偶遇都是精心安排过的戏码。

他觉得自己变坏了，从前的他只知道埋头工作，根本不会动用这些心机。但是现在，为了能有机会接近她，他甚至利用了苏冉作为他的掩护。

又或者说，其实他骨子里就坏透了，只不过是施小语激起了他想要一坏到底的欲望。

吃饭的过程中，他一直按兵不动，半路杀出去说“这么巧，你们也在这里吃饭”这样的话显得幼稚又做作，他要以最自然无害的方式让她明白这场偶遇的意义。

施小语和段暄很聊得来，哪怕他听不清他们说什么，但是光看她灿若桃花的笑脸就能大概猜得出来，对方是个足够让她敞开心扉的人。

在他面前时，她总是带着讨好的意味，小心翼翼地迎合着他，从来不会像现在这样率真而爽朗。他承认，单凭这一点，段暄占了上风。

不走心的一顿饭吃得索然无味。期间苏冉一直努力尝试着活跃气氛，和他聊她最近在学的谱子，刚交的金发碧眼的新朋友，以及试探性地解释她之所以误解他完全是被舆论给误导了。

秦轶没表态，其实他对于她的道歉毫不在意，他只是好奇，为什么施小语对于他停职在家这件事从来没有好奇过？如果她也认为这件事是因他而起，他并不会觉得奇怪。毕竟，连他的父母和一起长大的朋友都不可避免地质疑了他，她不过才认识他几个月，如果有这样的怀疑，太过正常了。

可是她并没有。

关于这件事情，她只字未提。他有点诧异，心中不可抑止地想着，难道她是真的浑然不在意？

施小语和段暄把一顿散伙饭吃得很是悲壮决绝。段暄喝高了，抱着她的胳膊号啕大哭，嘴里念叨着："小语啊，我以后就见不到你了，再也见不到你了……"

施小语满头黑线，他工作的地方虽然离学校远，但也仅仅是转几趟公交车的距离，现在被他说得有种她命不久矣的沉痛，她不是很开心。

她郁闷地把他的脑袋推开："行了行了，别耍酒疯了，回家了回家了……"

从前她很看不起喝酒之后耍赖撒泼的人，觉得这种自制力为零的行为很没品。但是今天，同样的行为发生在了堂堂校草身上，她除了觉得该把他这副德行给那些追他追得快六亲不认的女孩子好好看一看外，实在是没什么感想了。

她喊服务生过来结账，原本想豪气地大手一挥掏出一摞钞票来，但是手摸到兜里才悲哀地发现，因为是段暄请客，她连钱包都没带。她只好干笑着推死猪一样的段暄，但是……他已经睡死过去了。

她和服务生面面相觑，空气突然凝结，透着谜一般的尴尬。施小语从来没有遇到过如此难堪的场景，她脑海里幻想着自己流着泪刷碗的样子，觉得段暄这家伙，真的给了她一顿难以忘怀的散伙饭。

两人又僵持了一会儿，那服务生先绷不住了，开口问她："没带钱吗？"

施小语生无可恋地摇了摇头，觉得再这样尴尬下去她就快石化了，于是觍着脸和服务生商量："那个……你看，能不能把他押在这里，我回去取钱？我们学校离这里不远，我很快就回来。"

"……"服务生颇为认真地思考了一下，权衡利弊之后一本正经地回答，"不行，万一你回去不来了呢！我一会儿就要交班了，你这样我没法交代！"

"……"施小语彻底没招了，望着窗外苍凉远目，此情此景，分外想哭。

就在她酝酿眼泪的时候，身后突然传来一道低沉清浅的声音："一共多少钱？我帮她付。"

这样英雄救美的情景多半出现在影视剧中，多半是一条爱情主线的开头，男女主角阴差阳错结缘，最后有情人终成眷属。

尴尬的场景下有个人来解救她，她虽然不至于以身相许但还是感恩戴德的，但是为什么这个人偏偏是秦轶？是那个她努力了很久好不容易才克制住思念的人。

像是一个戒毒中的瘾君子，为了转移注意力去抽烟，但是突然发现烟丝里填的也是海洛因，那种崩溃的感觉简直溢于言表。

秦轶付了账之后，服务生就走了，这样狼狈的戏剧性重逢她只能一个人应对了。

“好久不见。”秦铁平静自然地同她打招呼，仿佛他们是多日不见的老友，中间从来没有掺杂过她的求而不得和矛盾挣扎。

她抬起头，鼓起勇气打量秦铁。他已经褪去了一身的病弱颓唐，面上也少了憔悴之色，神采奕奕，目光幽深宁静，气度高贵矜持，完全恢复了从前的冷漠高傲。

他穿了一身浅色的休闲装，清爽干净的颜色衬托得他的气质越发的出众。比起在医院的严谨肃穆，这样的他，透着几分俊逸阳光的气息。

他的眸色深沉，嘴角紧抿，看不出什么情绪。施小语虽然五味杂陈，却不敢再抱任何幻想，思来想去，还是觉得公事公办的态度最为合适，斟酌了一下道：“刚才谢谢你了，段暄这个傻子酒量不行还逞强，要不是你，我可能要被留下来刷碗了。”

秦铁“嗯”了一声，对她局促的寒暄没有作额外的回应，只是上前一步，戳了戳段暄的脑门，又道，“他怎么办？送回学校吗？”

施小语隐约看见段暄的脑门有些泛红，秦铁的手劲儿还真是不小，但也没多想，赶紧回答道：“嗯，把他送回学校就行。”

秦铁应了一声，掏出手机避开了一点给苏冉打了个电话，让她先走。苏冉虽然不情不愿，可她和秦铁又不是可以肆意撒娇的关系，只能勉为其难地答应了。

秦铁挂了电话，一只手利落地从段暄腋下环进去，另一只手扯着他的胳膊，轻轻松松地就把他从椅子上拖了起来。

一米八几的大后生，可没有扛袋面那么简单，可秦铁的神色却没有半分压力。他虽然比段暄高一点，但是比段暄还要精瘦一点，果然应了那句话，瘦归瘦，骨头里都是肉啊！

拖着段暄出去的时候，他整个人瘫在秦铁身上，嘴里嘟嘟囔囔地不知道在哼哼什么。施小语一阵尴尬，她很清楚地看到秦铁的眉心拧成了一个结，面色微微发沉。

为了不让秦轶半路反悔把段暄这傻子卸在路边，施小语赶紧上前掐了掐段暄的胳膊，咬牙切齿地吼他：“哼哼什么，麻烦人家把你托运回去你还好意思叫唤！给我闭嘴！”

不知道是听到了她的声音，还是感受到了她的二指禅，段暄小声哼了一声就安分下来。一路上不管秦轶怎么折腾，他都死猪一样一动不动。

施小语觉得，段暄已经够听话了，秦轶应该没那么嫌弃他了，但是等她偷偷看他的脸色时，发现他的脸色更难看了。

唉，谁说女人心是海底针，男人的心有时候也很难揣摩的，比如说秦轶。

三个人好不容易到了停车场，在安置段暄之前，他先掏出手机准备打个电话。

他原本是一只手拎着段暄，眉心微蹙，似乎在想怎么安置他。但是在施小语会意把段暄的胳膊搭在自己肩上时，他突然冷着脸完全撒手，任凭她被段暄压得差点踉跄倒地。

她忍不住腹诽，他到底是要怎么样？她到底是该扶还是不该扶啊？

秦轶走远了几步打电话，她自然听不到他说什么，他打电话的时间不久，不过十几秒钟就回来了。

他开了车门，把段暄扔在了后座上……是真的扔。

施小语都听见段暄整个人砸在座椅上的扑通声，车身都跟着晃了几晃。如果不知道段暄他姐姐和秦轶是至交，她真心觉得，段暄一定和秦轶有仇。

把这个大累赘扔了进去，施小语自然而然地就要跟着坐进去。只是，她刚弯了腰，后颈就被秦轶揪住了，他声音不咸不淡地说道：“他一个人就把座占满了，你难不成坐他身上？”

施小语虽然有时候和段暄一样傻，但是看着段暄神志不清可怜巴巴地蜷缩在后座一角，边上空了一圈的位置，还是深刻觉得秦轶在睁眼说瞎话。

“其实我也能……”挤一挤的。段晅这会儿是弱势群体，她起码得照应着点。

还没等她说完，秦轶就不悦地截了她的话头：“你这是要把我当免费司机？”

“……”施小语这下是彻底没话了，二话不说，赶紧乖乖地上了副驾驶座。

一路上，秦轶的车速当真是随心所欲，时快时慢，都快把她晃吐了。她看着后座被甩得跟筛糠似的段晅，实在是于心不忍。

在等红灯的空当，她试探性地说了一句：“那个……我要不去扶他一下吧。”脑袋都搁地上了，他脑子本来就不灵光，别摔傻了。

秦轶松开握着方向盘的手，专心致志地整理袖口，压根没有回答她的意思。等绿灯亮的时候，他踩油门往前走，这才慢悠悠地答非所问道：“你们学校应该放假了吧，你怎么不回家？”

秦轶问得随意，表情没有一丁点变化。施小语自然不能拿这样一句再普通不过的话异想天开地作文章，只能说他是单纯地闲聊，就像打车时和司机师傅唠嗑一样，只是为了缓解尴尬而已。

“我家就在本地，我不着急回去。段晅马上就要离开学校了，我陪他吃个散伙饭。”

“散伙饭？”秦轶很喜欢这三个字，细细地咀嚼了一遍，嘴角情不自禁地上扬，过了几秒钟，又问，“上次接诊你父亲的时候，我看到病历本上写着你们家是北边的，确实很近。”

“嗯，所以我基本上有空就能回去，也不着急这一会儿。”

“你开学就要升大四了，假期不会很长吧？经管专业的课程相对来说还是比较多的。”

“大概只放二十多天吧，比起其他院系的，少了大概一周呢！不甘心啊！”施小语突然想到什么似的，扭头问秦轶，“对了，我听说医学是所有专业中最苦的一个，你们那会儿是不是放假时间更短？”

秦轶颇为认真地想了想，过了一会儿，格外云淡风轻地说道：“我读书的时候对放假没什么概念，我很少回家，即便是假期，也是留在学校学习。非要说的话，放假和开学的区别就是人多人少而已，我的主观感受不会受太大的影响。”

当真是学霸，学到了如此忘我的境界，敬佩敬佩！

施小语还在膜拜中，秦轶突然又道：“即便回家，家里也没有人，还不如在学校里自在。”

“你爸妈不在吗？”施小语脱口而出，等问完了才觉得不合适，她这不成了赤裸裸地窥探别人的隐私了。

好在秦轶并不生气，语气平静道：“他们都有各自的工作，没有时间管我。”

他语气轻淡，对此并没有什么特殊的感慨，但这样的话听在施小语耳朵里却很不是滋味。她打听过，他的父亲好像是部队里的，军衔似乎还很高。所以说，他口中的工作忙，并不是传统意义上的空余时间少，很可能是被时间空间隔离开的聚少离多。

无论他是获得了荣誉，还是受了委屈，平安喜乐，亦或是病痛烦忧，都无人分享。他的成长过程中，鲜少有亲情点缀。

这也就很好地解释了为什么他平素待人冷漠疏离。就他的家庭环境来说，没有人教给他温情脉脉，他又怎么施于他人？

他虽然长得英俊好看，风度翩翩，家教良好，事业有成，但他的人生也没有外界看起来那么顺风顺水，起码情感方面就有缺失和遗憾。

看来，不管是什么样的人，哪怕是你敬仰爱慕的男神，他也有不如你的地方。所以说啊，他这样感情淡漠的冷酷帅哥，就该被她这样热情似火的少女给融化啊！

“需要把他送进去吗？”秦轶侧着脸打方向盘，视线落在倒车镜上。

施小语从自己的意淫中回过神来，一转头就看到秦轶笔直流畅的颈部线条和轮廓分明的侧脸，顿时有点心律失常，结巴了几下才特别小人地说道：“你就好人做到底，帮我把他送进去吧。”

其实不送进去也行，她能把这傻子甩在门口然后喊他哥们出来托运，但是她自私地想和秦轶多待一会儿。

这样独处的时间，处一点就少一点了。

谁知道开学的时候秦轶会不会突然宣布要和苏冉结婚。

到了男生公寓楼下，秦轶解了安全带下车，把段暄从后座扛出来。施小语看着段暄委屈地在地上躺着，特别于心不忍，但是在秦轶弯腰的时候，她近距离地闻着他身上清爽成熟的气息，又觉得这样的见色忘义真是太值了。

到最后，段暄是被他们寝室哥们下来抬进去的。几个哥们都知道这二傻子喜欢施小语，所以看他烂醉如泥还被人截了胡，表情分外沉痛。

看着面前几个壮汉的表情，施小语乐了，戳了戳段暄的脑门说道：“你们别担心，他就是喝醉了，回去睡一觉就好了。”别搞得跟他要与世长辞了似的。

送走了段暄，楼下就剩了秦轶和施小语两个人。施小语很长时间没有见过秦轶了，并且尚处于自我控制期，面对他时总是有种近乡情怯的感觉，太冷漠了怕他更疏远自己，太热情了又怕吓到他。

她一个人在原地纠结，秦轶却没有工夫理会她的少女怀春，自己的义务帮忙已经完成了，便公事公办地打了个招呼，准备离开。

“等一下！”施小语仰天长啸一声，等秦轶眉眼寡淡地回过头时，却又不知道该说什么。

请吃饭这个借口在两人刚吃完饭的情况下听起来就有些撑，上楼坐坐这样的提案更是不可行。她急得嗓子都快冒烟，头一次觉得自己竟然会在喜欢的人面前笨拙到连一个挽留他的借口都编不出来。

秦轶等了半天就等到了她吞了鸡蛋似的几个大白眼，好脾气地问了句：“还有事吗？”

他这一问，施小语终于死心。他的态度已经这样客气礼貌，她再死皮赖脸地纠缠，他也不见得会领情，与其让他反感，倒不如见好就收。

思索片刻，她文文静静地道谢：“没什么，就是谢谢你送他回来。要不是你，我还真不知道该怎么办。”

“呵，如果仅仅是因为这个的话，还真没必要道谢。”秦轶的脸色突然冷了几分，薄唇抿成一条线，“毕竟他不仅是你的朋友，也是段榕的弟弟，于情于理，这个忙我也是应该帮的。”

我不是看在你的面子上才帮这个忙的，我是看段榕的面子，所以，你还真别给自己加戏。

施小语猜测，他想说的，应该是这个。顿时，她连干笑的心情都没有了。

第二天一早，施小语就带着这种挫败感收拾东西准备回家了。柳茜夜不归宿，大早上才回来。她难得脸上没有带妆，神情倦怠，双颊泛着苍白，这样热的天气还穿着高领衬衫，把自己裹得像个竹筒粽子。

施小语拉好背包拉链，颇为关切地问她：“你这是怎么了？是不是病了？”

柳茜没说话，但是白眼翻得飞扬跋扈，看着精神头还挺足，又不太像是生病的样子，施小语表示不理解。

她家离得近，要收拾的东西也不多，不一会儿就整理好了。柳茜跟被抽了筋似的，整个人瘫在床上。施小语背好包，要走的时候还是不太放心，出于人道主义关怀地问她：“你到底是怎么了？你怎么回家啊？要不我送你去车站吧？”

柳茜的家就在邻市，也不是很远。看她这个状态也不适合一个人回去，她可是柳茜唯一的室友，这点义务还是得尽到的。

“不用……你回去吧。”柳茜有气无力地挥了挥手，一脸的嫌弃。

施小语隐约觉得柳茜有事瞒着她，这女王在和邢子昂分手的时候都没这么颓唐过，今天明显全然不在状态，情况过分诡异。

她还没来得及想出个所以然，寝室门突然被一把推开，邢子昂这个不经惦记的人再次堂而皇之地闯进了女生寝室。

你……倒是敲敲门，尊重一下我这个第三者啊！

邢子昂照样是傲慢地冲她点了点头算是打过了招呼，然后就径直朝柳茜走去。

他个子很高，即便柳茜在上铺躺着，他俩也能无障碍交流。他凑到柳茜耳边不知道说了什么，柳茜那张苍白的脸上突然飞起了两朵红晕，接着他的手便自然而然地落在了柳茜的秀发上。

柳茜完全没了平时的强势高傲，像只名贵优雅的猫，眼神慵懒地靠在邢子昂肩上。

看样子，两人这算是和好了。

既然如此，那施小语就不用操心了，柳茜不舒服，邢子昂可以陪她去医院。

“邢子昂，柳茜有点不舒服，可是我要回家了，你带她去医院看一看吧！我看她脸色不太好！”

她话音刚落，邢子昂就不可抑制地大笑出声。柳茜有些恼羞成怒，一边含羞带怯地拧着邢子昂的胳膊，一边吼她：“施小语，你是收拾行李的时候把脑子落下了吧！”

你看看这人，怎么不知好歹呢！我这是在关心你啊！

施小语在柳茜把枕头飞过来的那一瞬间赶紧逃离了现场，觉得自己这辈子的脸都丢光了。

不过这样的小插曲并没有影响她回家的好心情，她一路晃晃荡荡、颠颠簸簸的总算在下午到了家。

施小语的父母都只是普通的工薪阶层，她爸爸自从出了意外之后就辞去了工作，安心在家休养，家里就只有妈妈一个人赚钱养家。爸爸好几次提工作的事，说自己身体已经恢复得差不多了，可以上班了，不能总让妈妈一个人辛苦，他一个大男人在家吃软饭。

这次她一回来，爸爸又开始旧事重提，跟打辩论赛似的有理有据地和她讲重新找工作的可行性。

她绷着脸二话不说地拒绝："爸，你这是逞什么强呢！你那是摘了脾脏，又不是拔了颗牙。你的抵抗力大不如前，别拿自己的身体开玩笑了，我和我妈可经不起你折腾！"

施爸爸顿了一下，若有所思道："是啊，要不是上次那个什么大夫救我，你妈就丧偶了……"

"……"施小语系上围裙准备给老爸做饭，从厨房里探出脑袋吐槽，"爸，你要是真想表达一下你感恩戴德的心情，就把人家名字记住了再说。人家救你一命，你连人家的名字都记不住，过分了啊！"

"那人家叫什么啊？"施爸爸笑容憨厚地请教。

"秦轶。秦始皇的秦，轶事的轶。"

"哦对对对！你这么一说，我还真想起来了！一个特别俊的小伙儿，那么年轻就当了主刀医生，果真是了不起！当医生好，救死扶伤，多神圣啊！你要不是脑子笨，爸也想让你学医。"

"呵！合着我学的管理学是个多不费脑子的专业似的！"

施小语麻利地准备好饭菜，没多久，老妈也回来了，一家三口开开心心地吃团圆饭。

饭桌上，话题不知不觉又绕到施爸爸的惨痛经历上。老两口长吁短叹了半天，施妈妈留着最后一点唾沫星子，语重心长地提了一个重量级的建议："我们改天去医院谢一谢这位秦大夫吧！他那么尽心尽力地救你爸爸，要不是他，你妈妈我就守寡了。"

呵，这两口子，对对联呢！一个丧偶，一个守寡。

关于老妈的提议，施小语使尽了浑身解数反对。她总不能让老妈知道，她曾经如火如荼地追求老爸的主治大夫，舰着脸往上贴，最后被灰溜溜地拒绝，她颜面何存啊？

"不过我们去确实也不合适，秦大夫接诊的病人多了，哪里还记得我们。再说了，人家那样身份地位的人，没准也瞧不上我们的感谢！"老妈如是说。

施小语不乐意了："秦轶不是那样的人。他人特别好，对谁都特好，才不会瞧不起人呢！"

"那我们就去看看他吧，只是单纯地谢谢他。"

"还是别去了，这都过去多长时间了你才想起来谢人家，人家指不定以为你有所图呢！"

"我们能图什么啊！他要是真觉得我们有所图，那他也没你说的那么好，多小心眼啊！"

"老妈，我说了，秦轶不是那样的人。"

"那我们就去谢谢他。"

"不可以。"

"……"

施小语的假期过得很无聊，每天的生活千篇一律到没有任何激情可言，除了做饭收拾家这样家庭主妇标配的活以外，她没什么业余活动。长此以往，只好每天捧本书，装一个安静的文艺女青年。

有时候她还是会想起秦轶，被时间空间隔绝起来的距离感，让她感觉那个人仿佛是她自己臆想出来的，从来没有真实地存在于她的生活之中过。

抱着这样不真实的想念，她悠哉地猫在阳台的藤椅上美滋滋地晒太阳。

爸爸出去遛弯了。他忙习惯了，突然闲下来就分外有罪恶感，尤其和她这样名正言顺的闲人待在一起的时候，那种感觉会越发强烈。所以，他会时不时找借口摆脱她。

比如说，隔壁李大爷的大花狗生了一窝小花狗，他得去看看；门口王大爷和张大爷准备斗棋，他得去当拉拉队。施小语无奈地想着，瞧瞧，生活都把她爸逼成什么样了。

这天，老爸走了不到半小时就有人敲门。施小语摇着蒲扇从藤椅上爬起来，想着今天倒是难得，老妈还没回来呢，老爸就回家了。

她一边开门一边吐槽：“爸啊，今天是什么情况啊……”准备回来和我晒太阳?

只是当她看到门外的人时，后半句就生生地吓回去了，吓得她头上的卷发棒都快掉了。她跟个智障似的一连说了几个“你”，也没“你”出个所以然来。

人们常说，女人要时刻保持在最漂亮的状态，哪怕是下楼倒垃圾。因为无法预料你的男神会不会正好从垃圾堆的拐角走出来，和你来个不期而遇。

她把这句话铭记在心，时刻准备着，就怕秦轶看到她不修边幅的样子。只是，她防住了寝室楼下的垃圾桶，万万没想到，还得防住自家的门口。

“我知道没有提前通知你就过来很唐突，但是我时间比较紧张，说不准什么时候有空，也不好约时间，只好贸然登门了。是不是打扰到你了？”

秦轶穿着白色的休闲外套，卡其色的长裤，身姿颀长笔直，说不出的俊逸好看。他眉眼英俊，迎着光芒看人的时候，瞳仁仿佛在发光，熠熠生辉的色泽灼烧得人心口直冒火。

施小语大脑一片空白，只是脑袋摇得跟拨浪鼓似的："没有！没有！没有打扰！请进，请进！"

秦轶落落大方地换了拖鞋进来，把手里拎的东西放在茶几上。他坐在沙发上，修长的手指交握在一起，神色自然而放松："这是给伯父拿的一些……"

施小语给他倒了杯茶，紧张到双手发抖，回话都不经过大脑皮层了。还没等秦轶说完，她就立刻客气地抢白道："来就来了，还带什么礼物！"

秦轶抬头看傻子似的看了她一眼，顿了一会儿才一本正经地接着说道："一些医学书籍，里面详细写了脾脏摘除患者饮食起居的相关注意事项。如果严格按照书上做的话，可以有效地降低术后并发症。"

"……"

施小语恨不得一头磕死在茶几上，愣了半天，一张脸憋得通红，干笑了几声道："呵呵，那什么……你先坐会儿，我去去就来。"

她一秒钟也不想待下去了，撒丫子就跑。秦轶望着她仓皇逃窜的背影，拿着茶杯抿了口茶，掩去了唇边的笑意。

躲在卫生间的施小语望着镜子里那个生无可恋的自己，欲哭无泪。

为什么别人的重逢都是浪漫美好的，她的重逢就得带着浓厚的智障气息呢?

秦轶还是那个秦轶，他在任何时候，哪怕是病到无法自理的时候，也不见一点蓬头垢面的邋遢，除了气色不好之外，一如既往的干净整洁。反观她，跟卖家秀和买家秀似的，平时打扮得还算青春靓丽，回了家就如同穿越了，瞬间变得乡土而接地气。

在喜欢的人面前，她从来都没有气场强大到爆棚的时候。

这个时候再换身衣服，化个妆，大变活人似的出现在秦轶面前，自我打脸的痕迹就太明显了。于是，施小语在卫生间里心塞了半天，还是只换了身衣服，简单地拾掇了一下，就耷拉着脑袋出来了。

秦轶是真的很有气度，他的魅力不仅仅来自于精致的外表，更多的是来自于他从容不迫、优雅得体的气度。这样的教养礼仪会让人觉得很舒服，同样的，也会让人有距离感。

施小语跟缠了足似的一点点地挪到他对面坐下。眼观鼻、鼻观心，心跳如雷，整个人已经激动兴奋到一种超自然状态。

还是秦轶这种处变不惊的人比较能驾驭得了这样诡异的气氛，他神态自若地问她："伯父最近身体怎么样？"

"还……好吧，能吃能睡的。"

"有没有觉得特别疲乏嗜睡，或者抵抗力下降的时候？气候变化的时候会生病吗？平时都在吃什么，饮食上有好好注意吗？"

"这个……应该有注意吧。"

"什么叫应该？伯父是脾脏摘除的患者，这个手术造成的后果是不可逆的，恢复期的注意事项非常多，稍有不慎，就有可能带来不可预估的后果。你怎么能这么不负责任？"

秦轶严肃起来的时候，身上的气场格外冷硬，眉心微蹙，瞳仁里都散发着冷气，施小语又害怕又委屈："我不知道啊！我也是刚回来啊，平时都是我妈照顾的。"

"我最近在做病人的随访，我们科室可能会做脾脏摘除患者的身体机能变化这样一个选题讨论，伯父是一个很合适的病例，我想长期随访。"

"嗯嗯，好，我一定让我爸好好配合你！"施小语乖乖地点头。

其实，她也从来没奢望过秦轶是来找她的，异想天开也得有个限度。

从前的时候，她也会偷偷幻想，他会冲她笑；会专门替她包扎伤口；会开车送她回家；会留她在家替他做饭收拾家，是不是证明他对她也不完全是讨厌？

可是，在经过了这么多次的期待和失落的交替折磨后，她已经最大程度地学会了认清现实。只有她放弃这些不切实际的幻想，才不会次次都被显而易见的结果给伤害到。

这次也一样，医生专门到患者家里来随访也是情有可原的，没什么可供她想象的空间，她这是沾了她爸的光。

“可是我不能次次都到家里来，所以，我得……”

施小语腰背挺得笔直，神情无比认真，急急地回答：“没关系，没关系！我把你的电话给我爸，让他每天跟你汇报他饮食起居的情况……”

秦轶脸沉了一下，薄唇紧抿，不耐烦地打断她：“我每天很忙，哪有那么多时间接电话？”

“……”施小语尴尬地闭了嘴，局促地挠了挠头，有些为难地问道，“那怎么办啊？”让老爸给他汇报，总比他打电话给老爸询问要方便得多吧？

“这样吧，反正你学校离我医院很近，以后就由你做中间人，把伯父的情况汇报给我，这样节省了彼此的时间。”

这分明是又浪费了一个劳动力好吗？哪里节省时间了？再说了，他忙到没时间接电话，难道就有时间见她吗？

施小语的苹果肌都笑僵了，吞吞吐吐地说道：“那个……我觉得吧……”你是不是当我傻？

秦轶横了她一眼，语气凉凉的，透着丝不容置疑的生硬：“怎么了？你觉得不好配合是吗？没关系，类似的病人我还有很多，你不用勉强。”

这哪是勉强啊，她巴不得啊！只不过这馅饼掉得太突然，让她幸福到有点不真实。

不过，看着秦轶认真严肃的脸，不像是拿这个事逗她的样子，他应该是有自己的考量。再说了，他没必要为了逗她兜这么大一圈子，她也没那个价值和能耐，值得他如此大费周章。

反正他的思想境界，她向来也高攀不了，也不差这一桩。

于是乎，她就在美滋滋中接下了这份莫名其妙的美差。

两人又坐了一会儿，施爸爸就遛弯回来了。虽然秦轶一再要求不用打扰老人家的休闲生活，但是施小语实在有些坐立难安，还是忍不住把老爸召唤回来了。

施爸爸这个无业游民因为心理落差太大，又忍不住把施妈妈召唤了回来。

好嘛！这下人都齐了，够凑一桌麻将了。

四个人面对面干坐着，原本是秦轶坐一边，他们一家三口坐一边，但是施小语觉得这样好似三堂会审的局面会让秦轶这个客人有点尴尬。于是，她自告奋勇地坐到他身边，形成了二对二，公平公正的布局。

爸爸妈妈对秦轶心怀感激，又对医生这个职业带着发自内心的敬畏，所以面对秦轶时，面上尽是局促，一时间不知道该说什么好。

秦轶虽然算不上是什么大人物，但是他出身好，家教严格，一言一行都透着气度，和她这普通工薪阶层的父母明显有些由内而外的区别。施爸爸只有和遛鸟逗狗的大爷们在一起才会自在，什么时候和这样优雅绅士的小年轻打过交道，能不难受才怪了。

好在秦轶似乎也见惯了病人及其家属这样诚惶诚恐的神色，特别平易近人地把话题转移到爸爸的病情上，这一来一往，才算是打破了僵局。

施爸虽然内心善良朴实，但是架不住是个吃苦长大的糙汉子，说话的时候毛病特别多，喜欢指手画脚，激情昂扬的时候唾沫星子横飞，紧张的时候内心的“缝纫机”就会打开，会忍不住抖腿。

这些小动作，施小语平时也不注意，但是和坐得板板正正、姿势优雅又大方的秦轶相比，就有那么点粗鲁了。

施小语给他爸使眼色使得都快成斗鸡眼了，情绪激动的施爸爸却压根没有接收到她的信号。

她心中哀怨，如果她爸被秦轶讨厌了，她还怎么以把她爸变成秦轶他岳父为目标奋斗呢？

她偷偷地瞥了秦轶一眼，暗中盘算，如果他露出了不耐烦的神色，她就立刻把她爸推进厨房倒水去。

只是待她回头偷看时，发现秦轶嘴角带笑，眼神专注，听得格外认真，全然不计较爸爸的小动作，态度分外真诚礼貌。不论爸爸说的话多颠三倒四，语无伦次，他都面带微笑地听着，时不时还附和几句。

施小语的心口突然悸动了一下，心底那些已经压抑下去的情感不可抑止地翻涌上来。这样一个近乎完美的人，她每靠近他一点，就会被他的人格魅力再吸引一点。每当她想要放弃的时候，他总会以不可忽视的姿态提醒她——错过他，她就不可能再遇到这么美好的人了。

聊了会儿病情，施爸施妈已经完全被秦轶的个人魅力所折服了。他平易近人，温润如玉，丝毫没有架子，态度谦恭有礼，很难不让人喜欢。

到了这会儿，两人已经完全放松了，原本严肃认真的话题也开始往八卦的方向走。尤其是施妈，改不了中年妇女的劣根性。

“小秦啊，我看你这么瘦，是不是平时工作太辛苦了，没有好好吃饭啊？”施妈格外关切地问道。

施小语腹诽，他可一点都不瘦，只不过是身体线条容易唬人罢了，人家精壮得很呢！

秦轶笑答：“是，做医生都是这样，吃饭没有规律，我习惯了。”

“这种事情怎么能习惯呢！饮食不规律对身体特别不好，搞不好就把胃弄坏了。工作要做，饭也得按时吃。”

“我一般都叫外卖，有时候病人太多的话就抽不出时间，总不能抛开病人不管，自己去吃饭。”

秦轶说话的语气和神情自然得不能再自然，就连措辞都是中规中矩的，听不出一点异样，仿佛就是在陈述一件再简单不过的事实。施小语却觉得哪里怪怪的。

他话音刚落，施爸施妈就开始长吁短叹，一边感叹秦轶的工作神圣而伟大，一边感叹他的辛苦付出。

施爸施妈本来就对秦轶怀着至高无上的敬佩之情，这下更是把这份崇高的敬意转化成了一个长辈对晚辈深切的疼爱与关怀，从衣食住行细化到一日三餐。

这样舐犊情深地舐别人家的犊也就罢了，但为什么要把她牵扯进来？她就是一个为了平衡大局而充数的吃瓜群众而已。

施妈原本还觉得对秦轶无以为报呢，这下可好，谈钱多庸俗，来点实际的吧。

“我们家小语厨艺不错，虽然比不得外头的大厨子，但是比那些外卖要强多了，起码干净卫生。你要是不嫌弃，就让小语给你做饭，她反正闲着没事干！”

施小语当场就想翻个白眼，可拉倒吧！她又不是没给秦轶送过饭，荤素搭配，营养均衡。只是，我本将心向明月，奈何明月照沟渠，他可是一点都没吃过，都做了顺手人情了，她干吗还上赶着讨那份罪受！

再说了，她就是自作孽，秦轶也不一定接受啊！送饭这种事情是他女朋友的专利，他之前乐意让她去做饭，那是他舍不得她女朋友辛苦。但舍不得不代表她就能剥夺他们秀恩爱的机会，这样的事情无论有多冠冕堂皇的理由，都透着点暧昧不清。

她害怕秦轶不好意思拒绝，所以先给他做了点铺垫：“好了好了，妈，这话也就是说说而已，人家秦大夫有女朋友，我干这个事多不合适！”

你要是真想报答秦轶，还不如想办法让你女儿以身相许呢！

她以为她这么做，秦轶是会感谢她的。

毕竟这种“舍生取义”的事情她很少做，一来没勇气，二来没决心。她从来没想过要放弃秦轶，却又不得不屈服于现实。

她能鼓起勇气说出这样的话，没有任何试探的意思，仅仅是为了能让她八卦的老妈安安分分地给秦轶留个面子。他那样有礼貌的人，肯定不会生硬地拒绝长辈的好意，但是如果答应，对他也是一种负担。

与其让他左右为难，倒不如她先有点自知之明。

她说完，秦轶就皱着眉以一副不理解的表情看着她，眼底有困惑，更多的是诧异。

施小语愣了一下，心里咯噔一声，暗叫不好，秦轶肯定是误会她的意思了！结合刚才的语境，秦轶一定以为她仗着在她自己的地盘，敢当着他的面醋意大发了。

妈呀！冤枉啊！她刚才的话当真没有半点歧义，纯纯粹粹是在为他考虑。

两人各怀心事地面面相觑，要不是老爸老妈在场，她差点就要当场跪地表忠心了。

又过了几秒钟，秦轶才悠悠地开口，带了些许疑惑和确认，问她：“这是你的意思？”

“……”施小语吃不准他话里的意思到底是褒是贬，愣了半天没作声。

但是，秦轶接下来的话却让她犹如天灵盖被劈了一道雷，瞬间被惊得外焦里嫩。

他转向施爸施妈，气定神闲地澄清：“我想小语可能是误会了。我没有女朋友，所以就算是送饭，也不会被误会，只是要辛苦她了。”

施爸施妈已经开始为这明显是他们吃亏的事喜不自胜了。施小语却半天没有回过神来，脑袋里瞬间被巨大的信息量充斥，堵得她反射弧都加长了。

秦轶说他没有女朋友，那苏冉算什么？他俩明明是天造地设的一对，言行举止间都透着默契熟稔，竟然不是情侣关系？

他说要辛苦她了，就是接受了让她帮他做饭这样暧昧中透着匪夷所思的事情。是不是也就说明了，他其实在心底里也默许了这一丝只可意会不可言传的暧昧？

幸福怎么会来得如此突然？

施小语觉得太过匪夷所思。她已经被打击到有了条件反射，梦寐以求的东西突然出现在面前，巨大的惊喜冲刷得她头昏脑涨，让她对已经发生的现实都有点无法接受了。

她也顾不得什么失礼不失礼了，一把将秦轶从沙发上拉起来，把他拖到客厅角落里，惊慌失措地问他：“你没有女朋友？你真的没有女朋友？那苏冉呢？苏冉不是你女朋友吗？”

如果你没有女朋友，我那点怀春少女的忧伤还算个屁啊！

秦轶不露痕迹地把她的手扯下去，语气不咸不淡地反问她：“我什么时候说苏冉是我女朋友了？”

那就说明不是了呗！

施小语高兴得直跳脚，不管秦轶喜不喜欢她，她总算少了一个强有力的竞争对手。前几天她为了到底是该追逐真爱还是该坚守原则不做小三，着实做了一番从尊严上升到道德人品的激烈的思想斗争。

而如今，完全没了这样的顾虑，她又可以潇潇洒洒地追求他了，人生真是处处有惊喜啊。

看她喜上眉梢，眼底都闪烁着兴奋的光芒，秦轶握拳在唇边轻咳了一下，冷着腔调道：“我只是说我没有女朋友而已。”

她清楚得很，没有女朋友，不代表就非要找她当女朋友，她只是获得了竞争上岗的机会而已。

她现在最不缺的就是自知之明，没了苏冉，说不定还有更优秀的王冉、李冉。秦轶生活的圈子比她要优越精致得多，而这个圈子里最不缺的就是名媛淑女。少了一个苏冉，多的是比苏冉段位更高的优质女人，所以，光是这一点还不足以让她沾沾自喜。

她只是庆幸，她总算有了一个可以继续光明正大追求他的理由。不管他是否不屑，是否漠然，亦或者未来的时光里，这样放肆追求他的日子会越来越少，她都不在乎。

暗恋中最苦的是单恋，而单恋的人最常挂在嘴边的话是，我喜欢你，与你无关。

她从前最为鄙视的就是这句话。无果的单恋最为孤独，与其给自己留个无望的念想，倒不如一开始就不要接触，把那一丁点的期望都及时扼杀了，将它对自己的伤害降至最低。

但是，当这样的事情发生在她身上时，她突然明白了这句话里透着的无奈和不甘。

没有一个人会从一开始就知道自己的暗恋注定是无疾而终的，每个人都想为了正视自己的真心而奋力一搏。只不过，运气好的，得偿所愿，运气差的，遗憾离开。

对于她来说，她一开始也并没有想得那么长远，她被秦轶的个人魅力所折服，所以想要追求他。历经了重重困难，两人之间的差距越来越清晰，她却依然不后悔。

长情专一的人往往也固执，他们认定了一个人，就会义无反顾地扑上去，哪怕摔得灰头土脸，也不会轻易放弃。她想着，哪怕最后的结果是不尽如人意的，她也不会放弃。

曾经轰轰烈烈地爱过一个如此优秀的人，在她以后的人生里，也是一件值得回忆和炫耀的事情。

两人嘀咕几句，就被施爸施妈召唤回去了。他们三个人继续热火朝天地聊天，施小语嘴角带笑，眉飞色舞地沉浸在自己的世界里不能自拔。

秦轶原本想走的，但是已经到了饭点，让人家客人坐了一下午，费了一堆唾沫，最后还饿着肚子走人，于情于理都不合适。于是，施妈继续利用她的三寸不烂之舌强行把秦轶留下来吃晚饭。

晚饭自然是施小语做的，施妈在一旁打下手，美其名曰是给她一个岗前培训的机会。

可拉倒吧，还不是因为老妈的厨艺不如她。

施小语是按着秦轶的口味准备的晚饭，这样的行为几乎已经潜移默化地流淌在血液里了。她不用刻意地思考，在准备食材的时候就已经惯性地规避了他不喜欢吃的，挑选了他爱吃的，怎么搭配可以让他吃得营养又健康，她就怎么来。

所以，当施妈一脸疑惑地说她："你爸都多少年不吃番茄酱了，你就别放了，等会儿他又该说你了。"她条件反射地震颤了一下，分外心惊地想着，不知道从什么时候起，秦轶对她而言已经如此重要了，重要到渗透进了她生活的细枝末节里。

"我爸不喜欢吃，但是秦大夫喜欢吃"这话，她死活没敢说出来。对于一个认为番茄酱就是西红柿高级别的自我伪装，并且打心眼里鄙视这种做法的施爸来说，她这个举动，小到影响吃饭质量，大到影响父女感情啊！

她默默地把番茄酱撤了，重新做了盘新的。

饭菜上桌之后，四个人落座吃饭。施小语在厨房里差点就暴露了自己的劣根性，这会儿一声不敢吭，看着老妈一个劲地给秦轶夹他并不喜欢吃的菜，她便秘似的绷得脸都红了，但还是顽强地不说话。

如果被她妈知道她连秦轶的饮食习惯都掌握了，后果一定不堪设想。

秦轶虽然并不是很喜欢，但面上依旧维持着让人如沐春风的礼貌，只是在入口的时候，表情有那么一丝的为难。

施小语挺替他难受的，这种不上不下的尴尬状态她也体会过。小时候去亲戚家做客的时候，她明明吃饱了，但是亲戚还以为她是矜持，可着劲地给她塞菜，她满脸的痛苦都被理解成害羞和夙愿达成交相辉映下的独特色彩。

往事不堪回首，她不能让秦轶栽她栽过的跟头。

“妈，你别给秦大夫夹菜了，人家自己有手，乐意吃什么吃什么。你老给人家夹菜，万一人家不喜欢吃怎么办！”

施小语以为她说到这种层面上了，她老妈应该能心领神会。但是，中年妇女大约被兴奋冲昏了头脑，直接反问秦轶：“秦大夫，你不喜欢吃吗？”

“……”施小语差点一头磕死在桌上。我的亲妈啊，你这么问哪成啊，人家是该说喜欢呢还是该说不喜欢呢？

果不其然，秦轶愣了一下，握筷子的手几不可察地抖动了一下，嘴角嗫嚅了一下，最终还是无力回应。

说时迟那时快，施小语端起秦轶的碗以迅雷不及掩耳之势把他不喜欢的菜扒拉到了自己碗里，然后立刻塞到嘴里大快朵颐。整个动作一气呵成，让施妈毫无招架之力。

之后的用餐过程愉快了许多，但是作为代价，她吃了整整一盘肉末芹菜。因为她的亲妈觉得她饿急了眼抢食的行为实在太难看了，干脆把整盘菜端到她嘴边，让她一次吃个够。

导致她准备洗碗的时候，一起身，肚子里的芹菜开始翻江倒海，满嘴的芹菜味。

收拾完天已经黑了，施爸施妈就撺掇她送送秦轶，秦轶没有拒绝，她自然高兴得很，换了衣服，屁颠屁颠地出去了。

这种和心上人月下漫步的事，光是想想就很美好。烟笼寒水月笼纱的意境，轻轻薄薄的月光，朦朦胧胧的夜色，一条石板路，两个拉长的身影，是要暧昧不暧昧的时候最好的状态。

施小语的心就快从嗓子眼里跳出来了，胸腔里一阵阵的发麻，她紧张到手心都出了一层薄薄的汗。

她并不是没有和秦轶独处过，但从来没有过如此隐秘却透着悸动的近距离接触。

她词都想好了，要真诚但不失矜持，娇柔但不做作，既能让秦轶明白她蠢蠢欲动的心，又不能表露得太赤裸裸。这个度要是拿捏好了，简直是事半功倍。

一会儿她得走在秦轶右手边，因为从心理学上讲，人在自己习惯性的方向上看待事物时，会从心理上把这个事物美化。到时候，秦轶就会为她的完美侧颜所倾倒。

不过短短几分钟，施小语已经浩浩荡荡地给自己排了一出大戏了，万事俱备只欠东风之时，秦轶一句话把她浇了个透心凉。

他出了门，直接跟她说："不用送我了，我开车来的。"

施小语看着不远处隐在夜色里的黑色车子，头一次感觉到什么是绝望。

见她目光呆滞，秦轶突然轻笑了一声，戏谑道："怎么，你不会以为我是走着来的吧？"

她当然没那么傻。她家虽然离他们医院不是很远，但是得出这个结论的前提是通过其他交通工具丈量，真走过来，那得到猴年马月。

都说恋爱中的人智商为零，她这还没开始恋爱呢，智商已经明显下线了。

好在夜色渐深，秦轶也看不出她脸上五彩变换的颜色。她硬着头皮装作若无其事的样子道："走着来倒不至于，我以为你会打个车，或者坐个……"啊呸，他像是坐公交的人吗！

秦轶看出了她的语无伦次，很贴心地顺着她的话说道："平时我上班也不怎么开车，今天是特殊情况。"

特殊？是因为距离远而特殊，还是这件事本身对于他来说就不单单是个普通的随访？秦轶对她的态度向来是简单粗暴的冷漠，鲜少会说这些模棱两可、容易让人想入非非的话。她本就是个定力不足的，怎么能抵挡得住这样的诱惑？

他说这样的话，是不是意味着他是专程过来的？如果患者不是她的父亲，而是别人的父亲的话，他是不是就不会舟车劳顿地来了，直接一通电话解决？

施小语陷在胡思乱想中不能自拔，越想越觉得，秦轶此行必定不简单。

她蠢蠢欲动地试探着问："对了，你为什么要专门过来呢？你可以给我打个电话，我把我爸爸的情况告诉你。"你专门过来，是不是为了见我一面，毕竟我都放假好几天了，我们俩确实有段时间没见了。

秦轶愣了一下，斟酌着怎么回答这个问题，眉宇间有一丝犹豫闪过。施小语心头一跳，忍不住在心底叫好，看来是有戏！

她铆着劲等着秦轶的答案，直到像是过了一个世纪般那么漫长的等待后，秦轶才给了她让她五雷轰顶的答案。

他面无表情又理所应当地说道："问你怎么行！我需要的是患者的主诉，也就是患者主观的感受。你又不是患者，怎么能清楚他的感受？"

"……"

秦轶开着车潇洒地离开了，留下施小语在夜风中欲哭无泪。

狗改不了吃屎果然不单单是骂狗的。

即便她在秦轶身上栽了无数次跟头，吃了数不尽的亏，但是一旦有了一点转机的苗头，她还是死皮赖脸地继续贴上去，继续自作多情，完全不知悔改。

她就是一条记吃不记打的狗，永远改不了那些臭毛病，秦轶就是……啊呸。

还是……江山易改本性难移这样的比喻比较妥帖。

第十章／

终于深爱你

秦轶自从那天撩拨了她一下之后就再无踪影了，有好几次她忍不住想要借汇报病情来行打探行踪之事，他的手机却一直是无人接听的状态。

人不怕孤独地思念，就怕茫然无绪地瞎想。如果她能知道秦轶在忙什么，倒也不至于每天胡思乱想的，可她压根不知道他在忙什么。

如果仅仅是因为病人，应该还不至于忙到没有时间接电话。如果是因为别的，那就有点让人想入非非了。

是不是因为他说苏冉不是他女朋友，惹怒了苏冉，然后苏冉一怒之下限制了他的通讯自由？

又或者是因为他家里人不同意他舍弃苏冉这样品学兼优、贤良淑德的好姑娘，所以对他进行了家法伺候，导致他身残志也不坚，接不了电话？

施小语的脑子里跟跑马灯似的转着乱七八糟的念头。人的脑子用在这种无关紧要的地方时，转得总是分外快。

苦等三天无果后，施小语决定求助外援。她给柳茜打了电话，为了避免打扰到她，她避开了所有他们可能正在进行某些不可描述的行为的时间段。

但是，当柳茜接起电话的时候，背景音还是带着那么点少儿不宜。

严重影响她酝酿关切焦灼的情绪。

她艰难地把事情说完，柳茜沉思了一下，难得严肃地劝她："你不要这么消极，他也不见得就是去撩其他妹子。人家既然说没有女朋友，那就指定是没有，你别乱想。暗恋这种事吧，就是得厚得住脸皮，沉得住气，别自己乱了阵脚。"

柳茜这一番话竟然让施小语听出了点温情的味道，她挺感动的。

只是还没等到这种感动转化成言语，柳茜就又补了一句："再说了，你对人家来说算什么人物啊，人家至于提防着你吗？所以说，实际情况很可能是，你给人家打电话，人家没顾上接，本来想着回头给你回复的，但是一回头，就给忘了。这种情况对于我们这种被追求者来说简直太稀松平常了！"

"……"

施小语原本还想寻求点心理安慰，但是打完电话，她发现她更不开心了。柳茜绝对是在故意给她添堵。

一个暑假过得飞快，人在心情放松、身心愉悦的情况下总是觉得时间过得跟加了速似的快。所以在这样快进的日子里，施小语对于秦轶的思念也好，不安也罢，都随之一起弱化了。

等她再回神的时候，已经要开学了。

作为广大学生党最痛恨的日子，施小语却充满了兴奋和期待。因为枯燥乏味的生活有了一个喜欢的人去填充，一切的空白都被渲染得五光十色。

她雄赳赳气昂昂地收拾东西出发，一路激情昂扬地赶去了学校。

学校，就是个让人深感矛盾的存在。

当你准备要来的时候，内心充满了愤慨和嫌弃，但是当你真正置身其中时，却又能以最快的速度立马适应它，等到再次离开时，又会情不自禁地发出“我怎么会在这种地方待了这么长时间”的感慨。

开学第一天，是从幼儿园起就默认的一道程序，发新书，排课表，然后班主任带着阔别已久的问候宣布几项新通知。大家各怀心事，几家欢喜几家愁地开始崭新的一学期。

那些零零碎碎、千篇一律的通知里有一项脱颖而出的，就是安排大家体检，美其名曰是为了能让他们健康地步入社会。

柳茜乐了，眨着她的卡姿兰大眼睛毫不客气地吐槽：“哟呵，这大帽子戴的，我不体检就不能健康地走进社会了？我爬着进行不行？”

施小语翻了个白眼，默默地腹诽，照你这种心理不健康的，就是去体检，也不一定检得出来。

体检是按照年级和院系来划分的，他们管理系的被安排在后天下午。在准备体检之前，填了一堆的表，说了一堆毫不隐晦的注意事项。

第一波前锋团队回来之后，学校里立刻涌现出一大批爆炸性新闻。比如说某优等生突然被曝做过人流并且还不止一次，又比如说某个同时交往多个男朋友并且天天泡夜店的花蝴蝶竟然还是处女，再比如说，做妇科检查的大夫竟然是个帅哥。

就跟不正经小网站弹出来的广告页似的，大家一边读得津津有味，一边又无比嫌弃。

没过多久，这些新闻的热度就下降了，大家讨论的话题开始往另一个方向上走。同性的隐晦八卦远不如一个异性的卓越气场传播度高。

所以，第二天的时候，施小语就得知了一个消息。做体检的一个男大夫，长得巨帅，气度不凡，既不热情到暧昧，又不疏离到冷淡，一副嗓子低沉性感得让人浑身打哆嗦。

他检查的时候对女生分外绅士，专业严谨，也克己守礼，全然不像其他大夫，把人当作流水线上的白斩鸡。

简直把禁欲系气质玩得说不出的溜。

体检的女生，没有一个能淡定的。

从前施小语总是觉得像偶像剧里演的那样，见到帅哥就神魂颠倒，激动到不能自已的行为是很白痴的。但是这会儿想想，如果这种行为稍微弱化一些放在生活中，还是可以理解的。

大家之所以激动，并不是因为没有见过帅的，没有见过气场强大的，而是因为一般又帅又气场强大的人，不是你随随便便就能见到的。

如果那些本应该出现在红毯上与你隔着一打安保人员的明星，脱去了光环，突然变成了你花几十块挂个号就能见到的，这种便宜，不捡白不捡。

所以说，仅仅因为出现了一个帅哥医生做体检，就在女同学中间掀起了热潮也就不稀罕了。

就连一向高傲的柳茜也忍不住八卦，想知道这个被描述得差一个发布会就能直接出道的帅哥到底是谁。

施小语的内心是古井无波般的淡定，对这些八卦消息和那些冒泡的粉红色少女心视而不见。她觉得，仅仅因为一个人的外貌就痴迷到死去活来的行为，不论对谁都是极其不负责任的。

现在的人说爱太过容易，因为一句话，一个眼神，一个动作，就能轻薄随意地说出所谓的“我爱你”。他们把这句话当作一个打招呼或者搭讪的方式，与真心无关。

白白糟蹋了这句话原本山盟海誓般的庄重。

她思想保守，内心别扭，哪怕被柳茜笑话，说她是死心眼，也不愿意让自己随波逐流。即便现在，她也仅仅敢说她是喜欢秦轶，而并非是爱。因为她只看到了他救死扶伤的一面，看到了他光辉神圣的一面，并没有和他一起经历过其他困苦，直面过任何艰难险阻，说爱，还远远没有资格。

喜欢，是单纯而阳光的；爱，是深沉而复杂的。只有既崇拜得了他所有的闪光点，又接受得了他所有的阴暗面；能爱他到义无反顾，也能讨厌他到恨不得和他一刀两断，把这两种极端的情绪糅合在一起，到最后还是舍不得离开他，这样的感情，才能称得上是爱。

在一片甚嚣尘上的八卦声中，施小语他们班也浩浩荡荡地向医院进发了。

一路上柳茜的表情就挺奇怪的，陷入了一副凝神思考且心事重重的境界，一会儿苍凉远目，一会儿长吁短叹，还时不时回头看施小语几眼，眼底神情复杂。

施小语明白她的顾虑，开心得很臭不要脸："你很担心是吗？"

柳茜没说话，施小语就当她是默认了，看她焦虑，也不好意思幸灾乐祸，语重心长道："没关系，你也不要太担心，一般被检查出来的都是经验不怎么丰富的。像你这样叱咤情场的，应该早就有所准备了。再说了，你自己最近不也经常去医院检查吗？应该没什么大问题的！"

她不说还好，说完柳茜的脸都黑了，立刻狂揍她："施小语，你狗嘴里吐不出象牙！我什么时候经验丰富了？老娘去医院难不成挂妇科的号看牙吗？那是因为牙疼才去的医院，拔智齿你懂吗？"

"……"施小语理亏，被揍了一路也没敢回击。

身边的同学纷纷向她投来鄙视中略带同情的眼神，施小语跟只锯了嘴的葫芦似的憋了一路。

到了门口，柳大小姐才消了气，但是开口说的话，又让施小语瞬间就傻了。

她说："结合我的情报搜索和强大的逻辑推理能力，我觉得，她们说的那个人夫应该是你们家秦轶。"

施小语的表情由疑惑不解到不可置信，最后变成无法接受，两只大眼睛瞪得大大的，小脸都红了，半天说不出话来，就只剩下呼哧呼哧地喘气。

柳茜也觉得自己过分了，都到眼跟前了干吗给她这多余的打击。两人并排往体检楼里走的时候，她于心不忍地小声地道歉：“小语，我刚才话说重了，你别在意。”

施小语也缓过来了，表情终于收敛了一点，就是脸颊上的红晕还没退，在熙熙攘攘的人群里娇羞地扯了扯柳茜的衣服，小声地说道：“你以后不要那样说了，我是在单方面追求秦轶，他还没回应呢！”

柳茜被她气得脸都绿了，合着她说了半天，这傻子就听见了最后五个字？

进了体检楼之后，他们就按小组分开各自体检去了。一共做五大块体检项目，大家交替着来，合理分配时间和资源。

施小语所在的组先去的是心内科，有分到普外科的女同学激动得跟夺冠了似的，把她看得直忐忑，心里头死活不理解，秦轶为什么会来这里做体检呢？

据她所知，像秦轶这种专业技术过硬、能力超群的医生一般是不愿意接体检这种活的。说白了这毕竟是没什么挑战性的工作，既浪费时间又浪费精力，性价比低得很。大多数情况下，医院会派专门的体检大夫来，再不济，就是科室里一些年轻大夫，就当是见世面了。

秦轶来做体检，做做压痛反跳痛，问问诊，简直是太浪费资源了。

要把百分之八十的资源用在百分之二十的人身上，这是默认的行业规则，重点资源投入重点客户才是发展的硬道理。所以说，秦轶来做体检，绝对有问题。

带着这样一番专业而深层次的思考，施小语进了心电图室，因为检查项目的特殊性，每次只允许一个人进去，其他人都在门外等着。

前面的人一出来，后头排队的人就跟狗仔队似的追问，大夫是男的还是女的啊？需要脱衣服吗？要脱到打马赛克那种吗？操作步骤是什么，会尴尬吗？诸如此类的，不厌其烦地挨个问，以便给自己积累点临战经验。

前面出来的女生面色还算正常，说大夫是一个和蔼可亲的中年女人，检测室的隐蔽性挺好的，并不觉得尴尬，不过衣服确实得脱到打马赛克的程度。

后头的人渐渐放松下来，既然是女大夫，也就没什么顾虑了。没了八卦的拖延，检查做得分外快。

没多久，他们这一队人就首战告捷，雄赳赳气昂昂地出来了，迎面遇上其他班级，跟长征胜利会师似的，个个就差热泪盈眶了。

吐槽的点主要围绕医生和患者之间的性别差异。比如说，为什么做心电图的是男的，又比如说为什么我美丽的胴体首秀，对象竟然是男医生而不是我男朋友？诸如此类完全带着少儿不宜成分的抱怨。

这些人考虑的完全不在点子上。

还是施小语他们组的一个小个子女生一语道破天机："可是给我做检查的都是女大夫啊，怎么到你们组还换了呢？"

此话一出，人群中瞬间沸腾起来。有人一脸高深莫测地透露消息，其实女大夫本来就稀缺，妇科那里人手都紧张着呢，但是不知道为什么，第一拨检查的时候，硬生生地调了几个女大夫过去，其中必定有猫腻啊！

并且，据说这个事还是那个传说中最帅的大夫提出来的，几乎已经是人尽皆知的事情了。于是乎，女生们开始猜想，会不会是因为男大夫的女朋友在体检队伍中，不想她女朋友的身体给男大夫看了，所以才给了这样的特殊待遇。

此猜测一提出，立刻受到了所有人的追捧。脑洞大开的同学们脑补了一场娇小女学生和冷面医生地下情的戏码，绘声绘色地描述着。远远望着，那激烈讨论的景象，让人仿佛看到了中国编剧行业的未来。

米尔格伦提出的六度分离理论中是这样说的：你和任何一个陌生人

之间所间隔的不超过六个人。也就是说，最多通过六个人你就能认识任何一个陌生人。

施小语则认为，你和任何一个玛丽苏言情故事之间只隔着一个女生以及她宏大到不可思议的想象力。

仅仅因为一组有女医生，一组没有女医生就能脑补出这样一场色彩缤纷的大戏。不得不承认，她在这方面，不是一个称职的女生。

大家继续热火朝天地讨论，结合之前帅得不合天理的话题，似乎前后关联起来更加有说服力。一个连贯性的故事就是冷面帅医生听说他的女朋友所在的学校要体检，便专门申请加入体检医生的行列，并且还贴心地替女朋友选择了女大夫，就是为了保护她的隐私。

这种霸道的回护和透着雄性荷尔蒙的占有欲简直让人欲罢不能。

玛丽苏情节还在加深细化中，施小语兴致缺缺，跟着大部队继续进发。

一路做了两大块的体检，等到了普外科诊室门口，施小语平静许久的心突然开始动荡不安。

她害怕一门之隔的诊室内会真的是秦轶在坐诊。她不相信春心萌动的女生们编造的美好故事，却深刻地明白，在这样陌生而公式化的环境里，她之前的努力都会被抹杀，仅仅变成无数陌生人中最为普通的一个。

排在前面的女生挨个进去，进去的时候面带忐忑紧张，出来的时候双颊酡红，激动中透着娇羞，嘴里叽叽喳喳地议论着，每一个字眼都透着喜色。

施小语零零碎碎地听到了一些，例如男大夫长得果然不负众望，谣传当真没有增加水分，他的气质出类拔萃。还有一个女生激动地高呼，说她看到那大夫的名字了，姓秦，单名一个轶字。

大家开始感叹，果然是人如其名！

施小语心口一沉，说不出自己到底在失落什么。

很快，队伍就排到她了。她双目无神地走进去，和周围心潮澎湃的人群形成了一道鲜明的分界线，带着独一份的失落，看着怪异得很。

诊室很大，被分割成了三个小单间，被一道道屏风隔离开。没有固定的顺序，哪个隔间空下来就去哪个。施小语想着，那个队伍快排到门口的隔间，里头坐着的人，一定是秦轶。

看着神采飞扬的漂亮姑娘选美似的排着长龙，施小语心情复杂，从前她还颇为乐观地安慰自己，觉得凭借自己的顽强毅力，不管有多少竞争者，她都能所向披靡，一一击退。

但是这会儿瞧了一眼，且不说以后随时随地前仆后继不停涌现出来的新人，光是他们学校这一拨，都会让她累个半死不活。

这段没什么根基的感情如果只靠她一个人维持，脆弱得像捧沙，轻轻一撮，就什么都不剩了。

她莫名地觉得颓丧。

她不想和任何人分享秦轶的优秀，也不愿意听任何人对他的觊觎。她不愿意吃漫天的飞醋，所以选择一个人闷闷不乐。

因此，整支队伍里，就她一个人选择了旁边空着的诊室，当真是特立独行到成了夜空中最亮的星。

有和她相熟的同学劝她一睹冷面帅医生的风采，她特别高风亮节地拒绝了。

她不仅见过，都刻在心窝窝上了，有用吗？屁用都没有！

她进了小隔间，大夫是一个中年男人，戴着口罩，看不清面相，双眼澄清深邃，看着很是稳重专业。见她进来，收了她的体检表，手指头往诊疗床上一指，言简意赅道：“躺下。”

施小语脱了鞋，乖乖躺上去，想象着秦轶冲其他女生说这样的话时，那些春心泛滥的人在脑海里翻腾的十八禁的画面，她就觉得心里酸得要滴出水来。

她兀自伤神着，连那大夫说什么都没听清。大夫在床尾站着，她只好抬起头，略带愧疚的表情做得很是僵硬："不好意思，您刚才说什么我没听清，您能再说一遍吗？"

"我说，一会儿有另一个大夫给你做检查，你别动，他很快就过来。"

施小语虽然疑窦丛生，却没敢开口问为什么要换人，只好把脑袋又放回去，乖乖地等着。

这种仰面躺着的姿势，舒服中透着点尴尬，和别人不同的视觉感官让人分外难受，像是什么摆件似的，搁在这里给人瞧。她盯着天花板上那盏吸满了蛾子的小灯，听见帘子被撩起又放下的声音。

没多久，同样的声音又响了起来，那个替换的大夫进门了。

施小语没有在第一时间看清来人，只是鼻端突然多了一股清爽冷冽的味道，好闻又有点莫名的熟悉。在充斥着消毒水味、酒精味的诊室里，分外沁人心脾。

大夫背着身子窸窸窣窣地准备着检查用物，施小语仰着脖子偷偷看了一眼，总觉得这板正精瘦的身材看着有点熟悉。在她的印象里，能把白大褂穿得干净挺括的人并没有几个。

她刚有点不切实际的念头，大夫就突然转过身来，吓得她往回搁脑袋的时候差点落枕。

她继续盯着天花板瞧，只能凭借除眼睛以外的其他感官来判断他在做什么。他拆开了一次性口罩的包装袋，戴好口罩，又取了一副手套，利落地戴好。

施小语心里嘀咕着，这样干巴巴地等着，气氛太尴尬了，再怎么说人家也是替她做检查的医生，她怎么着也得先打一声招呼吧。她在心底打着草稿，是该说医生你好，还是该说谢谢你替我检查？

没等她酝酿好，大夫已经开口说话了。他手里拿着她的体检单，从她的角度看过去，只能看到那张薄纸后面影影绰绰的轮廓，他的声音清冷低沉，开口道：“你就这么不想见我？”

赫然是……秦轶。

施小语整个人僵在床上动弹不得，血液瞬间凝固住，呆滞到呈挺尸状态。她无论如何都想不到，秦轶会换过来，究竟是巧合，还是其他原因？

如果仅仅因为巧合的话，他应该会觉得诧异，而不是现在这样半质疑的态度。

也就是说，他得知了她要来体检，并且知道了她没有选择他，而是选择另一位大夫做检查，所以特意和这位大夫换了岗，专门过来给她做检查。

她惊吓到语无伦次，磕磕巴巴了半天才说出一句完整的话：“你是……专门过来……给我体检的？”

秦轶戴好听诊器准备替她做检查，手上的动作干脆利落，说的话却透着漫不经心：“你是这么认为的？”

他言语中的冷淡让施小语清醒了一瞬间，这样的话连她自己都不信，秦轶会不屑也实属正常。这是唯一一次她被秦轶打击却全然没有一点失落，反而有那么一瞬间的轻松。

惊喜来得太突然，让她有点难以消化。天上掉馅饼她还能幻想一下，要是掉钱，她就得想想是不是自己追求秦轶无果，开始出现妄想症了。

秦轶准备好之后就开始检查了。普外科的检查相对简单，基本上是普通的听诊，问诊和触诊。

但是简单不代表不尴尬。

当秦轶让施小语把衣服撩起来露出小腹的时候，她紧张得都快绷出腹肌了。如果是普通医生，那也就罢了，无非是病人和患者的关系。但如果对象是秦轶，那意义就大大不同了，他可能仅仅是把她当作患者，可是她这心猿意马的，压根就不能把他单纯地当成一个大夫。

她跟贞洁烈妇似的揪着自己的衣服不放手，脸颊一点点地涨红。秦轶笑了，露在口罩外的一双眼睛泛着戏谑的光，眼尾高高地挑起，不轻不重地问她："我是在给你做体检，你摆这副害怕我非礼你的样子做什么？"

他似乎在嘲笑她的自作多情，就着两人这样一个躺着一个站着的姿势，他的姿态越发显得高高在上。施小语的心一点点回落，四处弥漫的激情终于彻底被浇熄了。

她在他眼中，一直就是这样一个可有可无的人，身份可以是一个普通的学生，也可以是他的病人家属。再者，就比如现在，她也可以是他的患者。

仅此而已。

她也没觉得多难过，这样患得患失的感觉她早已经习惯了。调整了心态，她像要就义了一般，两手把衣服下摆一掀，心中高呼了一声，来吧，我准备好了！

只是，她看开了，秦轶却不知道为什么，莫名开始不自然了。

他戴着口罩，施小语自然看不清他脸上的变化，却看见了他一点点红起来的耳朵尖。

施小语对自己的身材很有自信，虽然算不上火辣，但是好在匀称纤细，在什么情况下都不会给她丢脸。所以说，秦轶不应该是在嘲笑她的赘肉。

刚才还扮冷面阎王的人这会儿怎么局促得像个小姑娘？施小语在心里吐槽，被冷眼相向的郁闷和追求无果的挫败感打击了半天的她终于爆发了！

她设想的场景应该是这样的，她霸气地把衣服一盖，然后一个鲤鱼打挺坐起来，潇洒地跳下手术床，甩给他一个冷漠脸，然后一字一顿地告诉他："你还检不检查了？不检查我可就走了啊！"

但是，就在她实施第一个步骤的时候，她的嚣张气焰就已经半点不剩了。

谁能告诉她，为什么她撩个衣服下摆能撩到胸口上？秦轶仅仅是因为看到了她黑色蕾丝小碎花的多元素内衣的边缘才变的脸，跟她脑补的那些有的没的一点关系都没有。

这下她是真跟一条死鱼一样了，躺在床上就是一个大写加粗的生无可恋。她在秦轶面前，怎么就没有一次是端庄大方、优雅高贵的呢？

小隔间里的气氛极其诡异，外头人声嘈杂，越发衬托着里面寂静得可怕。

思来想去，施小语还是猛然坐起来，先开了口。毕竟这场尴尬的源头，是因为她动作太过彪悍。

"秦大夫，你做检查吧。一会儿我该做别的项目了。"你要是不做，就痛快放我走吧。这样的气氛下，我多待一秒钟都是受罪啊！

秦轶终于从刚才的尴尬中缓过神来了，一秒钟就又恢复成了高冷的模样。施小语大惊，嚯，比川剧变脸还厉害啊！

秦轶拿指节轻轻叩了叩床沿，用不容抗拒的态度说道："躺下！做完了再走。"

施小语的脸突然就红了，闷声不吭地又躺了下来。

不能怪她思想龌龊，是秦轶这动作结合暧昧不清的描述，很容易让人想歪啊！哪有人拍拍床说"做完了再走"这样的话。

施小语平躺着，小心翼翼地撩开衣服，露出她光溜溜的肚皮。秦轶顿了一下，隐约间，她似乎看见他瞳孔紧缩了一下，但是那样深邃浓重的颜色转瞬即逝，她觉得应该是她看错了。

秦轶开始例行检查，拿着听诊器在她肚皮上滑行。

听诊器的每一次接触，都像是狠狠地擦在她的心口上。她浑身上下的热血都绷在那一处，只能小心地调整呼吸，不去看秦轶，不去想他们之间这样微带暧昧的动作，拼尽全力脑补老教授那张庄严肃穆的脸。

只可惜，秦轶故意不让她好受。

他把听诊器停在她胸缘下方，如果不是因为那里是肝脏，施小语一定以为他在耍流氓。他停下来之后就再也没有任何动作，空着的手撑在她头侧，微微垂了头，声音慵懒绵长地问她："你觉得我仅仅是专门换了岗替你做检查吗？"

施小语脸颊发烫，眼神都不敢往秦轶身上落，她害怕自己会忍不住春心荡漾。她喜欢他喜欢到无法自拔，他还用这么暧昧的腔调和动作撩她，万一她把持不住把他扑倒了，传出去多难听啊！

她不表态的态度让秦轶很不满，他干脆抬手扳正了她的下巴，逼她正视他。之后近乎咬牙切齿地说道："你以为女大夫真的多到能分去做心电图检查吗？为什么你所在的组是女大夫，而其他组都是男大夫，你没想过其中的原因？"

施小语的脑袋几乎死机，一点都运转不了。

秦轶还不死心，一点点地凑近她，轻嗤了一声，格外鄙夷地总结道："你还真以为我闲到有时间揽这么一摊子破事，嗯？"

"对，你确实……挺忙的，暑假我给你打电话，你都没接……"

"那几天……确实有事。"秦轶并不是故意冷落她，只是那几天恰好在和秦严对峙。毕竟在秦严眼里，苏冉已经是秦家的准儿媳了，怎么会接受一个半路杀出来的程咬金？

"那你这么忙，为什么还接体检啊？"

施小语从前总觉得明知故问这种事情显得智商下线了似的，透着一种让人无语的白痴。

但是当你明知故问的这件事情完全超脱了你的预知，让你完全接受不了的时候，你再说这样的话，就会显得分外的诧异和无辜。

她不太相信秦轶会为了她做到这种地步？他图什么呢？

像是为了佐证她心中大胆的猜想，秦铁拿大拇指摩挲了一下她的下巴，特别郑重其事地回答她：“当然是为了你。”

长久以来因被他虐而养成的劣根性让施小语对秦轶这句话，形成了暂时性的理解无能。

为了她，为了图她什么？毕竟除了一颗纯粹而赤诚地喜欢他的心，她什么都没有。问题是，他压根就不稀罕她这份心意啊。

就在她完全呆滞的时候，秦轶接下来做的事情可以说是把她吓得差点就回炉重造了。

他一把捏住她的下巴，低了头，唇瓣准确地印在她的双唇上。

秦轶……吻她了。

是的，就是那种异性之间唇齿纠缠的、最原始的、完全超脱于检查之外的动作。施小语幻想了无数次，早晨醒来含羞带怯都不敢和柳茜说的那种亲吻。

她整个脑袋都快爆炸了，全身的血液都冲到了脑门上，以至于双手变得冰凉一片，连关节都仿佛冻僵了一般动弹不得。

秦轶的双唇很凉，薄薄的唇，柔软而湿润，触感极好，像是果冻或者布丁之类的东西。施小语没和人接过吻，不知道接吻应该是什么感觉。她只听柳茜说过，接吻会让人感觉身心放松，倍感愉悦，心潮澎湃，情难自已。

可是她压根没有感觉到什么情难自已，她唯一的感受就是太紧张了，紧张到脑子一片空白，死机了一样，完全存不了档。她扑通扑通的心跳声如雷贯耳。

她终于明白了什么叫一个世纪般的漫长。

等她再次有意识的时候，是秦轶贴在她耳边低笑着说道：“你倒是换气啊！你要憋死自己啊！”

她想象中的初吻起码应该是他们两人在情投意合的情况下发生的。

两人有了足够温暖暧昧的感情基础，只差戳破最后一层窗户纸。一场小浪漫的约会作为前提，吃饭看电影这样俗到掉渣的活动都不介意，气氛酝酿到足具浓情蜜意的时候，他柔情似水地吻下来，她娇羞万状地依偎在他怀里。

光是那么想一下，都觉得含糖量直飙五个加。

再怎么着也不该是现在这副样子。秦轶倒是衣冠楚楚，她却是秉承了一贯的风格，凌乱中透着一丝若有似无的疯癫，毫无形象可言。

她就在这人声鼎沸、环境嘈杂、袒露着光溜溜肚皮的情况下，被秦轶吻了。

接下来的反应，她依旧沿袭自己的风格，很没出息地……撒丫子跑了。

估计秦轶也没有预料到她竟然不是幸福地晕过去，而是被吓得慌不择路地逃跑。

她刚一跑出去，就立刻被隔间外的女生团团围住了。她们自然不会想到她们脑补的玛丽苏文里，女主角会是她这个露着肚皮惊慌失措的人，例行公事地问她："怎么样怎么样？里头的人是秦大夫吗？刚才有人看见秦大夫进去了，是不是给你做检查了？"

施小语现在听到秦轶这两个字就缺氧，当下也不管别人会不会诧异，推开人群，慌不择路地逃窜了。

之后的检查施小语做得心不在焉，柳茜瞧出了她的异样，不怀好意地问她："你这是怎么了？一副给人非礼了的样子。"

"……"施小语没说话，心里酝酿着，该怎么描述刚才发生的事情，才不会让柳茜以为她是在异想天开。

柳茜一看她这副含羞带怯的模样，不可置信地高呼："施小语，你不会真的被非礼了吧？被……秦轶？"

惊讶的语气中还透着一丝"你是不是在逗我玩"的不信任，施小语明显听得出她话里停顿的那一下就是在给她承认错误的机会。

见证了她坎坷情路的柳茜是最有资格鄙视和质疑她的。毕竟，从她平常那种可怜劲就可以看出来，她的努力压根就是白费。

就像你虽然每天头悬梁、锥刺股地好好学习天天向上，但是每次考试都是垫底的分数，却在高考的时候突然考了个全市第一。

大家绝对不会相信这是你的实力，关注你是不是找了某种精妙绝伦的作弊方法才是正常反应。

果然，柳茜接下来说的话就是："你不会是被打击得恼羞成怒，把秦轶给强吻了吧？虽然有这样的心态很正常，但是不提倡啊！万一你把秦轶惹毛了怎么办？"

"……"施小语苦着脸，格外委屈地解释，"我真的没有强迫他，是他先吻我的。我当时还在床上躺着呢，露着肚皮……"

"啊？！这么劲爆！看不出来，秦轶这个闷骚的老男人，平时一副不近女色的苦行僧模样，激动起来连诊疗室都不放过……"

"……"施小语无语，在心底悲痛地想着，她现在需要的是心理安慰和心态调整，不是十八禁的小黄文啊！柳茜这个大写的女流氓。

等体检彻底结束之后，一大拨人三三两两地溜达着回学校。直到这时，柳茜才结束了十八禁创作，终于正经了一点。

"他光亲了你，也不能说明什么。秦轶是一个三十好几的老男人了，怎么可能还玩这些幼儿园的玩意儿，亲你一下就得对你负责到底。所以说，你要确定，他是在暗示他喜欢你，还是想说他喜欢你的肉体。这是两个天差地别的概念，你一定要把握好尺度。"

"他还不到三十……再说了，秦轶不是那种人，不是每个男人看到女人都会想着肉体的事……"

施小语还没说完，就被柳茜残忍地打断了："你可拉倒吧！你没有秦轶长得好看，没有他魅力大，没有他身材好，没他有能力，没他有钱。

你说他除了能图你的肉体，还能图什么？”

“……”施小语被柳茜打击得哑口无言，三观严重被震撼，不自觉地开始怀疑人生。她发自内心地想着，或许秦轶图她的肉体比喜欢她这个人，更能让她接受一些。

接下来的日子，施小语依旧过得浑浑噩噩的。她沉浸在那个吻中不能自拔，一个人胡思乱想着，魂不守舍。秦轶却再没有任何动静，没有解释那天的事情，也没有主动联系过她。

日复一日的，就连她都开始忍不住怀疑，那个吻是不是她臆想出来的。亦或是，那个吻什么都说明不了，真的像柳茜说的那样，他可能仅仅是被她光溜溜的肚皮给诱惑了，纯荷尔蒙驱使的生理行为，与感情无关。

就在施小语已经差不多从那个让人轻飘飘、如梦似幻的吻里挣脱出来的时候，秦轶的电话来了。

电话内容很简单，也没有供她想入非非的空间，他只说了一句话：“把你爸爸最近的情况和我说一下吧，我要整理病历报告。”

施小语一拍脑门才想起来，还有正事没办呢，当下也没有心情春心荡漾了，赶紧给家里打了个电话。

她跟写作文似的把老爸术后恢复的情况详详细细地写下来，还认真做了标注。她上学交作业都没这么勤快过，如果她学习能有这种劲头，兴许这会儿也是学霸一枚，秦轶也能高看她一眼了。

整理好秦轶要的东西，施小语就心潮澎湃地上路了。临出门之前，她觉得似乎忘记了什么东西，但是被兴奋冲昏了头脑，死活想不起来忘了什么。

她屁颠屁颠地赶去医院，这会儿已经快中午了，但秦轶诊室门口的病人还是排了长队。

她等了没一会儿，秦轶就出来了。他穿着干净挺括的白大褂，额前微微汗湿，唇色泛着白，整个人透着一种白净清爽到不正常的气息。

“你稍微等我一下，还有几个病人。”

施小语在心中偷偷嘀咕，中华文化博大精深，两个可以叫“几个”，十几个竟然也可以叫“几个”。她不想耽误他太多时间，干脆把手里写好的报告递给他：“没关系的，我就是送这个过来，你继续忙你的就行。”

秦轶愣了一下，恍惚之间脸色似乎暗了几分，很快就恢复正常，公事公办地否决了她的提议：“你写的东西我怎么看得懂？与其来回返工，不如一次性解决了。”

“……”她写的是横平竖直的汉语，有什么看不懂的？他一个写病历写得龙飞凤舞的医生，还好意思质疑她的书写能力。

秦轶的脸色不是很好看，隐隐有点火星子上头的意思。施小语有些局促，不敢反驳他，闷声回答道：“好吧，那我等着你。”

“嗯。”秦轶极其敷衍地应了一声之后就转身离开了。那一抹白色的衣角轻飘飘地从施小语面前滑过，等她回神时，就只听见了一声清脆的关门声。

她抱着报告在候诊椅上坐着，心里闷闷的，刚才出门时的激情昂扬瞬间被浇了个透心凉。

她原以为秦轶对她的态度会有所改观，不管那个吻到底能不能说明问题，起码它是发生了的事实。

再说了，明明是他主动的，到头来，他却像个没事人一样，白白撩拨得她寝食难安了这么长时间，他依旧对她是那副爱搭不理、不冷不热的态度。

真是想想就让人窝火得很！早知道这样，当初就不该跑，多占点便宜才是。

就在她百无聊赖地腹诽时，秦轶匆匆从诊室里出来了。他额前汗湿了一片，白净的脸颊上浮了一层薄汗，莫名的看着格外性感。

秦轶低头看施小语的时候，急促的呼吸轻轻抚在她的脸上，结合着他脸上的汗，让她不可抑止地想歪了，导致他说了什么，她压根没有听清楚。

“啊？你说什么？”她像个智障似的问道。

秦轶难得的没有生气，颇有耐心地又说了一遍：“你爸妈不是让你给我带饭吗？饭呢？”

施小语愣了一下，总觉得这话听起来哪里怪怪的。他的语气颇为理直气壮，眉宇间还透着一丝笑意，无论是言辞还是神情，都微带戏谑。

她懊恼地拍了拍脑门，小声地嘀咕：“我就说有什么事情忘记了，原来是忘记做饭了。”

秦轶勾了勾唇，顺势说道：“既然这样，那作为补偿，你就陪我去吃饭吧。”

施小语总觉得他深不见底的眼底带了一丝她看不清的意味，却不敢深究，害怕自己再次不明不白地会错了意，平白无故地再失望一次。

无论是那个吻，还是他态度的转变，她都不能乐观得太早。她宁愿是先失望再高兴，也不愿像从前那样，白白期待了一场又一场，最后被打击得七零八落。

那种患得患失的自作多情，她不想再体会了。

所以，她告诉自己，这仅仅是补偿，本来就是她的错，是她没有给他带饭。

但是，她凭什么给他带饭呢？

她一脸疑惑地盯着秦轶的背影瞧，似乎是心有灵犀一般，他突然回过头来看她，回眸那一瞬间，他狭长的双眼似乎是盈满了繁星，璀璨而耀眼。

施小语迅速捂住自己狂跳的心口，默念了三遍，罪过了，罪过了，罪过了！你这是撩死人不偿命啊！

她跟在秦轶身后一路到了他的办公室。那个吃了她一个月爱心午餐的大夫也在。看到她进来，跟久别重逢的好友似的同她寒暄："哎哟，小姑娘你来了啊！好久不见了啊！今天没给秦大夫带饭啊？"

他笑得一脸欠抽，施小语瞪大了眼睛，没好气地说道："就算带了也不知道便宜了谁呢！"

对方贱贱地补了一句："这可不能赖我啊！我可从来没主动夺人所好啊，都是秦大夫给我的。他嫌弃你做的饭，我可从来没有嫌弃过！"

所谓猪一样的队友，大抵如此了，这人的脑子是泡了福尔马林了吗？怎么能如此不会说话，分分钟让所有人尴尬无比。

她和秦轶之间，虽然现在相处起来自然了许多，但是不代表就能消弭从前他带给她的冷漠感。

尤其是送饭这件事，她的一番真心更是被他毫不客气地糟践。

即便她知道，秦轶并不喜欢她，没有必要接受她的好意，但回头想一想，还是觉得心里堵得慌。

这会儿两人的关系好不容易缓和了一点，还被这人硬生生地抛出了尴尬的陈旧往事，简直让秦轶下不来台。

但凡让秦轶不舒服的，那就是与她为敌。

"那是因为你一个人，看你可怜才给你吃的，我们都是在外面吃过了才回来的。单身狗才一个人吃饭！"

这人果然被她带跑偏，义正词严地辩白："我孩子都好几岁了，要说单身狗，秦大夫才是正儿八经的黄金单身狗……"

施小语和那大夫势均力敌地斗嘴斗得不亦乐乎，秦轶背对着她换下身上的白大褂，眸色渐渐变深。

这样的场景看着分外熟悉。不久之前，他还对这个打着感谢救她父亲的幌子缠着他的小姑娘烦不胜烦，恨不得立刻甩脱她图个清静。

但是不知道从什么时候起，他习惯了她在自己身边。她虽然话多，但不聒噪，不会做任何让他不舒服的事，热情也有限度，只要他有一丝不耐烦，她就会立马识趣地离开。

她不是他见过的最漂亮的，却是让他感觉最舒服的女孩子。她温柔得润物无声，细腻又贴心，让他这样乏味忙碌的人，也能感受到久违的热情。

她能照顾到他生活中的每一个细节，甚至不需要他说明，她就能明白他想要什么，简直贴心到不可思议。

她虽然在疯狂地追求他，却一直恪守本分，从来不会耍什么心机，用什么手段，干净透明，真挚可贵。

她……当真是个极其适合他的好女孩，为什么他到现在才后知后觉地发现呢?

他想起之前的那个吻，确实是他一时情动，冲动之下所为，却并不完全是生理冲动驱使。他清楚得很，作为一个医生，他不至于看到一个异性裸露的小腹就把持不住。

他之所以控制不住，是因为躺在那里的人，是她。

她虽然瘦，但是身材很好，曲线玲珑，胸前高耸，腰间窄瘦，两条腿又细又长……

他正走神，就听见他的同事气急败坏地大吼了一声："你个伶牙俐齿的小姑娘，你光在这里挤对我干什么啊，你追不到秦轶是怪我喽？"

秦轶突然低咒了一声，他的小姑娘可是在被人欺负着呢，他竟然还有闲心思想入非非。

施小语承认，这厮最后一句戳中了她的软肋。她顿时跟被戳破的气球似的，一点气势都没了，这个臭不要脸的，一刀捅人心口上，讨厌死了！

她恼羞成怒地扭头就走，临走之前还和秦轶报备了一下，声音闷闷的，委屈得很："我不和他吵了，我去外头等你吧！"

秦轶轻轻地点了点头，把忍不住摸她脑袋的手硬生生地收了回来。

施小语出去后，秦轶的脸瞬间沉了几分，冲对面得意扬扬的人轻飘飘地说道："你怎么知道她没有追到我？当事人就在这里，你就能替我做决定了？"

那人愣了一下，瞬间发现自己挖到大八卦了，"什么时候追上的？你一开始不是挺烦她的吗，怎么态度突然转变这么多？"

秦轶穿好外套，面无表情地问他："你和你老婆是一见钟情吗？"

他老实地摇了摇头，心里一琢磨，这么说倒也是，两个人一开始就能看对眼的毕竟是极少数，感情都是慢慢培养出来的，估计是小姑娘的真心把我们的冷面秦大夫感动了。

他后知后觉地感悟："哦，原来是这样啊……"

秦轶戴好腕表，神情冷淡地打断他的感叹，没什么起伏地说道："一见钟情一般钟的是脸，你这样的，一定是日久生情。"

听了这话，他把剩下的话噎回肚子里，被秦轶气得不轻。他还以为秦轶是准备和他开诚布公了呢，原来是打击报复来着！

真是万万没想到，有了心上人的秦大夫这么小肚鸡肠，睚眦必报！

啧啧啧，可怕！

办公室里的"明枪暗箭"，施小语全然不知，秦轶穿戴整齐出来的时候，她还有点尴尬，干笑了两声，什么话也没说。

她清楚秦轶不喜欢她，也知道自己追不上他。但是，知道是一回事，被人当面揭穿是另一回事，她是能顽强拼搏，可是还没修炼到没脸没皮的地步。

所以，秦轶开车带她去吃饭的路上，她一句话都没说，沉浸在自己的尴尬中不能自拔。

/第十一章
把心给你

吃饭的地方看起来很高档，无论是装修风格还是服务态度，都透着大把人民币的味道。

两人落座，施小语仿佛进了大观园的刘姥姥，一个劲地感慨："难怪你不乐意吃我做的饭呢！你天天来这种地方吃饭，我的手艺怎么入得了你的眼。"

秦轶正在给她倒水，听了她的话，手上的动作一顿，既而面无表情地反驳："我平时也只是叫外卖而已，哪有那么多精力来这里折腾。"

"……"施小语乖乖地闭上嘴，知道自己又把天给聊死了。刚才的尴尬气氛又弥漫上来，她低了头，嘴角僵硬地抽搐了一下，再没说话。

但是，就在气氛快要变得更加尴尬的时候，秦轶却突然又补了一句："我是专门陪你来的。"

施小语觉得自己的小心脏跟坐过山车似的忽上忽下，秦轶的这句话简直让她瞬间飞上了天堂。为了避免再次摔下来落个死无全尸，她格外小心翼翼地客套道："我其实也无所谓的，随便吃点就行。"

她的自我安抚还没奏效，秦轶就又给了她一记暴击。他勾了勾唇，露出一个若有似无的微笑，一点都没有开玩笑的意思："第一次请你吃饭，怎么可以随便。”

施小语狠狠地拍了拍自己的脸，她严重怀疑自己最近神经衰弱，对秦轶的意淫都具象化了。

见她目光呆滞，秦轶脸上的笑容渐渐扩大。他端起面前的水杯喝了一口水，掩饰了嘴角的弧度，才淡淡地说道：“之前是我不对，不该那么对你。我承认，是我错了，以后你做的饭，我一定好好吃。”

他说完，施小语是彻底接受无能了。她觉得自己的脸烫得就差从耳朵里喷火了，她端着水杯连喝了两杯水都没能平复内心的躁动，话说得语无伦次：“那个……我去……洗一下手……去一下洗手间……”

她慌不择路地逃窜，把冷水狠狠地扑在脸上，看着镜子里满面桃花的自己，觉得简直不可思议。刚才秦轶的意思那么暧昧，他是不是觉得她终于变得有那么一点点不同了？

这一切，到底是不是她在自作多情？她真的快分不清了。

她在洗手间里待了很长时间，心神不宁地来回踱步，在心底背了一遍大悲咒才让自己冷静下来。她已经受够了高兴得太早的苦，她不能每次都记吃不记打。

秦轶话里的意思兴许只是单纯地道歉，毕竟他是那么绅士温柔的一个人，肯定不愿意女孩子当着他的面被他同事呛得下不来台。

应该就是这样的。

施小语给自己做好了心里建设，深吸了一口气，正要往外走，一回头，却见秦轶站在门口，眯着眼瞧她。

她登时被吓得三魂去了两魂，腿软得直想扶墙，腮帮子都僵了：“你……你……你……也来上厕所啊？”

秦轶懒洋洋地笑出声：“没有，我来看看，你在卫生间待了这么长时间，是不是需要帮忙。”

他这样戏谑的模样更让施小语招架不住，好不容易褪了色的脸颊又火烧火燎起来。平素他那么冷冰冰的样子，她都被撩得把持不住，现在他换了一副姿态逗她，她简直分分钟想投降。

她紧紧捏着拳头，以免自己瘫倒在地，跟个老太太似的，颤颤巍巍地说道：“我没什么，那个……现在可以去吃饭了。”

“你确定，要这样去吃饭？”就在她想要快速从秦轶身边逃出去的时候，却被他拦腰卡住，挡住了她的动势。

她没理解他话里的意思，直到他温热干燥的手掌沿着她的腰际划过去，把裙角从安全裤里扯出来。

那一刻，她才是真正的生无可恋。

也就是说，刚才她背对他站着的时候，真是春光无限好啊。

她懊恼地想哭，并且是真的哭了。

她也说不上来是为什么，激动、不可置信、患得患失，还有走光后的羞愤，这些情绪混杂在一起，让她实在难以承受。

她揪着自己的裙摆，低着头，眼泪扑簌簌地掉。

她这么一哭，秦轶突然乱了阵脚，也不敢再逗她，掏出手帕，慌乱地替她擦拭着汹涌而出的眼泪，嘴里柔声哄着她：“你别哭，我又不是流氓，故意偷窥你。”

他见惯了她元气满满、乐天活泼的样子，头一次见她哭得这么伤心，简直手足无措。

女孩子本来脸皮就薄，他还当面揭穿她走光的事实，她不哭才怪了。

卫生间来来往往都是好奇的路人，看他们的眼神都带了几分疑惑和打趣。秦轶实在受不了这异样的眼光，覆在她耳边轻声道：“别哭了好不好？别人还以为我欺负你了。”

秦轶不说还好，一说施小语哭得更厉害了。她心里想着，你这样倒还不如欺负我呢！

我平时都给你欺负惯了，你突然对我这么好，就跟平时喝中药喝惯了，突然嘴里塞了块糖，都觉不出什么是甜味了。

她也觉得自己挺丢人的。表白被拒，甚至误会秦轶有女朋友的时候，她都没哭，这会儿她梦寐以求的事情实现了一半，反而控制不住自己的眼泪了。

这种时候，除了喜极而泣，没有更直白的表达方式了。

秦轶就这样任她哭着，既不嫌弃她磨叽，也不给她“灌鸡汤”，一只手绅士地轻拍着她的肩膀，轻轻地安慰她，另一只手拿了手帕擦她眼角的泪。

施小语觉得自己大概是被刺激得疯狂了，根本承受不了他的温柔攻势，几乎想也没想，身子往前一扑，不管不顾地钻进他的怀里。

他的胸膛结实温暖，长久的职业习惯，让他身上散发着一股香薰和消毒水混杂的味道，特殊又让人难以割舍。她深深地嗅了一口，顿时觉得胸腔都打开了。

这样的幸福来得太过珍贵和难得，她突然觉得，能这样被他拥抱着，她就有了义无反顾的勇气。

于是，在这人来人往的餐厅卫生间门口，在她走光出糗之后，她第三次向秦轶表白了。

她轻轻拽着秦轶的衣襟，衬衫挺括的质地硌着她的掌心。她的声音急促而细小，像是喃喃自语一样，但是她清楚得很，这么近的距离，秦轶一定听得见。

“秦轶，我真的很喜欢你，我想我已经足够了解你，并且也有了为这段感情负责的决心和勇气。之前有段时间我想过放弃，因为我以为苏冉是你的女朋友，我虽然喜欢你，但是不能破坏你们的感情。可后来你否认了，所以即便我继续追求你，我也不会是你们之间的第三者。我不知道我追到你的概率有多大，但我不会轻易放弃。如果你以后有了比苏冉还优秀的女朋友，到时候，我一定不会再缠着你。我知道，如果你和我在一起，你是在将就，但如果不是你，那么我这一辈子，就只能将就了。”

上次表白的时候，她只确定自己是真心喜欢他，可是这次，她确定的是，她想要共度一生的人，只有他。

如果她的单恋终究无果，她做不到非他不嫁，却再也不会有如此美好而刻骨铭心的感情了。

秦轶一直没有说话。她听得见他的心跳声，沉稳有力，波澜不惊，平静得让她一阵阵的绝望。

她差点又哭出声了，因为极度难过。

她清楚得很，如果秦轶这次再拒绝她，她就当真没有一点机会了。

难怪人们说表白需要极大的勇气，并不是那句“我喜欢你”有多难说出口，而是你很难做好被拒绝的心理准备。

当你喜欢的人亲口说出拒绝的话，当这个你喜欢到骨子里的人终究不会属于你，你连一点点期冀都不会再有时，那种残忍和绝望，不是人人都承受得了的。

两人以恋人间的姿势亲密拥抱着，但彼此静默之间，却又像隔着鸿沟那般遥远。

施小语眼角的泪干了，心口却一阵阵地发凉。秦轶的沉默，是最有力的回应，她也没有顽强的毅力，能接受接二连三的打击。

她没有勇气等到他说拒绝了。

她从他怀里撤出来，连看都没敢看他一眼，仓皇失措地抹了把自己哭花的脸，想好好地说句道别的话，告别这段无望又艰辛的单恋，但是酝酿了半天，除了喉口越来越酸以外，半句话都说不出来。

“你这又是怎么了？”秦轶轻声问道。

那轻声细语像是砸在了她心上，让她心口一阵阵紧缩。她深深地吐了一口气，强颜欢笑道：“没什么，我们别在厕所门口堵着了，回去吃饭吧。”

秦轶似乎想说什么，但是欲言又止，最后只是点了点头，跟着她的脚步往外走。

施小语哪里还有什么胃口吃饭，这样的情景之下，她就是再没心没肺，也做不到若无其事地和他吃饭。

类似最后的晚餐的意味，想想都觉得心酸。

所以，还没接近座位，她就反悔了。她揉了揉脸颊，努力让自己的表情看起来淡定自然，之后才对秦轶说道：“对不起啊，我突然有点不舒服，不想吃饭了，你吃吧，我先走了！”

话音刚落，她来不及看他的反应，慌不择路地夺门而出。

她跑得很快，狼狈逃窜的速度让有着大长腿的秦轶都难以追上。

过了一个十字路口，身后的脚步声渐渐变弱，最后终于彻底消失了。

她漫无目的地乱跑，等剧烈运动的窒息感代替了胸口的酸楚时，她才停下来，双手撑着膝盖，大口大口地喘气。

她跑到了一条商业街附近，周围都是拎着大包小包逛街的人，熙熙攘攘，说不出的热闹。她就在这一片热闹景象中，哭得不能自已。

周围往来的人群对她指指点点，小声地议论，她全然顾及不到。哭到肚子抽痛，换了个姿势，蹲在地上继续哭。

从开始追求秦轶到现在，积压在心里的委屈和酸楚统统爆发，在这个一切都结束了的节点释放了出来。

从前她不敢哭，是害怕一旦哭了，一旦示弱了，她就再没有勇气坚持了。所以无论多难过，她都咬牙硬挺着。

可惜，现在不用了。不管她多坚强，多乐观，都没有勇气继续义无反顾地追逐了。

坚持了这么久的感情说结束就结束了，一直揣在心尖上的人再也轮不到她惦记了，她的心里空荡荡的，除了哭，再想不到更好的排遣方式。

她不知道自己哭了多久，只是觉得哭到鼻塞头痛，脑袋涨到快要爆炸。

她就是再难受，在这种极度缺氧的情况下还是很难畅快淋漓地继续哭下去，所以揉了揉脑袋，挣扎着想要站起来。

但是，蹲得腿麻了。

她尝试着站了一下，发现整条右腿都是麻的，完全使不上劲。想到她除了哭花了脸以外，还得瘸着一条腿狼狈地摔一跤，她就又有点想哭。

人倒霉了喝凉水都塞牙，不是因为凉水变了，而是你倒霉的时候，看凉水都不顺眼。

又缓了一阵，她听见背后似乎有很急促的脚步声传来，大概是有人要往这方向过来了，她正好堵了人家的路。

再怎么着，还是先把路给人家让开。

她起身准备往边上挪，然后不出意外地趔趄了一下，半边身子不受控制地往一边倒去。

她有点自暴自弃了，爱怎么摔就怎么摔吧。

她连脸都没想着保护，就这样歪着往下倒。但是刚有了动势，胳膊突然被人拽住了，接着腰上也有了一股强硬的力道，转瞬间，她整个人已经被利落地拉起来，稳稳地倒进了一个温暖的胸膛里。

秦轶气喘吁吁地埋怨道："就抢了一个红灯的当口，你就没了踪影。你是属兔子的，嗯？跑那么快干什么！"

施小语顿时慌了，比考试作弊被当场抓包都惶恐。她刚才哭得歇斯底里，眼睛不是眼睛，鼻子不是鼻子，把自己最丑陋又真实的一面都暴露了。被拒绝之后的狼狈样子毫无保留地挂在脸上，这副模样偏偏还给他看见了，她真是面子和里子一起丢尽了。

她慌慌张张地从他怀里挣脱出来，杵着脑袋直想啃手指，她这下子连编瞎话的情景都没了。她怎么跟他解释她满大街疯跑，堵人家商场门口号啕大哭的诡异行为？

此情此景，真是无比尴尬。

秦轶喘匀了气，声调又恢复了从前的疏朗，极其能安抚人的情绪。

“在卫生间门口的时候，我本来要说的，但是你说要吃饭，我也想着，这样严肃的事情在厕所门口说总不像回事。可是哪想到，刚出来，你就撒腿跑了，我等了一个红灯过来，人就不见了。给你打电话你也不接，你知道我找了多久才找到你吗？”

他说的话明明像是苛责，语气却温柔得不可思议。

施小语理亏，她不接电话是因为没听到，但是他自己本身也有错。女孩子当面表白了，你即便不答应，当面干干脆脆地拒绝也是一种绅士风度。

但是我已经知道了答案，你还巴巴地追这么远，就为了能面对面地在我心口上捅一刀。

秦轶，你这么做，太过分了啊！

“没关系的，这种事情也没什么严肃的，我知道你的态度就可以了。有些话不需要说得太明白，我也不傻，自己心里明白，所以你也没必要追这么远就为了说这些话。”

她一口气说了一大段话，鼻音嗡嗡的，说得她直缺氧。她瓮声瓮气地大喘气，秦轶突然变得极其沉默。

最怕空气突然安静。

商场周围人来人往，偷偷打量秦轶的女生越来越多。

这样的现象一点都不奇怪，他的相貌本来就极其精致出众，身材又颀长瘦削，加上良好家教的长期约束，让他整个人看起来气度不凡。

但是对比他的耀眼，施小语就要狼狈许多，哭得眼泡浮肿，像条脱水的小丑鱼。这样的组合，不引起行人侧目才怪了。

两人就这样相顾无言地站了一会儿，施小语待不下去了，跺了跺脚准备走人。

“我们走吧，这里人挺多的。”她开口请示他，用一副破锣嗓子。

秦轶没说话，一阵尴尬的沉默中，施小语被逼无奈，抬起头看他。

这一抬头，她才终于看清了他眼底的神色。

阴沉、气愤、不悦，还有对她的无可奈何。

他的视线微微下移，似乎是落在她的唇上，但很快就移开了，接着牢牢地锁住她的双眼，眼底的神色越来越深。他抿成一条线的薄唇微微上扬，不动声色道：“这里人多？刚才人少的时候你不也什么都没做吗？”

他的语调清冷，施小语刚受了打击，这会儿哪里还有胡思乱想的念头，只当他是在刻薄她。心里不痛快，却也只能认了，毕竟做出仓皇逃窜这种幼稚事情的是她自己。

“……”她在心底斟酌了一下，把自己的心情平复好了，尽量规规矩矩地回答道，“我不是那个意思，我知道我刚才的行为有点不太上台面，可那也是情急之下的潜意识反应。你大人大量不要计较。你要说的话我大概已经猜到了，不过你要是想说就说吧，在这里还是在别的地方，随便你吧。”

反正我也是死猪一头，你是浇一壶开水还是浇两壶，没什么区别。

她说完，秦轶就笑了，怒极反笑的那种冷笑，声音里更压抑了阵阵怒火：“你知道什么了？你知道我想说什么吗？什么叫随便，我在这里对你做什么，你受得了吗？”

秦轶是真的被激怒了，施小语惊得哑口无言，明明是她受了委屈，这会儿怎么感觉作孽的是她呢？

来来往往的人越来越多，秦轶质问她的场景被路人看在眼里，她臊得脸直发红，磕磕巴巴地妥协：“那个……你……你其实不用这样的，我刚才情绪激动，这会儿好多了，你就算说什么，我也有心理准备了。”

她刚哭得又缺氧又腿麻的，短时间内应该不会再歇斯底里了，秦轶大可不必担心她会在公众场合突然负能量爆棚。

“谁跟你说我要说什么了？”

施小语似乎听到了他咬牙切齿的声音，他把一个“说”字恨不得搁在后槽牙里咬碎了。

听得施小语直委屈，是，你说的不是说什么，而是做什么，也就是一字之差而已。

你不想接受我的表白，光拒绝还不够，但是你总不至于揍我一顿吧？

秦轶突然就笑了，但是这次的笑和刚才的冷笑截然不同，反而是带了一丝戏谑的坏笑。他一侧嘴角轻轻地扬起来，露出几颗白森森的牙，像是舔好爪子准备进食的野兽。

施小语心里咯噔一下，哀号着想，完蛋了，该不会真要挨打吧！

没等她再细想，秦轶已经伸出一只手卡住了她的腰，她惊得直哆嗦，本能地往后退，心里一点粉色的泡泡也没有。

满脑子想的都是秦轶恼羞成怒，要揍她了，一边呜呼哀哉地直喊冤枉，明明她才是受害人啊！

两个人稍稍争执了一下，秦轶就立马松开了手。她能厚着脸皮和他拉拉扯扯，但是他一向风度惯了，受不了这种没品的行为，很快就被她的无赖打败了。

他这会儿反而不生气了，一副气定神闲的样子，眼底暗沉一片，一连说了好几个“好”字。

施小语还以为他的打击报复终于被绅士品格给打败了，松了口气。

但是，他接下来的行为却是她死活没有预料到的。

就在她松了口气，以为这事总算告一段落的时候，秦轶猝不及防地一把擒住了她的领口，把她拉得紧贴着他的胸口，然后不由分说地狠狠吻下来。

施小语的脑袋里哗啦哗啦的，弹幕似的滚过无数的吐槽。

秦轶为什么要吻我？周围这么多人看着，会不会以为他是脑子有病才亲我这条小丑鱼？别人亲吻的时候不都特别温柔地捧着后脑勺吗，为什么他要揪我胸口？哎呀，他好像碰到我的胸了，这个时候说他耍流氓会不会太不解风情？

完蛋了，又开始缺氧了。

这个吻没持续很长时间，以秦轶在她嘴角狠咬一口结束。

她呆若木鸡地站着，双目无神，大脑放空，宛如一个智障。秦轶拿大拇指按了按她破了皮的嘴角，一边舔唇一边嘲讽她："每次跟你接吻我都感觉自己在亲一块木头，不回应就罢了，你都不懂得喘气的吗？"

施小语终于回过神来，却是答非所问。她不可置信地反问他："你为什么要亲我？"

秦轶云淡风轻地把问题抛回来："你觉得呢？"

施小语的眉心拧成一个疙瘩，特别无辜且哀怨："我也不知道啊！"

秦轶怒极反笑，一只手搁在她脖子上，大拇指沿着她下巴的曲线摩挲。这个动作色情不足，暧昧有余，施小语却觉得，秦轶气急了可能会把她掐死。

"一个男人亲一个女人，你觉得……能是什么意思？"

秦轶的声音虽然依旧清朗平静，咬字也是干干净净不带调戏的成分，但是施小语总觉得他的语调里似乎多了些别有意味的慵懒，懒洋洋的性感，无形之中撩拨得人心神不宁。

"……我同学说，男人和女人有肌肤接触，也可能是纯粹的那什么……"纯粹的生理反应，也不能完全证明是心随意动的爱恋。

她说完，秦轶还没来得及有什么反应，她低头看了看自己的胸口，突然觉得有点不好意思。

……似乎秦轶被她色诱的可能性也不是很大。

“高情商的坚持已见叫执着。像你这样的，就是一根筋，不开窍，死钻牛角尖。别人是举一反三，你是举三都反不了一，明示暗示都没有用，非得明明白白地把意思贴在脑门上才能知道是什么意思。你口中的同学是那个叫柳茜的女生吧？她看起来应该属于精明强干的类型，她跟你在一起相处，难道不累吗？”

秦轶怒不可遏的一顿批斗把她说得脸又红了。施小语正欲反驳，秦轶已经不耐烦地打断了她，没了一点诱导她的耐心，简单直白地说道：“施小语，虽然你长得不是很漂亮，身材不是很好，也不懂什么琴棋书画，人生履历跟白开水一样寡淡。但我还是喜欢你，因为这样的你才是我最珍惜的。不用轰轰烈烈的恋爱，只要你能永远义无反顾地陪着我，这就足够了。我也想好了，并且也做好了为这段感情负责的心理准备。所以，施小语，做我女朋友吧。”

施小语惊得下巴都差点掉了，她甚至惊讶到自动过滤了他言语中对她的鄙视，拼拼凑凑之后，满脑子只剩下那句“施小语，我喜欢你，做我女朋友吧！”

施小语的双腿像是长在了地上，一动不能动。没人告诉她，当心底的奢望变成了现实以后，她应该怎么做。巨大的惊喜冲击着她的胸口，除了心脏失控的狂跳声外，就是弥漫出来的不可置信。

她喃喃自语地问道：“为什么？你为什么喜欢我？你怎么会喜欢我呢？”这一切简直太不真实了。

“我喜欢你，是因为你能弥补我生命中缺失的部分，你能让我感受到安心和温暖，可以让我有一个舒缓压力、浑身放松的空间，可以让我抛开所有的杂念，随心所欲地生活，不需要强迫自己去做一个完美无瑕的模范男人。这样的理由，够吗？”

秦轶以为自己已经说到了这个份上，她应该明白了，他没有开玩笑，是很认真地在向她表白。或者说，是在郑重其事地回应她的感情。

但是，她没有一点其他女生在被表白后或娇羞或惊喜的表情，一副惊慌失措，好像被他唐突了似的惊诧。除了傻傻地瞪着他以外，一点被表白之后的正常反应都没有。

其实，这些他都能忍受，毕竟她尝够了被他冷落的苦，患得患失太多之后，就不太容易惊喜了，总害怕再次受伤。

他就是料到了会是这样的结果，所以一开始并没有打算这么仓促地表白，想着先让她适应一段时间，等她接受了他的亲近，他再顺理成章地表白。

可是计划赶不上变化，他哪里料想得到，她今天会再来个表白，他要是再不说清楚自己的心意，她大概真的要放弃了。

这所有的意料之外他都能泰然处之，可是唯有她接下来的反应他接受不了。

他还在耐心地等待着她慢慢消化这个信息的时候，她竟然趁他不注意，撒丫子跑了……又跑了。

留他一个人在风中凌乱，气得肺都要炸了。

已经仓皇逃窜了的施小语自然顾不得考虑秦轶是什么反应，有些事情一直把它当成梦想当习惯了，突然有一天梦想变成了事实，根本没有那么强大的脑容量去处理好吗！

她除了跑这种㞞到家的反应，实在不知道该怎么办了。

她一口气跑回了学校，她体育测试的时候都没跑这么快。果然，人的潜能是无限的，就看怎么激发了。

她的心肺像是要炸开了似的痉挛着，她把自己摔在床上，双目失焦地盯着天花板，心中默念着“秦轶竟然向我表白了”。这句话像是魔咒一般箍着她的心脏，那一瞬间，她突然觉得，这世上什么艰难困苦都不是事了。

她一直躺到了晚上，她那能绕地球一圈的反射弧才终于把这个惊天动地的信息给彻底消化了。

所以，柳茜一回来，就看到她跟个失心疯似的在床上狂乱地扑腾。

“有什么喜事，说来听听。”柳茜淡定得很，一屁股坐进椅子里，摆好了洗耳恭听的姿势。

施小语停止了抽搐，激动到表情失控地看着她：“你猜！”

柳茜忍住了给她一巴掌的冲动，面无表情地说道：“肯定是和秦轶有关。我猜，大概是你们俩的感情有了质的飞跃。”

施小语的眼睛瞬间亮了，柳茜不愧是她的好闺密，这都猜得出来。

柳茜抬起眼皮子撩了她一下，淡定地补了一句：“你把他扑倒了？”

“……”施小语眼角抽搐了一下，把刚才对柳茜的定位收回来。柳茜虽然是她的好闺密，但是显然脑回路太不符合社会主义核心价值观。

她把秦轶在大庭广众之下向她表白的事情和柳茜一五一十地说了。她现在激动到脑子发烧，必须得让柳茜给她浇桶冷水冷静冷静。

但是，柳茜一反常态的没有抨击她的异想天开，反而是一副稀松平常的表情，不咸不淡地说道：“有什么稀奇的，秦轶也真是个耐得住性子的，竟然能等到现在才说。和你这样一根筋的人相处，他也真是操碎了心。”

柳茜和秦轶分别对对方和她相处的艰辛表示了同情，搞得她很是无辜，好像他俩才应该是志同道合的朋友，她就是一拖油瓶。

不过，这些细节她是不计较的，她在意的是前半句，对于秦轶喜欢她这种天方夜谭般的事情，柳茜竟然觉得正常！

“这没什么好稀罕的，人心都是肉长的，爱情这种事情其实没你想象的那么复杂，根本没那么多条条框框，感觉到了，在一起是顺理成章的事。再说了，你长得虽说不算倾国倾城，但也是实打实的可爱，身材也好，性格不错，对他死心塌地，还有小女人该有的贤良淑德的品质，秦轶身边不正好缺这样的人吗？”

这是柳茜头一次这么一本正经地夸她，从上大学以来就被她花式贬低的施小语明显有点接受不了。

不过，还好柳茜接下来又说："人无完人，再优秀的人也有缺点。就像一个缺了豁的彩陶，就是真金白银糊上去都不是那么回事，它缺的就是一坨烂泥。这事吧，就这么没道理。"

这下……施小语总算心理平衡了。

柳茜是个阅尽千帆的情场老手，给人洗脑也是一套一套的。经过一晚上的卧谈之后，施小语已经完全接受了自己是秦轶女朋友的这个人设。

她一直飘在云端、不可置信的心终于安安稳稳地落回了肚子里 。

就像柳茜说的那样，再高不可攀的人，每天过的也是柴米油盐的生活，就算是皇帝，也不是靠餐风饮露活的。

她和秦轶的生活背景、家庭教育、个人魅力可能是一个天上一个地下的差别，如果看这些方面，她是永远追赶不上他的。

但是除了这些她永远难以企及的部分外，他的生命中还有许多和平常人相差无几的部分。比如他也要吃饭睡觉，他也会生病难受，他也要收拾经营一个家。

在其他方面她束手无策，但是在这些方面，她绝对能做得足够好，比他好太多太多。

柳茜说，爱是不以外在条件为转移的，听从自己的内心是唯一的标准。爱情里没有什么配不配得上的说法，只要你是他生命里缺少的那一部分，那其他的条件，就都是扯淡。

施小语如同醍醐灌顶，最后反问了柳茜一个问题，"你觉得你是谁缺少的那一部分呢？我觉得你挺百搭的。"

这场卧谈以柳茜飞过来一个抱枕砸她脸上而告终。

柳茜很暴力，很毒舌，但不得不承认，却是最真心实意替她着想的人。

第二天醒来的时候，施小语已经满血复活。她突然觉得，被秦轶表白也不是什么事了，这不就是自己心心念念的事情吗？梦想成真应该高兴才是，搞得这么矫情干吗。

人生啊，贵在及时行乐。

可是，她的 flag 还没有立住，人生就跟她开了一玩笑。

秦轶又要来他们学校做讲座了。

她打心眼里鄙视他们学校，一个经管学院，干吗非要拿影像专业打幌子，搞这些花里胡哨的讲座。有这些人力物力，还不如正儿八经请一些管理类的标杆人物来呢。

重点是，开讲座就开讲座吧，你怎么能老逮着秦轶一个人呢，社会主义的羊毛也不能可着一只羊薅啊！

她这头的义愤填膺还没发泄完呢，学生会那头就打电话来了，问她能不能帮忙布置会场。

施小语跟条河豚似的，肚子都气鼓了。她是知道秦轶喜欢什么气氛和格局，之前也确实亲自负责过，但是今非昔比啊！

她之前尽心尽力，是因为她和所有人的立场是一样的，都是仰望着他的人。所以，她希望能尽最大努力让他感觉舒服，让他能对她有哪怕一丝的好感。

可是现在，情势大不同啊！她已经是秦轶的女朋友了，还怎么心安理得地营造一个安心舒适的氛围，供别的花痴觊觎她的男朋友？

她又没病。

所以，她毫不犹豫地拒绝了那哥们的邀请，并且很小心眼地想着，最好这次讲座混乱不堪，让秦轶心烦意乱到再也不想来，永远只记得她为他操持的那一场。

大约是在准备讲座的事，秦轶自表白之后就没有联系过她。施小语觉得这样的空当正合适，可以供她好好缓冲，调整自己的心态，重新审视他们之间的关系。

很快，秦轶开讲座的日子就到了。因为要听讲座的人太多，校方难得慷慨地把只有接待上级领导才会开放的大会议室让出来。

原本想着能坐一千人的会议室怎么着都够了，但实际情况是，来的人乌泱泱的，座位供不应求。校领导看了很欣慰，都快老泪纵横了。

施小语默默地翻了个白眼，来听讲座的，除了影像学专业的是一小波男生，其余院系来的几乎都是女生。让经管、财经专业的学生逃了自己的专业课，保持学习医学影像学的劲头，这是要拉低学校的就业率啊！

她对这种盲目跟风的行为极为鄙视，大义凛然且不为所动地准备去上课，同行的柳茜都快笑岔气了："我现在算是理解了那句话的意思了！"

施小语闷闷地问道："什么话？"

"就是有人说，婆婆之前不也是当过媳妇吗，为什么在她当了婆婆之后，就不能体谅一下媳妇呢？"

"哦，还真是这样。"

"废话！当然是这样！婆婆和媳妇的立场能一样吗！她是媳妇的时候，要和她老公一致对内，等她当了婆婆，她就要和儿子一致对外了。以前，她是外人，现在，她是怼外人的。"

"……"

施小语就是再傻，也听出柳茜的话外音了。她也想反驳来着，但是一琢磨，柳茜说得太对了，简直说出了她的心声。

讲座快开始了，人群一撮一撮地往里头挤，施小语远远地看着，说不上来心底是什么滋味。

"柳茜……"她一扭头，发现身边那抹妖娆火辣的身影已经消失，并且以迅雷不及掩耳之势加入了往里挤的队伍。

讲座一开始是领导讲话，院领导对今天这种空前高涨的学习热情表达了莫大的支持和欣慰，底下的人则因为马上就能见到秦轶，毫不掩饰脸上的喜色。

两拨完全不在一个频道上的人，一边是慷慨陈词，一边也热情回应，竟然莫名看着很和谐。

施小语坐在最后面边上的长椅上，笑得很尴尬。柳茜怡然自得地跷着她的大长腿，宽慰她道："多大点儿事，一会儿秦轶出来，底下人一尖叫，你就想，这可是老娘的男人，多有成就感！"

"……"对于自己禁不住诱惑被柳茜拉过来听讲座这件事，施小语问心有愧。她确实是有点好奇，那个被别人簇拥的男人是自己的男朋友，是种什么样的感觉？

校领导致辞结束的时候，同学们的力量已经积蓄好了，等秦轶出来时，满场的欢呼声，根本没有一点学术交流的严谨，明明就是变相的粉丝见面会。

施小语本来还想体会一下柳茜口中的那种成就感，但事实是，她耳边除了此起彼伏的惊呼声、没完没了的议论，和参差不齐晃动的脑袋外，秦轶说了什么，她半个字都没听见。

讲座开始之后，会场里才稍稍安静了一点。只是会场的音响设备不怎么常用，出了点问题，最后一排压根听不清秦轶在说什么，只能听到沙沙的电流声。

她远远地望着台上的秦轶，他今天穿了正装，剪裁合身的定制西服把他挺拔颀长的身形勾勒得一览无遗。他应该很少见识这种浮夸的场面，却一如既往的镇定自若，气场强大到能驾驭任何场合。

他虽然是医生，但除了医生该有的技能和素养外，他的个人魅力已经完全凌驾于他的职业光环之上了。他首先是秦轶，其次才是秦大夫。

他的一举一动都透着把控全场的自信，眉眼间的神色虽然平淡，但是既没有刻板冷漠，也没有刻意活跃气氛的浮夸。不管底下的人怎么想，他仅仅是在单纯地作讲座。

讲座进行到一半，失声的音响突然正常了，隐隐约约能听到秦轶轻轻浅浅的声音。

低沉、温润，让人如沐春风般的轻柔，带着安定人心的力量。

施小语听到周围的女生发出了轻轻的惊呼声，满脸惊艳地讨论着秦轶好听的声线，她心底像打翻了一坛老陈醋，酸得很。

讲座很快就结束了，最后是互动环节，结果第一个提问的女生一句“秦大夫，您明明可以靠脸吃饭，但是为什么偏偏要靠才华呢”成功地把画风带跑偏了。

秦轶愣了一下，稍作调整后就云淡风轻地把问题抛了回去：“这位同学的问题很好，那么，能请你说一说现在能纯靠脸吃饭的行业有哪些吗？我以后不当医生了，可以试一试。”

底下的人笑得花痴又暧昧，觉得秦轶的脾气真是太好了，这么温柔绅士，简直是诱惑人踩他的底线。

之后又陆陆续续有些女生提了一些很八卦的问题，比如，“秦大夫您私底下是什么样子的？”“秦大夫你喜欢什么娱乐活动？喜欢吃什么？兴趣爱好是什么？”

当然，这些跟讲座无关的问题都被秦轶机智地挡回去了，但是当一个女生大着胆子问他喜欢什么样的女生时，他愣了一下，竟然一本正经地思考了一下。

接着，他眉心紧锁，微微眯着眼睛在会场里逡巡，毫无征兆地把目光投到了施小语这边。当前面的同学不约而同地回过头来时，施小语觉得自己像是突然被推到了阳光下炙烤一般，局促得恨不得夺路而逃。

她虽然吃飞醋吃得欢快，不想让他那么温柔地冲别人笑，不想和别人分享他的生活，甚至不想让任何人对他有所觊觎，她却还没有做好面对众人的准备。

她还没跨过自己心里的那道坎，她害怕好不容易积累起来的自信再次被舆论给压垮。

她只想纯纯粹粹地喜欢他，不需要任何人的艳羡，她爱的是他这个人，和他身上的光环无关。

会场里安静了几秒钟，很快就又继续沸腾了，身边的惊呼声一浪高过一浪。她看着自己身边一个身材娇小，面容精致，瓷娃娃一般羞得满面通红的女生，后知后觉地反应过来。

原来，秦轶看的并不是她。

他可能并没有看到她，只是随便扫了一个女生来结束这个话题。

最后，互动的方向被校领导强硬地掰回到了学术专业上，秦轶耐心细致地回答了几个正儿八经的问题后，这场讲座就算顺利结束了。

坐最后一排就是散场的时候比较有优势，当别人还在一片混乱中挣扎的时候，施小语已经溜到门外了。

她在角落里等柳茜出来，左等右等不见人。不仅柳茜没出来，其他人也不出来了，难不成还有什么砸彩蛋环节？

她满腹狐疑地返场，刚进门，就听见一声嘹亮的呼唤声：“管理系的施小语同学在不在？施小语同学在不在？在的话到后台来！”

她还愣着，后背就挨了柳茜一巴掌：“兴许叫你有事呢？麻溜儿点啊！”

施小语虽然有点摸不着头脑，还是想了一下，可能是学生会的学长找她取经。毕竟，今天的讲座确实挺混乱的，哪有她上次组织得井然有序。

才走过短短的几级台阶，她就已经给自己做好了心里建设，乖乖地去了后台。

只是，让她万万没想到的是，偌大的后台只有秦轶一个人。

施小语莫名地觉得有些局促，这是她被表白后第一次和秦轶相见，却偏偏是在这样不尴不尬的场合。

她既不能装陌生，又不能套近乎。

秦轶一言不发地靠墙站着，一只手揣在兜里，另一只手的大拇指轻轻摩挲着中指的指节，淡定自若得很。

他的气场太过强大，这样静默的压迫感让施小语无所适从。她只好小心翼翼地开口：“秦大夫，那个……你有什么事吗？”

秦轶没说话，只是循着她的声音缓缓抬起了头，空茫茫的眼神开始聚焦，一点点变得锐利而锋芒毕露。

他看着她，一字一顿地问她：“你叫我什么？”

施小语在脑海里迅速把这个称呼琢磨了一下，没错啊，大家不都是这么叫的吗？

施小语顿时变得紧张起来，虽说现在的格局已经大不同了，她可以算是秦轶主动承认的女朋友了，但是，给了名分，不代表她对他打心眼里的畏惧就会减少。

她忐忑地想了想，还是决定以不变应万变，在不知道错在哪的时候就不要胡乱道歉，免得适得其反。

见她不说话，秦轶一步一步向她走来，在距她极近的距离处停住了脚步。

施小语呼吸一紧，周身都被他身上清爽的气息包围了，一时间分不清是该激动还是该忐忑。

秦轶半晌不说话，周身的气场压迫得人喘不过气。施小语神经紧绷，在他试图再次靠近的时候，她条件反射地后退了一步，也顾不上什么以不变应万变了，急切地辩解着：“你别生气，我不是故意的！我也不知道该叫你什么啊！他们都那么叫，我也那么叫了！”

问题是，除了这么叫，我还能怎么叫啊！

秦轶突然就笑了，笑得施小语毛骨悚然。自从认识他以后，她都没有办法正常地理解笑的含义了。对于秦轶来说，他不笑，可能代表他生气了，但是，他笑，一定不能说明他高兴。

秦轶笑完，慢条斯理地把一只手掌贴在她脸颊上，然后一点点地后移，把她大半张脸拢在他的掌心里，之后伸出大拇指有意无意地摩挲着她的耳垂。

直到她浑身紧绷、表情呆滞的时候，他才轻飘飘地开口："秦大夫，那是别人叫的。别人这么叫，你也这么叫，嗯？"

他现在像是换了个人似的，表情虽然没有太大的变化，语气却分明比刚才轻柔了许多，甚至，还带了一点点……宠溺。

施小语彻底迷糊了，仰着脸问他："那我应该叫你什么啊？"

秦轶一脸认真地听着，声音沉沉地敲在她的心口上："我喜欢你叫我的名字。"

两人靠得太近，施小语有些不自然地后退。她每退一步，他就追一步过来，一路步步紧逼，直到把她逼到门板上才罢休。

他的胸口紧紧地贴着她，她整个人笼罩在他的怀抱之下，大气都不敢出一口，生怕被他感觉到她胸口的起伏。

秦轶很满意她的反应，手更加肆无忌惮，竟然有往她胸口上移动的趋势。

虽然他们是情侣，但是这光天化日之下也太让人羞涩了吧！

施小语的脸颊噌噌地冒火。他的掌心稍微动了一下，她立马一把反握住，哼哼唧唧地说："别在这里……"

"你领口上有片柳絮，我帮你掸一下而已。"秦轶半眯着眼睛看着她笑，像是一只狐狸。

施小语的脸更红了，简直羞愤到想去撞墙，下意识地拍了拍自己的领口。但是在她一边反省自己思想太不单纯，一边想缓解尴尬时，恍然发现，领口压根就没有什么柳絮。

这都快夏末了，哪来的柳絮！她后知后觉地反应过来，自己是被秦铁给耍了。

施小语恼羞成怒地瞪了他一眼，小声地嘀咕：“哪有什么柳絮，你故意的。”

秦轶一脸的心安理得，只是嘴角上扬，露出一侧白森森的虎牙，笑得暧昧不清，“你刚才不也没以为我在掸柳絮吗？不想在这里，那你想去哪里？”

“……”施小语彻底无话可说，被他调戏到面红耳赤。

“想我了吗？”秦轶捧着她的后脑勺把她按进自己的怀里，脑袋搁在她的肩膀上，像只讨抱抱的大型犬。

施小语不知道从刚才的冷漠疏离到现在的甜腻黏人，他是怎么做到无缝衔接的。她只是听见了自己剧烈的心跳声，脑海里满是不可思议的惊叹，她的男神竟然在她怀里撒娇，这是多么让人不可置信又泪流满面的惊喜！

“嗯？”秦轶低头在她颈侧蹭了一下，“问你呢？”

施小语惊得直缩脖子，她还不适应两人之间这样的亲热，羞得无地自容，但害怕他有更亲密的动作，小鸡啄米似的猛点头：“想了想了！我每天都在想你！”

这是实话，对于一个暗恋成疾的人来说，思念是每天的必修课，她怎么可能不想他。

她原以为自己乖乖承认，秦轶就能饶了她。没想到，她刚说完，他就毫无征兆地一把掐住她的下巴，把她的脸猛地抬起来，接着发狠地吻下来。

不同于之前两次的轻柔，这次他吻得格外用力，像是发泄情绪般地啃着她的嘴唇，一边吻一边在她嘴角辗转低喃：“这就是你说的想我？会场撒手不管，放这么多居心叵测的女生进来破坏我的好心情，还故意坐在最后一排，我看你的时候，你还一副漠然无视的态度，你是故意的？”

他在意的……是这个？原来，她之前的努力没有白费。他喜欢她为他组织的讲座，喜欢她对他的付出，并且，他打心眼里觉得那些女生聒噪麻烦。

还有，他原来一开始看的就是她，根本没有随便扫一个敷衍的意思，反而是因为她的无动于衷，让别人会错了意。

原来，她所有的别扭，都是作茧自缚，他始终是无条件地偏袒着她的。

她的胸腔突然变得饱满膨胀，开心到无以复加，不管不顾地张开双臂搂紧了他，笨拙地回应着他。

可惜，她的主动并没有得到秦轶的回应。她刚抱紧他，就突然被他扯着胳膊甩开了，她还沉浸在娇羞和兴奋中不能自拔，一时间有些反应不过来。

过了半晌，她才试探着问了一句：“你……不喜欢吗？”

秦轶略显烦躁地抓了抓头发，眉心蹙着，“也不是不喜欢。”

施小语突然释然：“那就好。”她都有点神经质了，总是觉得，自己是不是又无形之中惹他生气了。

秦轶扭头看着她，面无表情，施小语吓得不敢出声，她觉得自己的小心脏跟坐过山车似的，忽上忽下。

秦轶思忖了半天，火倒是没发，耳朵尖却先红了。在施小语的脑回路还没有接受这一变化时，他毫无征兆地扑到她怀里，生生地把她撞得趔趄了一下。

他这副小孩子一般的撒娇行为简直让施小语惊到无以复加。她从来不知道，平时那么冷冰冰的一个人，恋爱的时候竟然会是这样的。

她的心底莫名地变得柔软，自然地伸手揽住他的肩膀，抱紧他。

/第十二章

手牵手

经过会议室后台的亲亲抱抱，施小语和秦轶的恋爱关系算是一点都不正式地确定下来了。

在经历了最初的不可置信后，施小语现在已经能坦然地接受这段原本看起来根本不可能的感情。真的就像柳茜说的那样，真正相爱的两个人，其实很多时候，眼中只有彼此，那些外界赐予的光环所带来的影响，几乎是微乎其微的。

并且，相处下来，她慢慢发现，秦轶根本就没有表面上看起来那么气场强大到浑身上下都透着禁欲气息，私底下，他完全是个没有生活能力，并且十分黏人的……流氓。

因为是刚开学，所以课不是很多，施小语坚定不移地贯彻“没有逃过课的人不配谈大学生活”的行为准则，三不五时地就偷溜一会儿。

逃课挤出来的时间自然是用来伺候秦轶，给他做饭，给他收拾家，陪他看无聊的医学纪录片。她就是自带老妈子体质，并且还乐在其中。

两人交往一个月之后，秦轶就答应让她在他家里过夜了。

当然，不是因为发生什么不可描述的事情，而是那天，两个人腻腻歪歪到了天黑，施小语正准备回宿舍时，外头突然下起了瓢泼大雨。

老天，还真是“神助攻”啊！

施小语趴在窗户上瞅了一眼，愁眉苦脸地说道：“怎么办啊，下这么大的雨，开车也不方便吧！太危险了，看来我今天是没有办法回去了……”只能住你这里了。

秦轶手里端着一杯咖啡，她清楚地看见他的手颤动了一下，咖啡溢出来滴到了毛茸茸的地毯上。

大约是她的目光太过单纯无暇，秦轶略微考虑了一下，故作不以为意地应道：“如果实在不方便的话，就留下来吧，反正房间很多。”

施小语突然就乐了：“没其他房间也行啊，我睡你的房间。”

秦轶刚喝了一口咖啡，被她的话惊到，呛咳到半个身子都快弓到了地上。施小语得意得尾巴都要翘起来了，心里想着，总是你在调戏我，风水轮流转，也得换我调戏调戏你。

秦轶肤色很白，这会儿咳得脖子上都浮起了一层粉红色。施小语悠哉地从他面前走过去，雄赳赳气昂昂地抬步上楼。

刚走了一步，她的衣服后摆就被揪住了。她一回头，很悲哀地发现，即便她踩在台阶上，还是没有预料中那种居高临下俯视秦轶的成就感。

他直直地看着她，脸颊上的粉红色已经褪了下去。他穿着一件棉质的白色 T 恤，她的目光平视的正好是他从宽敞的领口露出的两根锁骨。

他的眼神突然变得认真起来，语调清浅地说道：“不要和我开这种玩笑。”

明明刚才还是嬉笑打闹的氛围，这会儿却莫名地变得说不出的暧昧，施小语的脸颊一点点涨红，什么话也没说，甩开他的手逃跑似的上了楼。

晚上准备睡觉的时候，施小语才真正觉得尴尬。秦轶是一个人独居，家里根本没有任何女性用品，她可以不抹护肤品，但是总不至于不换衣服吧？让她洗了澡穿秦轶的衣服，那不就是摆明了在暗示他“来呀来呀，来睡我呀”，太赤裸裸了啊！

看出了她的纠结，秦轶取了外套和雨伞，上上下下地打量了她一番，过了半晌，才说了句：“门口有便利店，我去帮你买。”

她的反射弧还没有消化这一消息，秦轶已经一阵风似的离开了。

十几分钟之后，等秦轶浑身湿气的把买来的东西放在她面前时，她觉得自己瞬间变成了一个烤番薯，脸颊又红又烫。

她很想说，她其实驾驭不了情趣内衣啊。

“怎么，不喜欢？”秦轶虽然有些局促，但是局促中还透着一丝迷之自信，“我问了那个女店员，她给我推荐的。我只知道尺寸，不太清楚你喜欢什么样的款式。”

大哥啊，你这个点儿下去买内衣，店员不给你推荐杜蕾斯已经是很含蓄了。

难怪他临走之前若有所思地打量她，原来是在看她的……尺寸。

气氛暧昧得有点扎心，施小语既娇羞又尴尬地收下了这份礼物，突然觉得，穿他的衣服，其实也没那么风骚了。

等她见到秦轶给她找的睡衣之后，她才反应过来，好像他比她更害怕两人之间擦出什么让人把持不住的火花。

“这都是干净的，穿着也舒服。”

“……”施小语看着他手里拿着的快到她膝盖的上衣，有种无语凝噎的踏实感。

等她洗完澡出来，秦轶看着她裹得跟树袋熊一样的造型，满意地笑了。

睡觉的时候，秦轶自然是不会让她进他的卧室的。施小语甩着自己两条长长的水袖，故意撒娇道：“为什么不可以进去？我就参观一下，又不干什么。再说了，两人睡在一起，也可以盖着被子纯聊天啊！”

这种话说出来，她自己都不信。

但是秦轶难得没有对她的鬼话多作评价，而是眉眼沉沉地凝视着她，眼底的波澜全部掩去，变得沉稳收敛。他轻轻地摸摸她的头，语气中透着怜惜："现在还不是时候，我要保护你，而不是盲目地占有你。"

哇塞！这句话帅爆了好吗！秦轶居然还有这么文艺的一面，虽然她觉得这句话不像是秦轶这种风格的人说得出来的，但是在这种浓情蜜意的情境下，她不能扫了兴。于是乎，她故作娇嗔地揪着他的前襟道："你对我真好！我没想到你是这么细心柔情的人。"

秦轶把她的手一点点地揪开，推着她的肩膀把她大半个身子推出门外，面无表情地反驳："我也不知道你会是这种一谈恋爱就要上人家床的人。乖乖回去睡觉！"

说完，就果断地关上了门，把她一个人晾在门外。

施小语在心底腹诽，平时不都是一副流氓德行吗，这会儿突然切换成了正人君子模式，这人精神分裂啊！

不过她也就是开个玩笑而已，她也不至于真把自己当成烤全羊硬往秦轶嘴里送。所以，调戏成功之后她就美滋滋地回去睡了。

夜色渐深，窗外的雨势也越来越大。她睡的房间有一面墙是落地窗，这雨声听起来就格外的惊天动地，夹杂着噼里啪啦的雷声，很是惊悚。

她原本胆子没那么小，奈何情势所迫，这样的环境加上她前不久刚看的恐怖片，简直酸爽得无法形容。

她抱了个枕头杵在门口，进退两难。她要是这会儿跑去秦轶卧室说她害怕打雷，也太欲盖弥彰了吧？但是让她一个人睡，实在是全身发毛，总觉得窗帘后有人，床底下有人，柜子里有人，天花板上有人，哪哪都是人，太热闹了。

在雷雨交加的轰鸣声中，她在门口整整杵了半个小时，还是下不了决心跑出去敲秦轶卧室的门。

就在她准备一个人彻夜难眠时，她的房门突然“嘎吱”响了一下，吓得她汗毛直竖，条件反射地就要撒丫子跑。

“你还没睡吗？”秦轶的声音里透着一丝慵懒，听着就是睡着了又起来的样子。

施小语僵硬地扭过身子，很想说，我这副鬼样子当然是没睡，难不成是梦游吗？但是因为神经紧绷，连吐槽的力气都没有了。

“你……那个……”她实在忍不住想说，你能不能留下来陪我一会儿，等我睡着了你再走？但是话到了嘴边，却怎么都说不出来。在这样的情景下说出来，又透着一丝欲盖弥彰的暧昧。

就在她支支吾吾说不出个所以然的时候，秦轶突然说了句：“我留下来陪你，等你睡着了我再走。”

他直直地看着她，屋子里没有开灯，窗外也黑漆漆的没有一丝亮光，她却看得到他眼底清凉璀璨的光华。那一瞬间，她突然觉得，能爱上一个懂自己的人，是何其幸运。

你不需要仓皇无措，更不需要独自犹豫不决，他能读懂你的内心，知道你需要的是什么。

她真是何德何能，能拥有这样的爱情。

看他的样子，应该是已经睡着了，但是听到了雷电交加的声音，担心她会害怕，所以特意过来陪她。

还好屋子里很暗，不然她感动到快要落泪的狼狈，一定会打破这美好的氛围。

就在她感动得不能自已的时候，秦轶却毫无征兆地扭头要走，她也顾不得思考其他，几乎是出于本能反应，小跑过去，一把环住了他的腰，闷声说道：“不是说陪我吗？你要去哪里？”

秦轶的后背僵了一下，过了几秒钟才如释重负地说道：“你半天不说话，我还以为你不乐意。”

我怎么会不乐意？我高兴还来不及呢！

“你留下来陪我吧，我一个人害怕。”

从前施小语是挺鄙视那些只要男朋友在身边，瞬间就丧失了自理能力的女生的。她觉得女生一定要独立、有原则，何必时时表现得那么娇柔软弱。

但是当她恋爱后，她才发现，这不是矫情的表现，而是一种有人依赖、被人娇宠的踏实感。无论发生大事小事，都有人无条件地宠溺着你，有这样的人在身边，人总是会不自觉地变得软弱无能。

秦轶紧绷的身体渐渐放松下来，缓缓地回过身，摸了摸她的头，低声道：“乖，有我在，不要害怕，去睡觉吧。”

施小语听话地点了点头，他便拥着她走到了床边，把她拦腰抱起来，轻轻地搁在床上。他的胳膊健硕有力，动作稳而轻，她后背贴着柔软的床垫，胸前却是他结实温热的胸膛。

他眉眼低垂，额前薄而轻软的发丝散漫地垂下来，把他眼底的神色熏染到微微模糊，唯有上挑的眼尾性感到无以复加。

施小语头一次被人这么珍视地轻拥着，不带任何情欲，只是纯粹地宠爱和疼惜。她心底微微潮湿，突然涌上来一股莫名的冲动。

这个冲动的后果就是，她直接环住秦轶的脖子，把他紧紧地拥在怀里，意志坚定地低喃：“秦轶，我有一条祖传的染色体想要和你交换，你要吗？”

秦轶有些狼狈地用双手支撑着自己的身体，避免直接压到她的胸口，忙乱之间根本没有心思分析她话里的内涵，只是微微喘息着问她：“你说要和我交换什么？”连我都是你的，你还需要交换吗？

他的声音低沉中透着压抑，衬着窗外的电闪雷鸣，听起来尤为诱人。施小语对他原本就没有半点抵抗力，这下心理防线算是彻底崩塌。当下所有的理智都灰飞烟灭，和爱的人做爱做的事本就天经地义，还有什么理由在这里扭扭捏捏？

她抱着秦轶的脸胡乱啃着，他下意识地躲，她便接着啃他的下巴和脖子，一路啃到了喉结。她的唇舌刚贴上去，他的背脊就猛地绷紧，喉结快速地上下滚动，嗓子眼里压抑的闷哼声，连挣扎的力气都没有了。

他的眼睛微微眯着，内里的神色渐渐变得模糊迷离，他的呼吸声一点点加重，逐渐变得急促起来，已然是一副压抑难挨的姿态了。施小语深吸了一口气，知道机会终于来了。

平心而论，单纯论姿色的话，她可能没有秦轶长得好看，但她胜在身材。柳茜一直很羡慕她这种死吃不胖的不要脸体质，她从前还没觉得有多大的优越感，这会儿想想，在这种时候能有窈窕曼妙的身材，简直是致胜法宝。

“小语，不要闹。”秦轶的嗓子已经开始发哑，声线紧绷，仿佛她再调戏下去，他就要全线崩塌。

他的喘息声越来越重，背脊上的肌肉纹理一点点地变得僵硬紧实，薄汗溢出。施小语也开始有点意乱情迷，不管不顾地去扯他的领口，嘴里含含糊糊地说道：“没关系的，秦轶。我没关系的。”

秦轶情难自已地俯身狠狠咬住了她的唇，施小语柔顺地放软自己的身体，但是等待了半天，他除了发狠地亲吻她以外，却没有下一步动作。

她被他强势的吻折腾得喘不过气来，挣扎着抬起头，一边大口大口地喘息，一边不解地问他：“秦轶……你怎么了？”

她的耳边只有秦轶轻轻的喘息声，过了半晌，他才靠在她的肩窝，温柔地揉着她的头发，喟叹道：“现在还不是时候，你还小，这种事情，要等你长大了才可以做。等我给你一个实实在在的名分之后。”

施小语很不应景地笑出声：“我都不知道你这么保守，老头子似的。”

“因为对象是你。”秦轶轻轻地吻了吻她的耳垂，语气轻柔到能让人融化，“因为是你，所以会舍不得。”

哪怕是灵欲结合的行为，也会觉得是委屈了你，你这么小，这么乖，是应该让人好好疼惜的。之前的冷落，我再后悔也没有办法弥补了，但是现在不同，我既然已经做好了爱你的准备，自然要全方位地保护你、疼惜你。

施小语感动地搂住他的脖子，撒娇地来回蹭，不情不愿地问他：“那如果不是我呢？你还会这么克制吗？”

秦轶失笑出声，揉了揉她的脑袋：“如果不是你，怎么可能会做到这一步。”

施小语满足地在他怀里蹭了蹭，不死心地继续问道：“你之前交过女朋友吗？我要听实话。”

“没有。但是被很多女孩子追过。我不喜欢太肤浅的女生。”

“可我就是那种死皮赖脸，穷追不舍的肤浅女生。”

“……”

“你有和女生交换过染色体吗？”

“啊？”秦轶表情茫然，很显然确实不太懂这个梗。

“好吧，你还是处男吗？”

其实，施小语也就是嘴欠地问一句而已。秦轶长得这么招蜂引蝶，而且都快三十岁的人了，怎么可能还是处男，但是一想到他和其他女生曾共赴云雨，她就觉得心里酸酸的。

她这是何苦呢，自找罪受。

“算了算了，你别说了，我们愉快地结束这个……”结束这个话题，还是继续不可描述的事情吧。

她万万没想到的是，秦轶似乎是下了很大的决心才郑重其事地看着她道：“小语，我没有和其他女生有过任何亲密的举动。你会是我第一个也是最后一个女人。”

如此深情表白的话，施小语却突然不厚道地笑了：“二十多岁的老处男……不过没关系，你也是我第一个也是最后一个男人。”

秦轶，我多开心没有人同我分享过你，你完完整整是我一个人的，我当真是三生有幸。

于是乎，这一晚上，他们两人真的盖着被子纯聊天。从秦轶小时候聊到被他爸打到骨折，她哭了笑，笑了哭，雷雨声渐止，却没有一个人提起离开。

之后的日子，施小语一直处于幸福到冒泡的状态，走路都虎虎生风。已经步入社会、好久不见的段暄突然说要请她吃饭，她欣然赴约。

这人收拾得人模狗样的，和在学校时放荡不羁的模样完全不一样了，果真是成熟了。

两人之间依旧没怎么生分，不到几分钟就能嗨起来。段暄似乎一直欲言又止，施小语笑得贼眉鼠眼的：“怎么，是不是找女朋友了？”

段暄放在桌子底下的双手紧握到骨节毕现。他现在有了体面稳定的工作，终于可以堂堂正正地表白了。

他还没说话，施小语已经一副了然于心的表情兀自高兴道：“看来还真是这样，我们俩都脱单了，真是个‘喜大普奔’的消息，必须得庆祝一下。”

段暄的脸一下就白了，声音轻得像是自言自语：“你……和秦轶在一起了？”

施小语得意地点了点头，把手上的饰物亮给他看，满脸都是沉浸在恋爱中的小女人的柔情：“经过我艰苦卓绝的奋斗，他终于被我拿下了，虽然直男的品味真的不怎么样……”

果然这世上，不是每个人都那么幸运的。施小语终于等到了苦尽甘来的一天，但是他这辈子应该是没有这么一天了。

段暄紧握的手无力地摊开，那些疯狂执着的念头突然散了个干净。直到这个时候，他才懂得什么才是真正的放手。

既没有办法把她夺过来，也不舍得把她夺过来。与其让她难过，不如他一个人背负所有的无望。

直到吃完饭两人分道扬镳，施小语都没有察觉出段暄的异样。段暄把她送上出租车，车门关上的那一刻，他突然黯然神伤。

他无望的暗恋就这样无疾而终了，自始至终，他连说出“我喜欢你”这四个字的勇气都没有。他觉得自己当真是可笑至极。

日子又平静无波地过了几个月，施小语和秦轶见面的时间不是很多，大部分情况下还是和以前一样，独自思念着他。

学校里课程很多，她必须得抓紧一切时间学习。很快，她也要毕业，也要实习，也要步入社会。现在的她，有学校这个宽松自由的大环境包容着，可以肆无忌惮地享受轻松自在的大学时光。

但是步入社会后，一切都会变得不同，她要学会自力更生，要学着适应社会。更要学习在压力重重的情况下，怎样努力地靠近秦轶。

每次她惶恐不安的时候，秦轶总是若无其事地安慰她说，没关系，你还小，你还没有毕业，不要这么着急地考虑这么多。

她也总是拿这个理由自我安慰，消极应对，心里想着，还不到最后那一刻，先不要过度紧张。

就这样日复一日地自欺欺人，不知不觉，就到了她实习的日子。

学校分配了实习的地方，如果不愿意去，就要自己找更合适的。施小语为了离秦轶的医院近一点，就从学校分配的实习地点里挑了一个。

要走的那天，所有人都笑着说，没关系，只是实习，我们还会回来参加毕业典礼的。但是大家都清楚，这一走，就已经是分道扬镳了，每个人的人生轨迹会自此不同，以后的交集几乎是没有了。

施小语走的那天，是柳茜送她的。段暄早在去年走的时候就说等她实习的时候，他一定亲自把她送到公司楼下，但是真到了这天，他却没有来。

施小语没有深究，有柳茜在，就已经足够了。

上车之前，她强忍着眼眶里打转的眼泪，紧紧抱着柳茜，呜咽着说道：“没关系的，我们以后还会再见的。”

柳茜拍了拍她的脑袋，语气很淡漠：“不会再见了。我要跟邢子昂去南方，以后就在那里定居了。”

施小语的心口紧紧的，嘴唇紧抿，固执地坚持道：“不会的不会的，就算是南方也没关系，我可以过去找你的。我……”

柳茜打断她：“这些话你和高中同学说过吗？不要说隔着几千公里，就是同市的，你有联系过吗？”

施小语愣住，顿时哑口无言。

“这是正常的，人生的每一段路都会有不同的人陪伴着你，没必要太难过，最起码秦轶会一直在你身边的。好了，你走吧，我一会儿也要收拾行李了，邢子昂该来接我了。”

施小语还没来得及道最后一句别，柳茜已经一脸决绝地扭头离开了。施小语心底酸得仿佛能滴出水来，望着柳茜的背影消失了，才抹了把眼泪转身离开，也就根本没有看到柳茜在拐角处哭得歇斯底里。

实习的日子还算美好，前辈们都很照顾她，即便她做错了事，也不会太被苛责。

有这样包容的氛围，她对步入社会的惶恐也减少了许多。

秦轶越发忙了，因为主任准备退休了，力荐秦轶做他的接班人。秦轶原本不愿意这么早就接如此大的摊子，奈何大部分人都见识了他的能力，对于他当主任这件事心服口服，即便有不服的，因为自己能力不足，也不敢吱声。

就这样，秦轶半被动地开始准备自己的职称晋升，忙得不可开交。

两个人的时间很难凑到一块儿。施小语不像在学校的时候，可以无条件地配合秦轶的时间，她要学习很多东西，要花费大部分时间来工作或加班。

她周末休息的时候，秦轶并不轮休；秦轶休息的时候，她又得加班。

不知道从什么时候开始，他们两人不过咫尺之遥的恋爱，渐渐变成了靠电话联系，遥远得仿佛相隔千里。

秦轶还是一如既往地淡然宠溺，会指导她调整心态，也教她所谓的办公室生存法则。

施小语虽然觉得在惶恐无助的时候有个人可以依靠，是足够让人安心的，但两人越来越疏远的关系却也让她越来越忐忑不安。

她好几次下了班去看秦轶，不止一次看到苏冉找他，除了苏冉，还有其他年轻漂亮的小姑娘。

她的危机感越来越强烈，她相信秦轶，但这样的信任是不足以击退那些野心勃勃的追求者的。秦轶这样的优质男人，配得上这前赴后继的追求。

她在日复一日的惶恐焦虑加繁忙的工作中大病了一场，她没告诉秦轶，因为他正在忙着晋升的事，这样关键的时刻，她不能给他添乱。

实习的日子很快就结束了，快到施小语觉得自己像是做了一个杞人忧天的梦。好像一觉醒来，她还是那个无忧无虑、没心没肺的傻姑娘，不会被任何细枝末节干扰。

回学校参加毕业典礼的时候，她走进校门那一刻，突然明白了近乡情怯是什么意思了。

那个曾经容你肆无忌惮的地方终究不是你的了，这样的感觉让人很难过。

柳茜也大老远地从南方赶回来了，邢子昂全程陪同，车上车下地伺候。柳茜和走的时候没什么区别，只不过眉眼温润了很多，没有从前那么高冷傲娇了。

两个人一见面，瞬间就又熟络起来，仿佛中间不曾有过那好几个月的空白。

回校之后的主要任务就是准备毕业典礼，施小语难得又开始没心没肺地傻乐呵，跟着柳茜到处撒丫子跑，吃喝玩乐，怎么放肆怎么来。用柳茜的话说，以后就没有这样光明正大放肆的机会了。

唯一一件不开心的事情，就是秦轶没有办法参加她的毕业典礼。他说他那天和学校院长有要事相商，实在是不得已。

施小语的心里失落极了。

到了毕业典礼那天，满校园都是穿着学士服撒丫子乱跑的学生。施小语是最欢快的，因为她不想看柳茜和邢子昂腻歪。

毕业典礼在大礼堂举行，各个班级排好队，豆腐块似的一块块地摆进去。他们班靠后边，远远望去，乌泱泱的全是人。

典礼在一片兴奋的嘈杂声中开始了，千篇一律的领导致辞说得人昏昏欲睡，偶尔沸腾起来的尖叫声，不是因为有男生给女生送了花，就是因为穿学士服的情侣大胆火辣地热吻。

施小语装作不在意的样子，但心里的失落感却越来越重。她虽然不是爱慕虚荣的人，但还是希望秦轶能和她一起见证这个重要时刻。

冗长的领导致辞结束之后，各班开始排队领毕业证，上台合影。

轮到施小语所在班级的时候，一群人等得都困了。

她跟着前面的大部队上台，感觉自己就是流水线上的一个物件，机械地经过一道道流程，咣当盖一红戳，就能出厂了。

她上了台，给老师鞠了躬，领了毕业证，然后准备合影。

只是，她还没回过身，就听见台下一阵山呼海啸般的惊呼声，比之前看别人拥吻时的尖叫声高了不知道几个段位。

台上强烈的灯光晃得她双目无神，定睛瞧了半天就只看见一捧红彤彤的玫瑰花，也没瞧见捧花的人是谁。

台下的尖叫声越演越烈，海浪似的一波波传过来，把施小语的八卦之魂都点燃了。待她瞪大眼睛看着那个模糊的身影一点点变成秦轶的样子时，她吓得手里的毕业证都砸脚上了。

秦轶就这样高调张扬地大步走上来，把那一浪浪的惊呼声带到她面前。

周围的师生识趣地退后一步，给他们留下了足够大的空间。

施小语不自觉地也跟着后退，被秦轶揪住袖子扯了一下，闷笑着逗她："你跟着退什么啊。"

"……"施小语惊讶到丧失了语言能力，除了呆若木鸡地站着，连一个音都发不出来。

秦轶没有说太多废话，不由分说地把玫瑰花塞到她怀里，之后利落地单膝跪地，从兜里掏出戒指盒打开，一字一顿地问道："施小语，你愿意嫁给我吗？"

他的话像是撒进油锅里的冷水，瞬间把整个礼堂都炸开了，震耳欲聋的尖叫声喊得施小语快要失聪。

她大脑一片空白，根本没有什么思考能力，机械地接过秦轶手里的戒指，揪着他的袖子把他拽起来，像个智障似的语无伦次："我愿意。怎么可能不愿意……你起来……别跪着了……地上多硬啊……你和我们院长商量的就是这个事啊？"

台下的人哄堂大笑，她却泪汪汪地开始哭。秦轶起身抱她，她本来要把碍事的花扔开的，但是一不小心把戒指都扔了，然后哭得更厉害了。

秦轶吻上她的时候，她脑海里一帧帧地回放着他们相遇的画面，她父亲被送进手术室时，他翠绿的手术服和远山般淡漠的眉眼。

他拒绝她的时候，眼底的不屑和厌烦。

他第一次吻她时，简陋的体检诊室和她露出来的小肚子。

他向她表白时，周围旁观者不可置信的唏嘘声。

不知不觉，他们已经一起经历了这么多。她从小到大都没什么好运气，没有捡过钱，没有中过奖。原来，她是把积攒了一辈子的运气，都用到了遇见他、爱上他这件事上。

台上的人热情拥吻，台下的段暄则默默起身离开，同他一样离开的，还有苏冉。

她输得心服口服，因为秦轶是当着他父亲的面意志坚定地说要娶施小语的，任凭棍棒相加。

秦轶这辈子唯一一次的大逆不道，就用在娶施小语这件事上。她苏冉没有这个本事，可以让秦轶牺牲至此。

大多数人的幸福，都是由不幸的人成全而来的。她能爱过这样纯粹的人，也算不得完全悲凉。

至此，该幸福的人终于突破艰难险阻，可以肆无忌惮地幸福了。

不幸的人也终于可以终结这段不幸。

只愿时光不散，岁月不老。我们还是最美好的模样。

番外一 / 秦轶篇

“秦轶，你今天有空吗？抽空回来和爸爸妈妈一起吃个饭吧。”

陶婉的电话打过来的时候，秦轶正在查房，他升了职，非但没觉得轻松，身上的担子反而更重了。往常总是有种隐隐的安心，觉得上面还有主任顶着，总还有个人罩着自己。但现在不同了，他得反过来罩着别人，压力只增不减。

“张医生，这个病人做了肠造口，但是对造口粉过敏，你先看着，我去接个电话。”秦轶捂着听筒，交代好之后，关门出了病房。

陶婉大部分时间是和秦严住在部队里的，即使空闲也并不常回家。往常的时候，秦轶总是盼着能和他们一起吃顿饭，像别人家一样有说有笑，而不是他一个人守着阿姨，面对空落落的桌子，想听他们的声音，还得盘算打电话的时间点合不合适。

小时候未达成的夙愿最近倒是频频实现，他不觉得陶婉是在弥补他缺失了母爱的童年，所谓的吃一顿饭，怕不仅仅是吃饭那么简单。

“好，我下了班就回去。”秦轶把袖口放下来，遮住了手腕上略显幼稚和低品的手表。

按理说，他工作的时候是不能戴手表的，再说了，他这样的身份，戴着米奇脑袋的手表也实在违和。

但施小语送他手表的时候，嘴上说着“没关系，你偶尔戴一下就可以了”，眼神里却明明写着“我好希望你和我一起戴情侣手表啊”。

秦轶并不是个容易心软妥协的人，但唯独在施小语面前，一点招架之力都没有。所以这个手表就一直这么戴着了，家里的好几块名表反倒落了灰。

交了班，又交代了几个重症病人的医嘱，秦轶换了衣服准备下班。

出门的时候遇上了科室里的小大夫。秦轶没有架子，平时虽然性子有些淡漠不好亲近，但是照顾同事，又有担当，大家敬重他却并不怕他，所以有胆子大的也会开开他的玩笑。

“秦主任今天这么早下班，该不会是去见女朋友吧？”小大夫笑眯眯地打趣。

秦轶自然不恼，勾唇一笑：“回家和爸妈吃个饭，要是见女朋友就不是下班而是旷工了。”

“哈哈哈，没想到秦主任你平时不苟言笑，私底下还挺幽默。”

秦轶笑了笑，没说话。他不觉得自己幽默，因为他说的是实话，压根没有开玩笑。

他顺路在蛋糕店买了份糕点，因此在推门看到苏冉一家时，完全没有两手空空的尴尬。

“呦，小秦现在是越长越俊了，来来来，让伯母好好瞧瞧。”

秦轶把糕点放在苏冉面前，说了句：“你喜欢的，尝尝。”说完，转而同苏母寒暄。

苏冉捂着狂跳的心口，为自己这样的小女儿姿态感到分外羞赧。她满心欢喜地打开盒子，在看到糕点的一刹那，脸上的笑容褪了个一干二净。

秦轶买的是巧克力蛋糕。

她不喜欢巧克力，喜欢巧克力的是施小语。

她知道，秦轶不是故意的，他只是习惯了，潜意识里都在想着施小语，由不得他自己。

她面无表情地合上盖子，装作若无其事地听他们聊天。

秦轶自从当了主任之后就分外忙，没日没夜地加班，面上却看不出一丝憔悴，相反的，苏冉竟然从他眼底看出了些许暖意。

那是一种心有所依，有所惦念的幸福的暖意。

真是刺眼。

两家人聚在一起聊天，话题自然是离不开两个孩子。苏母没有陶婉那样矜持，说话不箍着拘着，想到什么说什么，很是随性。

“两个孩子一起从小腿肚子那么高长起来，一转眼就已经这么大了。时间过得太快了，我们都老了。”

苏父也跟着感慨，秦严向来肃穆冷冽的脸上难得有了一丝放松的笑容，附和道：“我还记得我们当初结婚时的场景，转眼间，孩子们也到了该嫁娶的年纪了。”

秦严这话一出，苏母的眼神都亮了，连忙接过话茬：“就是，两个孩子都长得俊，又是打小玩大的，知根知底，真是般配得不得了。”

两家人都是有头有脸的人，平日里早练就了说一句话必定拐个九曲十八弯的功夫，现如今能把话说得如此通透明了，绝不可能仅仅是逗趣玩玩，自然是早就坚定了结为亲家的心思。

苏冉作为当事人之一，虽然面上难以自控、一片娇羞，心底却自私地想着，就这样被误会吧，最好是秦伯父当下做了决定，让秦轶别无选择。

有女朋友又能怎么样？就施小语那样平平无奇的女孩，怎么能入得了秦伯父的眼？

秦轶可以和自己喜欢的女孩交往，因为那是他自己的事，但如果是结婚，那就是两个家庭的事，由不得他胡来。

苏冉思索的工夫，秦轶一直沉默，既没有明显不满的意思，却也没有乖乖妥协的意思。

四位家长的想法一拍即合，两个孩子又没有发表意见。聊天的内容就由之前的斟酌试探变成了明目张胆，渐渐变得毫无遮拦。

苏冉嘴角的笑容渐渐扩大，她巴不得两家人现在就定下来。秦轶是个孝顺有礼的人，平时谨言慎行，从来不做半点出格忤逆的事情。虽然个性并不热情，却是个极其有分寸懂进退的人，她不相信他会在这件事情上忤逆父母的意思。

就在苏冉以为秦轶就要稀里糊涂妥协的时候，他突然轻声而坚定地说了句："爸妈，伯父伯母，我有女朋友了。"

他的话宛如一石激起了千层浪，刚才还其乐融融的氛围瞬间变得尴尬无比，苏父苏母脸上的笑容一点点地剥脱下来，表情一时间难看至极。

秦严的脸瞬间黑了下来，大有山雨欲来的架势。陶婉也很生气，气秦轶的不识时务，有女朋友不是问题，哪个男人结婚前不交几个女朋友。问题是，为什么要在这种时候说出来，这不是往苏家人的脸上甩巴掌吗？

客厅陷入了阴沉沉的死寂，唯有秦轶泰然自若地理了理袖口，淡然地解释道："我交女朋友的事情之所以没和你们说，是觉得时机还不成熟。但是今天既然话已经说到了这个份上，我觉得我还是有必要解释一下。而且，这件事情苏冉也是知道的，对吗？"

秦轶话锋一转，把矛头指向苏冉。苏冉看着他渐渐聚焦的眼神，尖锐无比。她冷笑一声，自嘲地想着，这下反倒把她自己逼到了骑虎难下的境地。

说不知道？两人如果真的感情深厚，怎么会连对方有女朋友这样的事情都不知道，然后就这么稀里糊涂地被"绿"了？

说知道？那更是打自己的脸。她默认他交女朋友，并且不闻不问，要么说明两人并没有什么感情，要么说明她戴绿帽子戴上瘾了。

苏冉气到把指甲掐进了肉里，她认识的秦轶不是这样的，她认识的秦轶，一直是温文尔雅的，性子凉薄，但是内心温柔，绅士有礼，永远是规规矩矩的，温润无害，从来不是个尖锐逆反的人。

但如今，为了施小语，他学会了竖起身上的尖刺去攻击每一个可能会伤害到施小语的人。人说江山易改本性难移，但他为了保护施小语，甚至可以改变自己一直以来沉默隐忍的性子。

苏冉的心口一阵阵痉挛，这样的认知比秦轶不愿意娶她更让她难受不已。

陶婉出身名门，最懂得人情世故，断然不会允许自己的老友把面子挂在这里，反应过来后慢条斯理地救场："有女朋友又怎么样？冉冉就算知道也为了顾及我们大人的面子没法说什么。你这样冷淡的性子自然得找个人磨一磨，否则冉冉跟着你指定得受委屈。再说，谈恋爱和结婚是两码事，女朋友而已，分了不就行了，有什么难的，喜欢的女孩子就非得娶回家吗？"

陶婉的一席话让在场除秦轶外的每个人都舒服了不少。

秦轶冷笑一声，摩挲了一下自己的手腕，慢条斯理地反唇相讥："那我爸娶您回家，也不一定是因为喜欢，也可能是因为需要找个人磨磨性子是吗？"

秦轶刚说完，众人都还没来得及反应，秦严已经起身，反手一巴掌狠狠扇在了秦轶的右脸上。秦严是部队出身，骨头缝里都是使不完的力道，这一巴掌下去一点力气都没保留。秦轶清晰地听到了自己颞下颌关节错位的声音。

"你个混账东西。"秦严额头青筋暴起，捏紧的拳头发出咔咔的关节碰撞声，气沉丹田的怒吼声震得所有人大气都不敢出一口。

最先反应过来的是陶婉，她踉跄着扑到秦轶身边，指尖发颤地摸他的下巴，嘴里愤愤地说道："有什么话不能好好说，非要动粗吗？你还以为他是小孩子吗，想动手就动手。"

“他可不就是仗着自己翅膀硬了才这么张狂吗。”秦严呼哧呼哧地喘粗气，目眦欲裂地瞪着地上的秦轶。

苏冉快吓哭了，想扶秦轶，却被他不露痕迹地挡了回来，一时间没了主意。

秦轶尝试着张了张嘴，还好，没有彻底脱臼，还能说话。他反倒没了任何顾忌，推开了陶婉，曲起食指擦了擦嘴角的血说道：“既然大家都在场，我就把话说开好了，我和苏冉只是好朋友，并不适合做夫妻。我喜欢的是个叫施小语的姑娘，以后要娶的人也只可能是她……”

“……”苏父苏母当真是难堪至极，脸色尤其难看，扭头就走显得小气，留下来又只能被一而再再而三地打脸，干坐在沙发上，平生积攒的端庄大气一点都不剩了。

陶婉忙着安抚苏家人，秦严扯着秦轶往楼上走，秦轶面色如常，抻了抻衣摆道：“我自己走。”

进了书房，秦轶刚反手关了门，还没来得及回头，后背就挨了秦严沉闷结实的一脚。秦严喜欢穿硬底的军靴，这毫不保留的一脚踹得秦轶胸腔都跟着颤了颤。

他面色发白地缓缓蹲下，只听见秦严气急败坏地怒吼：“我知道你对我有意见，你就是长了反骨，处处和我不对付。要是平时，我也就忍了你，但在人生大事上，我不许你胡闹。”

秦轶闷咳了一声，笑了，“爸，你还知道这是人生大事？你自小放养我，对我的生活不闻不问，到现在才自作主张地决定我的人生，是不是有点过分？我想知道，你让我娶苏冉，是当真觉得苏冉适合我，会是我携手一生的良人，还是说，你只是觉得你和苏伯伯的交情重要过你儿子的幸福……”

秦轶的话没说完，脸上就又挨了一巴掌，耳边是秦严的吼声：“秦轶，你就是这么和父母说话的吗？你的家教涵养都喂了狗了吗？我今天把话撂在这，你要是再和我赌气，我就打到你没气为止，让你明白明白，即便你成人了，这个家里也由不得你兴风作浪。”

“爸，你应该明白，我向来懂得明哲保身，我之所以这么坚持，不可能仅仅是为了赌气。”秦轶缓了口气，目光坚定地说道。

“不管怎么样，看来你是已经做好准备了，那就让我看看你到底是图什么。”

秦严把实木红桌抽屉里一指宽的牛皮鞭拿出来，在手心里揉了揉，又问了一遍：“秦轶，你告诉我，你要娶别人是认真的吗？”

“认真的，比当初选择学医还要认真。”秦轶看着那条鞭子，后背反射性地冒汗，却面无惧色。

“好好好。”秦严一连说了几个好字，牙关紧咬，手臂高高地扬起，再落下来时，便是皮开肉绽的声音。

秦轶的脸色瞬间变得惨白，下颌脱位让他无法紧咬牙关，痛苦的闷哼声毫无保留地倾泻出来。

屋内是皮开肉绽的声音，屋外是陶婉的号哭声和苏家人的规劝声。

秦轶最后昏过去的时候依旧没有妥协，他甚至感觉到自己的嘴角上扬了片刻。比起当初学医时候的执拗，这一次，他才是真正为了自己的人生负责。

秦严开门之后，陶婉看着后背血肉模糊的秦轶，几乎是爬到了他身边，哭得上气不接下气，一边叫医生一边骂秦严。她家教甚好，又温婉了一辈子，即便气急了，也只是反反复复地哭诉：“秦严你还是人吗？你把我也打死算了，我们娘俩都不要活了……”

秦轶在家里趴了一周，陶婉衣不解带地伺候着。医生给他上药的时候，她就在边上哭，边哭边训他：“你又不是不知道你爸的脾气，你就不能顺着他点？你是铁打的不怕鞭子啊？”

秦轶疼得龇牙咧嘴，摇了摇头：“妈，不一样，如果是其他事情，还有回转的余地，但是这件事不行。在这件事上，我不会有一丝一毫的妥协。”

陶婉了解他的性子，虽然表面上看着谦和有礼，从善如流，骨子里却是个分外有主意的人，心下便知，这个姑娘他当真是看得很重了，否则断然到不了这种地步。

“那姑娘……很好？”她试探地问。

“很好，我很喜欢她。她是个善良到冒傻气的姑娘，喜欢一个人恨不得把心掏出来给人家，被冷落了也不生气，又乖又可爱。”

“你要是真心喜欢，那……妈妈也不勉强了。你爸爸都把你打成这样了，想来你是下定了决心，你不是小孩子了，有了自己的评判能力，再怎么说，这是你自己的人生，只要你开心就好。最近你先好好想想，让你爸消消气，这件事暂时就不要提了。”

秦轶在家养病期间，秦严觉得堵心得厉害，原本是想回部队的，但是猛然间，对那个能刺激秦轶逆反的女孩子有了一丝好奇。他很想知道，到底是什么样的女孩，能让秦轶不顾一切地维护。

对于他来说，找一个没什么背景的小姑娘易如反掌，但是当他看到那个叫施小语的姑娘时，第一感觉竟是怎么都讨厌不起来。

她并不是苏冉那种端庄大方的类型，长相也并非精致美艳，但她胜在有一双澄澈清明的眼睛，黑白分明，不染纤尘。秦严阅人无数，还没见过如此干净的一双眼睛，仿佛从来没有吸纳过任何肮脏糟粕。

她转身进了一家药店，秦严不自觉地抬脚跟了上去。他最近被秦轶气得不轻，是该吃点下火的药了。

待到结账的时候，秦严才有点窘迫，因为他本意只是来看看施小语的，计划里并没有买药这一项，而由于没带钱把药退回去这种事情，他无论如何都做不出来。

就在他难堪到觉得老脸丢尽时，身后突然传来一声脆生生的呼唤：

“叔叔，你钱包都不带就去结账。我都说了我还要买点其他药，你都不等我一下，真是讨厌。”

他一回头，身后就站着施小语，她笑眯眯地看着自己，眼角眉眼弯弯，像只讨喜的猫。

她自顾自地把他挤出队伍，接过他手里的药递给收银员，笑眯眯地说：“我们一起的，一起结了吧。”

拿了药出了门，施小语把手里的药递给秦严跟他道别，拎着自己的药离开。秦严看着她乖巧娇小的身影，一时间心底五味杂陈。

只是，这感觉还没来得及消化，就见她一扭头，又健步如飞地跑了回来，冲到他面前气喘吁吁地问：“叔叔，你家住哪？”

“新建路附近。”秦严不明所以，随便说了一个地名。

“哦，新建路啊，那不是很远。”她从兜里掏出两个钢镚儿，一本正经地放在秦严掌心里，“好人做到底，送佛送到西。这是公交车钱，您赶快回家吧。”

给了他两个钢镚儿后，施小语才真的离开了。秦严看着自己掌心里锃亮的硬币，再度无言。

回去的路上，他给陶婉打了电话。她还在生气，开口便教训他：“你把孩子打成这样，自己倒是潇洒了。孩子都躺了几天了，你现在才想起来问，我看你还是不要假惺惺了。”

秦严也不生气，直接转移了话题：“你问他，现在还是不愿意娶苏冉吗？”

“那是自然，否则为什么要挨这顿打？”陶婉的语气软了下来，带了微微的叹息，“老秦，将心比心，我当初进你们家的时候，也不太容易，你不也照样力排众议娶了我吗？他骨子里的固执不就是从了你吗？”

“你告诉他，他不愿意娶就不愿意娶吧，他爱娶谁就娶谁。”

“你是认真的？”

“嗯，之后我会带着这个逆子亲自去老苏家登门赔礼道歉。这次就勉强依了他吧，我总不能绑着他去结婚，平白委屈了冉冉。”

秦严看着手里的硬币，心里想着，如果是这个小姑娘的话，那他就睁一只眼闭一只眼好了。

秦严再见秦铁时，他的伤已经好了大半，正侧躺在床上打电话，平时总是严肃紧绷的脸，只有在极少数情况下会发自内心地变得柔软。

那极少数，就是属于那个小姑娘的。

“秦铁。”秦严叫他。

“不好意思，我有点事，稍后再聊。”秦铁挂了电话，缓慢起身，恭恭敬敬地坐好，沉默地看向秦严，一副准备受训的姿态。

“……”秦严哽了一下，把胸口的浊气一点点排出来，似妥协又似释然道，“你的婚姻你自己做主，我不会再管你了。”

秦铁后脊背明显僵了一下，不可置信地抬头看秦严。

秦严面色有些不自然，扭头就走。刚到门口，又想起了什么，回头看着秦铁，一字一顿道：“好好对人家姑娘，收收你的倔脾气。”

“……”秦铁脸上的僵硬渐渐融化，逐渐绽放出一抹笑容。

他认真地答：“好！”

番外二 /

段暄篇

段暄第一次见到施小语是在一次所谓的老乡会上。

说是老乡会，其实就是不怀好意的学长们找了一个最光明正大的借口，接近这群单纯无害、小兔子般的小学妹。

段暄和施小语并不是老乡，但他还是被作为组织者的朋友强拉硬拽去了。因为朋友说了，他长得帅，去了更有说服力。

什么说服力？说明他们中不单有一群不怀好意的猥琐单身狗，也有能艳惊四座的学长。

虽然段暄对于这种明着是联络感情，实则是想摆脱单身的老乡会没什么兴趣，但看到教室里乌泱泱的坐着不下三百号的人，还是觉得实在是低估了单身狗的力量。

作为学长，要从吃喝玩乐、学习交友方方面面传授经验，段暄负责学习版块，轮到他上台的时候，他撇开了朋友熬夜写好的稿子，就着自己的实际经验侃侃而谈。台下反响不错，他朋友脸有点绿，中场提问的时候上来和他咬耳朵："段暄，你怎么不按常理出牌啊？不是给你写好了稿子吗！我可是专门请教了一个学霸，写了一个通宵才写好的……"里面不止学习技巧，还有撩妹技巧啊！

段暄笑道："因为我不需要啊，我本来就是学霸！"

那朋友顿时目瞪口呆，心服口服地溜下台了。

提问环节无聊至极，所有女生都是一副无辜茫然、可怜巴巴的姿态，怕学不会怕考不好，怕挂科怕重修。

段暄努力保持微笑，心底却在失笑，没有考不过的试，只有送不完的秋波。有向学长撒娇卖乖的工夫，不如多背几个知识点，又不是大一新生，不管课程怎么变，不变的是考试的套路，还装成这副无知懵懂的姿态，戏真多啊！

当然，除了一群醉翁之意不在酒的女生，还有一个确实是一股清流，她是真的把这种变了味的老乡会当成经验交流会了。

这个人就是施小语。她来得比较晚，进门的时候，段暄已经走下台了。

但她后来提交的问题严肃认真，切中要害，标准的想要成为学霸的好学生模样。

段暄坐在施小语身后，余光瞥见她似乎在做笔记，字迹娟秀可爱。不刻意，不做作，明明在一群只想脱单的女生中像个异类，给人的感觉却没有半点格格不入，反倒自然得可爱。

他状似无意地悄声问身边的朋友："中间第三排靠边的那个女生，是哪个班的？"

"是那个扎马尾的女生吗？"

"嗯，就她。"

"她啊！她好像……好像是叫施小语，是我们的直系学妹，也是管理系的。"朋友突然笑得意味不明，拿手肘捅了捅他，"喂，你不会是对人家有意思吧！你不是说你不喜欢这种变相联谊会吗，合着是没遇到看上眼的啊！"

"不否认我确实对她感兴趣，但我不觉得光看第一眼，认为姑娘漂亮可爱就口口声声说喜欢这种行为有多值得自豪。所以，我只是感兴趣，想进一步了解，喜不喜欢得另说。”

“哟呵，那是你这种才貌双全的人才有资本这么说，对于我们而言，哪有半点容自己磨磨唧唧的时间？只能先下手为强……”

段暄打断他的感慨：“把她的课表和社团活动表给我一份，最好能帮我打听一下她的作息时间。如果是直系学妹的话，应该不难搞定。”

“好嘞，等着，晚上就给你送过去。”

段暄以不怎么光彩的手段拿到施小语的作息表后，发现她并不是个标准的学霸，经常迟到早退，时不时旷课，而且总是旷上午最后一节，也就是吃午饭前的那一节。看不出来，她还是个小吃货。

他研究好她的作息时间，踩准了点儿，完美地制造了一起偶遇。

他装作第一次见她的样子，介绍了一下自己。令他有些沮丧的是，他在联谊会上未曾给施小语留下半点印象，而且施小语哭得稀里哗啦的样子着实把他吓到了。

出师不捷，不过段暄毫不气馁，又制造了多次偶遇。

两人再次在教学楼下“偶遇”，施小语行色匆匆，但还是面带喜色地同他打招呼：“哎呀，段学长，好巧啊！在这里碰到你！”

段暄装作若无其事地回应：“确实挺巧，我刚好没课。你呢，是要换教室上其他课吗？”

“不是不是，不换教室，就在这，我逃课出来的。”施小语狡黠一笑，眼底的笑意和颊边深深的酒窝晃得段暄眼花，让他整个人不受控制地愣了愣。

见他没反应，施小语匆忙地道别之后拔腿开跑了。段暄看着她离开的背影，懊恼地想着，他从前的定力没这么不堪一击的。

在连续“偶遇”了三天，但是加起来话没说过三分钟之后，段暄终于发现，施小语逃课其实并不是提早去吃饭，而是给人送饭。据说那人是医生，还是一个英俊潇洒的男医生。

他感受到了前所未有的危机感，觉得自己再不抓紧，马上就要被踢出局了。

他打听到施小语周六下午会去图书馆学习，恶补之前落下的功课。他还打听到，她喜欢吃辛辣刺激的，喜欢吃面食，喜欢喝无糖豆浆。

他做好了功课，带了课本卡着点去了图书馆。在偌大的图书馆逡巡一番后，终于看到了坐在角落里的施小语。

她靠窗而坐，窗外细碎的阳光把她的侧脸勾勒得安静乖巧，美得毫无攻击性。段暄定睛瞧着，觉得自己心口狠狠地跳了两下。

如果说之前对她还只是停留在感兴趣的阶段，那么现在，他可以肯定，已经不只是感兴趣这么简单了。

他佯装惊讶地走过去，出声打招呼："施小语，好巧啊！我们又遇到了，真是缘分！"

施小语从书本堆里抬起头，目露惊喜，连声附和道："是啊，我们最近好像经常偶遇。可惜，我都没时间和你好好聊天。"她晃了晃手里的课本，眯着眼一脸无奈地笑了。

段暄愣了一下，立刻反应过来："如果我还能重拾一年前的知识的话，我觉得我们还是有很多话可以聊的。"

"不管怎么样，你这样的学霸，筛剩下的都比我现在学到的多。那就谢谢学长了！"施小语从善如流地应道。

在图书馆给施小语补课虽然事发突然，但段暄并不完全是毫无准备。为了能全方位地接近她，他甚至仔细研究了她的课表，确定她某几门课跟上来可能会比较费劲，于是艰难地把已经扔开的课本又重新啃了一遍。

对于大学生考完就失忆的学习状态来说，他这么做，简直是脑子进水了。

"哇塞！学长，都一年过去了，你还记得这么清楚，真的好厉害啊！我连上学期学什么科目都不记得了，你还记得知识点，佩服佩服！”

施小语由衷地夸奖他，眼底的光芒清澈耀眼。段暄虽然觉得这样的方式很做作虚伪，但是看到她灿烂柔和的笑颜，又觉得，为她，他再怎么虚伪都值。

果真是和喜欢的人在一起，时间总是过得飞快。段暄再一抬头，天都黑了。他心里一咯噔，心想自己真是失算了，怎么能让女孩子饿着肚子听他絮絮叨叨呢，连忙问：“你饿了吗？要不我们先去吃饭，你要是还想看会儿书，那就吃完饭再来。”

施小语煞有介事地摸了摸自己的肚子，安慰它：“对不起啊，让你跟着我受委屈了！”

说罢，抬眼看了一下段暄，两人颇有默契地大笑出声。

学校的食堂没什么精致的菜色，也缺少情调。段暄很不喜欢自己和施小语第一次共餐就如此将就，但是又不敢太过张扬，以免让自己的心思暴露无遗。

施小语果真是能吃辣，闷头吃到鼻尖冒汗，双唇微红。段暄看着她红彤彤的脸，有一瞬间的失神。

“哎？你怎么不吃？快吃啊！汤要凉了！”吃到半中间，施小语抬头看他，发现他面前的饭菜一点没动，目光呆滞，也不知道在想什么。

“啊？哦！那个……有点烫，那什么，我……我晾一下！”偷窥到出神的状态让段暄一阵局促，他赶紧借喝汤来掩饰自己的窘迫。

只是面上的慌乱很快就可以平复，被她唇红齿白的模样惊艳到了的慌乱，却是无论如何都平静不下来。

他想，他是真的喜欢上她了。

吃过饭之后，施小语的闺蜜打电话找他。两人往外走的时候，那女孩已经赶过来了，一个身材火辣、面容娇艳的女生，和施小语完全是两个类型。

柳茜象征性地拿眼皮撩了撩段暄，把施小语拉到一旁，双手环胸，摆好架势就开始批斗："施小语，你脑子里进的是壶口瀑布吗？你省吃俭用给秦轶买东西，人家用了吗？你天天逃课，荤素搭配的给人家做饭，人家吃了吗？你的爱心午餐还不知道滋养了谁的胃！秦轶的眼睛是长在头顶上的，你做什么都没用！"

柳茜嗓门大，周围又安静，即便段暄退在安全距离之外，该听到的还是一字不落地听到了。

原来，那个年轻医生叫秦轶。

在段暄一次次缜密安排的"偶遇"下，两人终于熟络起来。他不想自己的感情太过肤浅，所以从未表达心意。施小语思想单纯，也只把他当作普通朋友。

虽然她从来没有说过和秦轶之间的种种，但是因为两人关系的亲近，许多事情，即便段暄不去打听，也不可避免地知道了。

比如，她对待秦轶的一腔热忱，单纯而坚持。

比如，秦轶对她的感情不屑一顾，从未作出任何积极正面的回应。

比如，她虽然永远都是元气满满，但眼底偶尔倾泻出的酸楚，仍旧难以掩饰。

久而久之，段暄觉得自己快看不下去了。他那么小心翼翼地接近，患得患失地守护着的姑娘，因为害怕她疏远自己，连一丝一毫的心意都不敢表露，如今却被另一个男人这样漫不经心地伤害。

段暄决定去找秦轶的时候，并不觉得自己是意气用事，他只是想告诉秦轶，如果喜欢，就接纳她，如果不喜欢，就请放过她。

决定去找秦轶的那一天，段暄特意挂了一个他的号，算是做足了心平气和聊天的准备。等了大半个上午，才轮到了他。

这是他第二次见秦轶。秦轶仍然是一副淡漠疏离的模样，但是开口说话的时候，声音平稳低沉，有种难言的笃定力量。

“你觉得哪里不舒服？具体有什么症状？”

“我心里不舒服。”段暄调整好自己的心态，抬头直视他。

秦轶愣了一下，纠正道：“是心口不舒服吗？如果是胸口憋闷、心律失常这样的症状，我建议你挂心内科看一下。我是普外科医生，对心内科的疾病不是很了解。”

“我是说，因为你冷落施小语，我心里很不舒服。除此之外，我没有任何不舒服。”

听到“施小语”三个字的时候，秦轶一直沉寂无波的眼底终于几不可察地闪烁了一下。他伸手摘了口罩，面无表情道：“我不管你是她什么人，现在是工作时间，后面还有很多病人，没什么事的话麻烦你离开。”

“秦轶，我不管你是高高在上还是目中无人，那是你自己的事，但是如果摊上了施小语，我就不得不管。你不喜欢她，就劳驾你痛快地说出来，不要这么吊着她。如果你对她有一点点好感，就满怀感激地接受她的心意。你这么吊着她又打击着她是什么意思？这样做能让你很有成就感是吗？”

秦轶耐心地听完了他的控诉，面上没有任何波澜，想了想，慢条斯理地问：“你喜欢她，但是求而不得，所以迁怒于我，是吗？”

话语虽是试探，语气却是笃定。

他这么一说，段暄立刻被激怒了，拍案而起，指着他怒斥道：“秦轶，你少自以为是！我是喜欢施小语，但我光明磊落，不像你，不喜欢她，但还享受被人喜欢的感觉，我鄙视你这样的小人！”

秦轶理了理袖口，既不生气也不辩白，等段暄骂够了，才接过话茬道：“年轻人的心思我不是很懂，但是就我而言，我认为，如果喜欢一个女孩子的话，不管她心在何处，首先应该做的是，表达自己的心意，全心全意地对她好。让她做决定，是选择这样的自己，还是一个暂时没有做出回应的人。而不是什么情况都不加了解，莽莽撞撞地兴师问罪。”

秦轶的语气没有任何起伏，也听不出任何情绪，但就是因为太过冷静，反而让人感受到一丝寒意。

半晌，秦轶起身，直视着段暄的眼睛，低笑一声，反问道：“你觉得呢？”

段暄气不过他总是这副气定神闲的模样：“你少给自己的不负责任找借口！我不表白自己的心意，是因为珍视这段感情，不能因为她漂亮、可爱这样肤浅的理由就随随便便地说喜欢。我不想让那句我喜欢你变得廉价！但是我清楚，我想追求她，发自内心地喜欢她。而不是像你，明明不喜欢她，却还能心安理得地接受她的殷勤，你这是厚颜无耻！”

“你怎么对待感情，我不作评价，但我对待感情只会更严谨，更苛刻！我不会因为一个女孩子狂热的追求，害怕伤害到她的一片真心，就承诺什么。不管喜不喜欢，我都得做一番考量，有了一定了解之后，才有资格接受或拒绝。而不是像你说的这样武断。”

段暄实在看不惯他这种态度，胸口像是点了一团火，越烧越烈。他忍无可忍，临走前，指着秦轶道：“我警告你，你不喜欢施小语，最好尽早告诉她，不要这么吊着她。否则，我和你没完！”

秦轶笑了，扯了扯领口道：“你怎么知道我没说过？我告诉过她，我救过的病人很多，病人的家属更多，我不可能喜欢每一个家属，但是她并没有放在心上。”

“那是因为你优柔寡断！”段暄怒吼。

秦轶摆了摆手：“你应该清楚，这就是你口中所说的慎重。我和你一样，也不希望自己对待感情的态度太过肤浅。”

“我才不管你怎么想，总之，你不喜欢就直说，再让我发现你让施小语伤心，我要你好看！”段暄说完，就要摔门离去。

门板大力合上的时候，他似乎听见秦轶说了句：“你怎么知道我不喜欢呢？”但是转瞬即逝，轻得似乎是他的幻听。

之后的一段时间，段暄和施小语的关系越来越亲近，她似乎已经把自己当成了知己，对他总是毫不防备，敞开心扉。

包括秦轶对她态度的缓和。

包括她艰苦卓绝的单恋之路终于有了转机。

包括他们两人在一起了，浓情蜜意。

施小语终于等到了她的柳暗花明，秦轶也终于放弃了他的优柔寡断。

秦轶向施小语求婚的那天，段暄隔着人山人海看着台上幸福的两人，她脸上的笑容明媚耀眼，是他从未见过的。

在一片欢呼祝福的声音中，他沉默地退出了礼堂。在抬头看到阳光的那一瞬间，他突然明白过来，或许在他第一次见秦轶的时候，他就已经输得一败涂地了。

图书在版编目（CIP）数据

相遇恰逢时 / 叶紫著 . — 武汉：长江出版社，2017.12

ISBN 978-7-5492-5597-9

Ⅰ. ①相… Ⅱ. ①叶… Ⅲ. ① 长篇小说 - 中国-当代

Ⅳ. ①I247.5

中国版本图书馆CIP数据核字(2017)第326370号

相遇恰逢时 / 叶紫 著

出　　版	长江出版社 （武汉市解放大道1863号 邮政编码：430010）
出　　品	漫工厂 （湖北省武汉市洪山区城投瀚城311 邮政编码：430079）
出 版 人	赵　冕
选题策划	漫工厂产品部
市场发行	长江出版社发行部
网　　址	http://www.cjpress.com.cn
责任编辑	胡　箐
特约编辑	刘　蓓
装帧设计	周　彧　米杰罗
印　　刷	湖南新华精品印务有限公司
版　　次	2017年12月第1版
印　　次	2018年3月第1次印刷
开　　本	787mm × 1092mm　1/32
印　　张	8.5
字　　数	220千字
书　　号	ISBN　978-7-5492-5597-9
定　　价	32.80元

电话：027-82926557（总编室）027-82926806（市场营销部）